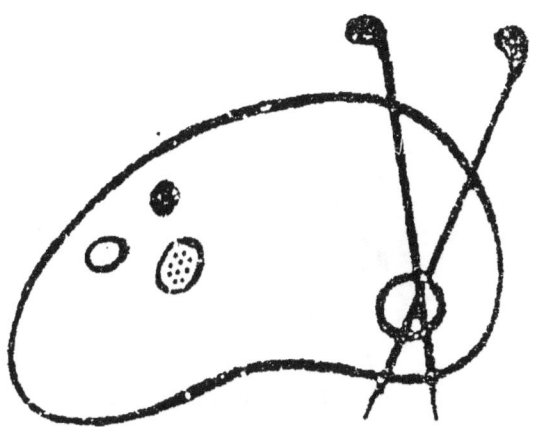

Couvertures supérieure et inférieure
en couleur

A JULES SANDEAU

HOMMAGE

DE SON RESPECTUEUX ADMIRATEUR

A. T.

RAYMONDE

LE DON JUAN DE VIRELOUP

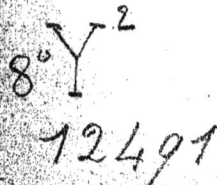

OUVRAGES DU MÊME AUTEUR

PUBLIÉS DANS LA BIBLIOTHÈQUE CHARPENTIER

à 3 fr. 50 chaque volume

2413 81 — CORBEIL. Imprimerie de CRÉTÉ.

ANDRÉ THEURIET

RAYMONDE

LE DON JUAN DE VIRELOUP

TROISIÈME ÉDITION

PARIS

G. CHARPENTIER, ÉDITEUR

13, RUE DE GRENELLE-SAINT-GERMAIN

1881

RAYMONDE

I

La forêt a pour ses familiers de secrètes jouissances qu'ignorera toujours un Parisien, dont les promenades coutumières sont bornées par l'Arc-de-Triomphe et les Tuileries. L'un de ces plaisirs passionnants, mais dont les initiés seuls peuvent déguster l'agreste saveur, c'est la chasse aux champignons. — Par une belle fin d'été, quand l'ondée de la nuit a légèrement mouillé la terre, partir pour les bois fumants de rosée, s'enfoncer sous la futaie que traverse obliquement la vermeille illumination du matin ; là, dans un silence profond, à peine troublé par un gazouillis de mésange ou un grignotement d'écureuil, guetter avec le flair d'un chien truffier et le

1

religieux respect d'un gourmand les nom-
breuses variétés de bolets et d'agarics éclos
pendant une nuit d'août ; — y a-t-il beaucoup
de plaisirs plus innocents et aussi vifs ? On y
trouve tout ce qui fait le suc et le piquant des
joies humaines : les émotions de la chasse,
le charme de la possession, les délicates sur-
prises de l'inattendu, l'espoir longuement
choyé d'un plat affriolant pour le repas du
soir...

C'est à quoi pensait le vieux professeur
Noël Heurtevent, un matin de juillet, en par-
courant les bois qui séparent le val d'Auberive
de la gorge de Vivey. Un panier passé au bras,
et sa chienne lui frottant les jarrets de son fin
museau de renard, il flânait allègrement à
travers les terrains mamelonnés de la futaie
des Fosses. Le commencement de l'été avait
été pluvieux, et sous l'influence d'une humidité chauffée par de rapides pluies d'orage,
tout le peuple des cryptogames s'était développé prématurément. Les *boules de neige* à
dessous rose foisonnaient dans les clairières,
les *giroles* étincelaient dans la mousse comme
des louis neufs, et les *ceps* ventrus arrondis-
saient parmi les bruyères leurs dos bruns à
demi rongés. M. Noël, son eustache à la main,

reniflait bruyamment l'air matinal, fouillait les herbes, s'agenouillait, se relevait avec la vivacité nerveuse d'un chat maigre. De temps à autre, comme pour s'exciter davantage, il apostrophait sa chienne : — Eh ! ohé ! et cette *coulmelle* qui ouvre son parasol dans les millepertuis, tu ne l'avais pas vue, toi, *Vagabonde !* Tu es bien de ton sexe : beaucoup de bruit et peu de besogne !.. Eh bien ! quand tu me regarderas avec tes yeux mourants ? Ce que j'ai dit est dit ; tes mines alangouries n'y changeront rien, embobelineuse !

M. Noël frisait la soixantaine. Petit, chétif, son corps disparaissait presque sous une longue redingote dont le soleil et la pluie avaient fait passer le drap par toute la gamme des verts, depuis le vert-épinard jusqu'au vert-canari. Sa barbe grisonnante poussait en broussaille, et ses cheveux déjà blancs tombaient en désordre sur ses épaules inégales. Son nez aux narines largement ouvertes, sa bouche trop grande et ses mâchoires saillantes donnaient au premier abord à son visage inculte un accent de vulgarité ; mais un front haut, des yeux bruns au regard profond, triste, presque amer, corrigeaient l'aspect déplaisant du bas de la figure, et disaient l'homme qui a

beaucoup pensé, beaucoup souffert. — *Vagabonde*, sa chienne, avait comme lui la tournure commune, mais elle rachetait ce défaut
de distinction par une expression des plus
originales. Elle tenait à la fois du loup et du
renard, et sa mère, dans ses courses à travers
bois, avait dû certainement entretenir de cri-
minelles conversations avec quelque fauve
d'humeur galante. Sa robe jaune à reflets
noirs, sa queue ronde, touffue, étalée en pa-
nache ; surtout sa tête fine, allongée, futée,
avec un petit bout de nez gris et deux yeux
noirs luisants, malicieux, trahissaient son ori-
gine sauvageonne.

Après avoir essuyé la réprimande de son
maître, la chienne s'éloigna d'un air humilié,
la queue basse et les oreilles couchées. — Ah !
tu boudes, murmura le bonhomme en haussant les épaules, à ton aise !.. Avec les per-
sonnes de ton sexe il ne faut pas s'inquiéter
de ces minauderies-là. — Il reprit silencieusement sa quête aux champignons à travers la
bruyère. Cependant le soleil devenait plus
ardent, et le panier, plein à ras-bord, commençait à peser. Au bout d'une demi-heure,
M. Noël s'essuya le front et chercha des yeux
un endroit propice à la sieste. A une centaine

de pas, vers la pente qui descend à Vivey, le
glou-glou d'une source se faisait entendre. Le
vieux professeur se dirigea vers le bouquet de
hêtres, au pied duquel l'eau s'était creusé un
réservoir. Les racines moussues formaient un
siége moelleux à souhait, et M. Noël s'y étendit, le front appuyé sur son coude. — Hé!
soupira-t-il en étirant ses jarrets un peu roi-
des, je n'ai plus mes jambes de vingt ans...
— Et peu à peu, soit fatigue, soit tristesse,
son visage s'allongea et prit une expression
chagrine.

La tête penchée du bonhomme se réfléchis-
sait dans l'eau assombrie par un fond de cres-
sons ; ses regards mélancoliquement fixés sur
le miroir de la source devenaient de plus en
plus rêveurs. Par un singulier effet d'optique
ou d'imagination, le reflet qu'il voyait se ber-
cer dans l'eau se transformait et se rajeunis-
sait. Au lieu de son visage de sexagénaire aux
traits fatigués, au poil grisonnant, il distingua
peu à peu, au fond du réservoir encadré de
menthes, une figure imberbe aux yeux ardents
et aux cheveux bruns ; — sa propre figure
lorsqu'il avait trente ans de moins, — et in-
sensiblement, à travers sa songerie somno-
lente, les souvenirs du temps d'autrefois vin-

1.

rent se peindre dans l'eau verte. Il se retrouva
à sa sortie de l'École normale, dans un res-
taurant du Palais-Royal, où ses camarades de
promotion fêtaient leur ancien *cacique*, reçu
le premier à l'agrégation ; et ce *cacique* triomphant, c'était lui, Noël. Il revit le salon à
moulures dorées, orné de hautes glaces où se
reflétaient à perte de vue des files de becs de
gaz ; il entendit le tintement des verres qu'on
choquait et les toasts enthousiastes auxquels
il répondait d'une voix émue. Que de projets
ambitieux, que de rêves de gloire montaient
alors, comme le champagne, en bulles d'or
dans sa tête échauffée !.. Il était jeune, bien
portant, et il avait l'espoir tenace. Il se trouvait à cet été de la vie où les fruits de l'illusion pendent encore aux branches de l'arbre
enchanté ; le soleil est en train de les mûrir,
et il semble que pour les cueillir on n'ait plus
qu'à allonger la main...

A ce moment, la chienne, lasse de bouder,
vint se poster devant son maître. Assise sur
ses pattes de derrière, le museau relevé, la
queue frétillante et l'œil interrogateur, elle
avait l'air de lui dire : « A quoi bon repenser
à tout cela ? » Mais il ne prenait pas garde à
elle et s'enfonçait toujours plus avant dans

ses songeries. Alors elle hasarda un grognement expressif, puis levant une patte, gratta
brusquement le genou du rêveur. M. Noël
ne tourna même pas la tête. Impatientée, elle
se mit à happer une série de mouches imaginaires, avec des claquements de mâchoire et
des contorsions comiques. A la fin, dépitée
d'avoir prodigué en pure perte ses meilleurs
jeux de scène, elle se laissa tomber à terre
lourdement, d'un air profondément découragé, en poussant un ronflement mélancolique.

Aux entours, la forêt en plein réveil berçait
la méditation de M. Noël avec ses longs mur-
mures confus et harmonieux; des milliers
d'insectes bourdonnaient dans les ronces, les
piverts martelaient du bec l'écorce des hêtres,
et les geais se chamaillaient dans les ramures.
Tout à coup, du fond d'un village enfoui dans
un creux de vallée, un tintement de cloches
argentines s'égrena sous la futaie. C'était une
volée tapageuse et gaie comme on en sonne
aux messes de mariage. M. Noël prêta l'oreille,
secoua ses longs cheveux blanchis, et de ses
larges narines s'échappa un soupir sifflant et
plaintif...

Vous est-il arrivé de retrouver la clef perdue

d'un antique meuble fermé depuis des années,
et de faire jouer lentement le pêne de la serrure rouillée? Le tiroir ouvert avec effort ré-
vèle soudain ses cachettes pleines de vieilles
choses, encore rangées dans l'ordre où on les
avait laissées il y a un demi-siècle. C'est comme
une résurrection : les lettres jaunies, le livre
aux pages piquées, les rubans aux nuances
passées, le flacon encore imprégné d'un parfum démodé, toutes ces vieilleries sont autant
de revenants doux et tristes d'un monde disparu. — Hélas ! chacun de nous porte dans un
recoin de son cœur un de ces tiroirs secrets,
pleins de reliques aux parfums amers ; personne n'en soupçonne l'existence, la cachette
reste oubliée pendant des années, jusqu'à ce
qu'un hasard fasse retrouver la clé qui ouvre
la serrure rétive. — La musique lointaine
des cloches avait été pour M. Noël le magique « Sésame, ouvre-toi! » poussant le ressort d'une porte mystérieuse et longtemps
close.

Était-ce le courant de la source qui s'était
troublé ou un brouillard qui avait passé sur les
yeux du bonhomme?.. Il ne voyait plus dans
le réservoir que du sable et de la boue, et il
songeait avec dégoût aux monotones saisons

qui avaient suivi ces premières années d'illusions. Maintenant la perspective que le vieux
professeur apercevait dans le lit de la source
était d'une tristesse navrante : une maisonnette isolée et morne au coin d'un bois, une
fin de vie solitaire et maussade entre un chien
fantasque et des livres moisis.

Il en était là de sa chagrine et misanthropi-
que méditation, quand la chienne lança un
aboiement sonore, et soudain bondit sous les
arbres en se tortillant d'une si merveilleuse
façon que sa queue rejoignait presque sa tête.

— Là ! là ! cria une voix dont les intonations
traînantes trahissaient l'accent langrois, oui,
tu es une bonne fille, tu as plus d'esprit qu'une
personne... Hop ! monsieur Noël, dormez-vous
ou ne connaissez-vous plus vos vieux amis ?

Le bonhomme tressaillit, et, relevant la
tête, aperçut devant lui le garde général d'Auberive, suivi de son brigadier. Le garde général, grand, maigre, les moustaches et les cheveux coupés en brosse, la figure tannée, avec
une longue balafre sur la joue gauche, avait
sous son vieil uniforme vert la tournure rigide
d'un ancien soldat ; le brigadier, en blouse, le
fusil en bandoulière, se tenait respectueuse-
ment à distance de son supérieur.

— Pardon, Verdier, murmura M. Noël, je m'étais assoupi. Je faisais même un assez vilain rêve.

— Eh bien! pour vous réveiller, je vais vous apprendre une bonne nouvelle. Nous avons reçu une longue lettre de votre ancien écolier.

La figure du vieux professeur s'éclaircit. — Antoine va bien? demanda-t-il avec vivacité.

— Notre Antoine fait des merveilles! répliqua le forestier d'un ton où perçait une pointe d'orgueilleuse satisfaction; accompagnez-moi jusqu'à la Belle-Étoile, où je dois marquer des *châblis* abattus par le dernier orage, et je vous conterai tout par le menu...

Le bonhomme reprit silencieusement son panier et suivit le garde général. — Je vous disais donc, continua celui-ci, que notre Antoine nous mande une bonne nouvelle; il a passé son concours d'agrégation et on l'a nommé,... devinez! professeur de physique végétale au Muséum...

— Vous voyez que j'avais raison de le pousser vers les sciences, dit M. Noël.

— Pour ça, oui; moi, j'y regardais à deux fois, parce que nous ne sommes pas riches, et dame, les sciences c'était bel et bien chanceux, tandis qu'une fois à l'école forestière, Antoine était sûr de gagner son pain.

— Oui, son pain sec... Dix-huit cents francs par an.

— Je sais bien ; mais notre ménagère Sœurette n'est pas ambitieuse, et Paris lui faisait peur. — On va me le perdre là-bas ! geignait-elle du matin au soir. — Croyez-vous que maintenant encore elle me réveille en sursaut dans les nuits d'hiver : — Ah ! soupire-t-elle, comme il neige, et penser que le *petit* erre peut-être à cette heure dans les rues de Paris !

— Elle le voit écrasé par une voiture, assassiné au coin d'une rue, que sais-je !.. Tenez, les mères de fils unique, c'est terrible. On ne s'imagine pas toutes les idées qui vont se loger dans leur cervelle.

— Si vous vous arrêtez à des sensibleries de femme, vous n'êtes pas au bout ! grogna M. Noël.

— Bah ! je n'en fais que rire... D'ailleurs Sœurette convient elle-même que vous avez eu raison. Elle est assez fière de son fils, allez !.. Et elle vous en défile des chapelets, en reconnaissance du dévoûment que vous avez eu pour Antoine !

— Ne parlons pas de ça ! grommela le bonhomme.

— Et de quoi voulez-vous que nous parlions? Ne lui avez-vous pas donné votre temps et même votre argent? Vrai, Sœurette et moi, nous ne dirons jamais assez toute la reconnaissance que nous vous devons.

M. Noël frappa violemment du pied. — Vous ne me devez rien! s'écria-t-il avec colère, ce que j'ai fait, je l'ai fait pour ma propre satisfaction!.. J'avais plaisir à voir les belles facultés de votre garçon, comme vous en auriez à voir pousser un bel arbre. Je le soignais, je l'entourais de bonne terre... Ça me réchauffait le sang, je trouvais les journées moins longues. C'était de l'égoïsme, voilà tout! Mais vous ne me devez rien, entendez-vous! Rien!.. n'en parlons plus.

— Je n'en parlerai plus, si cela vous contrarie, répondit le forestier, ébahi de l'humeur rageuse du bonhomme, je me contenterai d'y penser... mais chut! écoutez donc!

Du fond de la combe voisine un bruit sec venait de monter, quelque chose comme le fracas d'une branche qu'on brise. Le garde général et le brigadier se lancèrent un coup d'œil d'intelligence.

— En voilà un là-bas, grommela M. Verdier, qui n'attend pas l'aide du ve   pour me faire des châblis.

— Ça vient de la Combe-aux-Fontaines, murmura le brigadier.

— Nous allons bien voir, reprit Verdier en mordant sa moustache ; gagnons la combe et tâchons de prendre la pie au nid... Veillez sur *Vagabonde*, monsieur Noël, et empêchez-la de bavarder.

Le bonhomme noua son mouchoir en guise de laisse au collier de sa chienne, et lui ayant administré au préalable l'injonction de tenir sa langue, il enfila derrière les forestiers une coulée qui dévalait tout d'un jet jusqu'au fond de la combe. Le bruit des pas était amorti par la mousse qui veloutait le sol, de sorte que le coupeur de bois, tout occupé de sa besogne, n'entendit rien venir. Les trois hommes tombèrent sur lui au moment où il achevait de briser la plus haute branche d'un érable. *Vagabonde*, se dérobant à la surveillance de M. Noël, prit son élan avec de si frénétiques aboiements que le délinquant ahuri laissa tomber sa hachette.

Ce délinquant était un pauvre petit diable de treize ans, maigre et alerte comme un singe, avec des cheveux embroussaillés tom-

2

bant sur sa figure fûtée et sournoise. Terrifié
par la menaçante apparition des forestiers, il
resta d'abord bouche bée, ouvrant de gros
yeux ronds comme un chat pris en flagrant
délit.

— Drôle ! s'écria le garde général.

— D'où sors-tu, vermine ? ajouta rudement
le brigadier qui s'était emparé de la hachette ;
tu vas me dire ton nom, et d'abord je con-·
fisque ton outil.

A la pensée de cette confiscation, qui l'in-
quiétait plus que tout le reste, le gamin fit
éclater bruyamment son désespoir. — Grâce,
monsieur le garde ! hurlait-il en sanglotant,
je ne recommencerai plus... Rendez-moi la
hachette ; si je rentre sans la rapporter, je
serai battu !

— Tu n'auras que ce que tu mérites, mon
gachenet (mon garçon); où demeures-tu?

Mais cela ne faisait pas l'affaire du *gachenet;* au lieu de répondre, il tordit désespéré-
ment ses mains dans sa blouse en lambeaux
et remplit la combe de ses lamentations. —
Ma hachette ! s'exclamait-il, grâce!.. ma hachette !..

Un bruit de branches froissées et le trot
d'un cheval sur le chemin qui allait de la

combe à la route de Vivey, attira soudain l'attention des trois hommes. Brusquement, entre deux cépées de noisetiers, apparut une jeune fille montée sur un petit cheval breton au poil bourru, à l'allure nerveuse, et qui bondissait à travers les branches avec la même fougue que s'il eût galopé dans sa lande natale. M. Noël et les forestiers, surpris de cette intrusion inattendue, se tournèrent ébahis vers l'inconnue dont la jeune et impérieuse beauté les frappa vivement. Elle était rousse, et sa luxuriante chevelure à demi dénouée par les caresses des branches, avait roulé de dessous sa toque hongroise jusque sur le corsage de sa robe d'amazone, où elle flottait mêlée à des rubans bleus. Son visage, d'une blancheur rosée, était éclairé par de grands yeux fauves brillants sous de longs cils. Les narines frémissantes, la bouche dédaigneuse, agitant une cravache dans sa petite main nue, elle avait profité de la stupéfaction des forestiers pour pousser son cheval entre eux et le délinquant.

— Il faut que vous soyez bien lâches, s'écria-t-elle d'une voix mordante et indignée, de vous mettre trois pour faire pleurer cet enfant!

M. Verdier ayant le premier retrouvé son sang-froid, ébaucha gravement le salut militaire. — Vous êtes un peu prompte à juger les choses, mademoiselle, répondit-il ; ce jeune drôle fabriquait des fagots avec les plus belles gaules du taillis.

— Où est le mal ? repartit la jeune fille ; la forêt n'est-elle pas à tout le monde ?

— Nenni, la forêt est à l'État, et couper du bois en forêt, c'est voler l'État.

— L'État ne sera pas ruiné parce que cet enfant aura cassé trois ou quatre méchantes branches... Va-t'en, petit, et laisse-les dire.

Le gamin coula un regard sournois dans la direction de sa protectrice et sanglota d'un ton piteux : — Ils ont pris ma hachette !

— Tiens, reprit-elle en tirant rapidement une pièce d'or de son porte-monnaie, ramasse et décampe !

Il ne se le fit pas répéter ; en un clin d'œil, il happa la pièce, la mit dans sa bouche et s'élança dans le fourré, où il disparut.

— Sacré mille tonnerres ! cria le brigadier.

M. Noël ouvrait de grands yeux et dévisageait la jeune fille avec une curiosité croissante. Le garde général se mordit les lèvres : — Vous donnez là un bien mauvais exemple, dit-il avec humeur ; je ne comprends pas qu'une demoiselle bien élevée encourage ainsi les vagabonds à se mettre au-dessus des lois.

— Elles sont jolies, vos lois ! riposta celle-ci en relevant d'un air espiègle sa chevelure flottante. — Et comme le brigadier faisait mine de courir sus au délinquant, elle poussa en travers du sentier son cheval, qui commençait à s'impatienter et à regimber. La chienne, que ce manége agaçait, s'était remise à aboyer ; le cheval se cabra en reniflant bruyamment. — Vous feriez mieux de surveiller votre chien, cria la jeune fille irritée au brigadier qui étendait la main pour saisir la bride. — En même temps elle lança à l'adresse de la chienne un coup de cravache qui rencontra les doigts du brigadier. *Vagabonde*, à peine effleurée, alla rouler sur le panier de M. Noël ; les champignons s'éparpillèrent dans les ronces, tandis que la malicieuse bête hurlait comme si on l'avait assommée. Le chemin était redevenu libre, le cheval partit au grand trot et l'amazone disparut derrière les *gaulis* de la combe.

— On a raison de dire : mauvaise comme une rousse !.. La connaissez-vous, Saudax ? demanda le garde général au brigadier.

— Ce ne peut être que la demoiselle de la

2.

Maison Verte, répondit celui-ci en soufflant sur sa main meurtrie.

— La Maison Verte est donc habitée maintenant?

— Oui, mon général, elle a été achetée cet hiver par le fils d'un maître de forges de la Franche-Comté, un M. La Tremblaie, qui y demeure depuis quatre mois avec sa femme et sa fille. La demoiselle est un diable déchaîné, et nous venons d'avoir un échantillon de son caractère.

— La Tremblaie, répéta M. Noël en tressaillant, vous avez bien dit La Tremblaie, Saudax?

Le brigadier fit un signe affirmatif. — Est-ce que vous le connaissez?

Le bonhomme secoua la tête. — Non ! répliqua-t-il sèchement, je ne le connais point et ne me soucie pas de le connaître. — Il ramassa les débris de ses champignons, et sifflant sa chienne : — Allons, soupira-t-il, il est temps de retourner au Chânois... Nous avons mal commencé la journée. Bonjour, messieurs!

En quittant la Combe-aux-Fontaines, l'amazone avait gagné la route. Là, comme le chemin montant longeait la lisière du bois, elle
mit son cheval au pas et le laissa souffler
jusqu'au point culminant d'où l'on découvre
Vivey. Le village, dominé de trois côtés par
des roches à pic et des escarpements boisés,
repose au fond d'un puits de verdure. Les
derniers hêtres de la forêt effleurent presque
les toitures de pierres plates de ses maisons
basses et ramassées autour d'un ruisseau qui
sort de la roche. Une étroite langue de prairie
sépare seule les habitations du versant opposé,
où les arbres recommencent à moutonner. A
cent pas du village, la prairie s'élargit un peu,
le ruisseau décrit entre les aunelles un petit
arc de cercle, et dans la verte presqu'île formée
par l'eau capricieuse, s'élève l'ancien manoir
seigneurial, dont le modeste corps de logis à

toit d'ardoises est flanqué de deux tourelles
coiffées en éteignoir. Une allée de tilleuls le
relie au village. Les murs de l'habitation disparaissent presque en entier sous le lierre et
les aristoloches, et c'est sans doute à ce revê-
tement de verdure qu'elle doit le nom de
Maison Verte sous lequel on la désigne dans le
pays.

Du point où se trouvait la jeune fille, on
plongeait comme à vol d'oiseau sur les dépen-
dances de cette demeure et jusque dans les
moindres recoins du village. Elle arrêta brusquement son cheval, et ses yeux se dirigèrent
vers la grande porte de la Maison Verte, devant laquelle un cabriolet à capote poudreuse,
attelé d'un cheval pie, stationnait sous la garde
d'un domestique en blouse. Le propriétaire
de cet équipage se tenait lui-même sur le seuil
de la porte, faisant de cérémonieux saluts à
une dame penchée à l'une des fenêtres du rez-
de-chaussée. C'était un robuste garçon, haut
sur jambes, taillé en hercule et costumé en
chasseur campagnard. Après un dernier salut,
il s'installa sous la capote du cabriolet et prit
les rênes ; mais dès le premier coup de fouet
le cheval, au lieu de partir, s'arc-bouta sur
ses jambes de devant, recula, rua et finale-

ment se coucha sur le flanc dans le sable de
l'allée. Le géant sauta hors du cabriolet, fouilla
dans la poche de sa veste, et sans manifester
la moindre impatience, en homme habitué à
pareille aventure, vint se planter en avant de
sa bête et lui montra à distance quelque chose
qui devait être un morceau dé sucre. L'aimable animal tendit le cou, se releva, et se
décida à suivre l'appât dont son maître l'allé-
chait en courant à petits pas en avant de l'é-
quipage. Ce grand gaillard trottinant, les
mains derrière le dos, et de temps en temps
tournant la tête pour encourager sa bique
rétive, cette maigre haridelle à la robe
voyante, cet antique cabriolet louvoyant sur
les cailloux, tout cela formait un si grotesque
ensemble que la jeune fille, du haut de son
observatoire, fut prise d'un fou rire. Après
trois minutes de cet exercice, le géant jugeant
que son cheval était suffisamment entraîné, se
déroba par un brusque mouvement de côté,
sauta à la volée dans le cabriolet, reprit les
rênes et s'éloigna au trot. La jeune fille le
suivit encore quelque temps avec une expression moqueuse au coin des lèvres, puis fredonnant irrévérencieusement l'air de : « Bon
voyage, Monsieur Dumollet, » elle caressa de

sa cravache le petit cheval breton, qui descendit lestement la rampe de Vivey.

La dame à laquelle le propriétaire du cabriolet avait envoyé de si galants saluts était restée à la fenêtre. Quand l'équipage eût disparu, elle se retourna vers l'intérieur de la pièce où un homme d'une cinquantaine d'années, enfoncé dans un fauteuil, lisait un journal. — Eh bien! Clotilde, demanda celui-ci, M. de Préfontaine est-il enfin parvenu à faire marcher son cheval pie ?

— Oui, répondit-elle, mais comme toujours il y a eu du tirage.

Elle vint s'asseoir en face du liseur. Ces deux têtes opposées l'une à l'autre formaient un contraste curieux. La femme, grande, élégante, aux épaules larges et à la poitrine développée, avait la complexion chaude et puissante des brunes. Sa quarantaine était sonnée, mais, si son teint avait perdu sa fraîcheur, sa beauté un peu masculine conservait encore de l'éclat. Le front bas et lisse, le menton gras et massif, annonçaient une nature opiniâtre, dominatrice, plus sensuelle que tendre ; mais les lèvres humides et souriantes, les yeux noirs étincelants sous de longs cils avaient une expression à la fois hardie et voluptueuse, il

s'en dégageait un fluide attirant et enveloppant. — L'homme était de taille moyenne,
blond, lymphatique, avec des traits distingués,
quoique peu accentués ; ses yeux à fleur de
tête, intelligents, mais timides, ses gestes indécis, trahissaient cette molle indolence rêveuse qui caractérise certains tempéraments
de blonds. Son cou, tantôt penché en avant,
tantôt infléchi paresseusement sur l'une des
épaules, le vague de ses regards et la lenteur
de ses paroles disaient plus encore ; un phy-
siologiste aurait certainement découvert dans
cette languissante attitude les premiers symp-
tômes d'un affaiblissement nerveux. Cette
femme au sang riche et abondant, aux nerfs
élastiques et résistants, semblait avoir absorbé
toute la force vitale de son vis-à-vis. Elle le
tenait courbé pour ainsi dire sous le rayon de
ses noires prunelles. Il finit par subir à travers les pages de son journal l'influence de ce
regard despotique, car il replia tout à coup la
feuille et dit en souriant : — Un honnête garçon que ce Préfontaine, mais un peu lourd et
manquant de conversation.

— Tel qu'il est, répondit-elle en haussant les épaules, nous devons nous en contenter, puisque c'est le seul de nos voi-

sins qui ait daigné nous rendre nos visites.

M. La Tremblaie étouffa un soupir. — Entre
nous, reprit-il, je crains qu'il ne vienne ici
beaucoup moins pour nos beaux yeux que
pour ceux de Raymonde.

— Où est le mal? répliqua Madame Clotilde
La Tremblaie d'une voix insinuante; M. de Préfontaine n'est pas à dédaigner. Il a un beau
nom, et s'il est sans fortune, du moins il est
bien posé dans le canton... Vous avez intérêt
à choisir un gendre qui vous aide à nouer des
relations dans le pays.

— Mais Raymonde?..

— Elle sera bien à plaindre de prendre un
mari qui l'adorera.

— Crois-tu qu'elle ait du goût pour M. de
Préfontaine?

— Je crois qu'elle a du goût pour le mariage... Malgré son étourderie, elle comprend
déjà bien des choses, et elle sent qu'en fait de
maris, elle n'a pas l'embarras du choix.

M. La Tremblaie soupira de nouveau, et il
y eut entre les deux interlocuteurs un moment
de silence pendant lequel on entendit le trot
d'un cheval sous les tilleuls. — Justement,
la voici! dit Madame Clotilde en allant à la
fenêtre.

En effet, quelques minutes après, la porte
s'ouvrit, livrant passage à la jeune fille de
la Combe-aux-Fontaines. Elle entra, tout
échevelée encore de la course, et s'élança vers
son père qu'elle baisa au front.

— As-tu fait une bonne promenade? demanda M. La Tremblaie, dont la figure son-
geuse s'illumina d'un sourire.

— Excellente ! Il m'est arrivé une aventure
à la Don Quichotte, que je te conterai.

— Pendant que tu courais les champs, ma
chère, dit Madame Clotilde, tu as perdu la
visite de M. de Préfontaine.

— Je le sais, répondit Raymonde en ébauchant une grimace espiègle, j'ai assisté de loin
à la scène du morceau de sucre, et j'en ai
bien ri.

— Il a regretté de ne pas te rencontrer.

— Il a eu tort; j'étais en veine de taqui-
nerie, et il en aurait pâti.

— Mais il reviendra demain, continua Madame La Tremblaie, il dînera avec nous, et
j'espère que tu nous feras grâce de tes gami-
neries.

Raymonde tourna brusquement vers sa
mère un visage dont l'expression était devenue méfiante et presque agressive. — Je

3

n'ai pas le talent de parler autrement que je
ne pense, répliqua-t-elle vertement; quand je
vois M. Osmin de Préfontaine, il ne me vient
que des pensées drôles... Que veux-tu que j'y
fasse ?

— Je veux, mademoiselle, s'écria Madame
Clotilde avec emportement, que vous ayez plus
d'égards pour un garçon qui mérite qu'on le
traite sérieusement !.. Je vous laisse avec
votre père, qui vous dira le reste.

Elle sortit lentement, tandis que Raymonde la suivait de ses grands yeux étonnés.
— Qu'est-ce que cela signifie? murmura la
jeune fille en courant se pelotonner sur les
genoux de son père, dont elle prit le cou
dans ses bras.

— Ta mère a raison, répondit M. La Tremblaie d'un air embarrassé, M. de Préfontaine
est un galant homme que tu devrais traiter
avec moins de sans-façon. — Il réfléchit un
moment, tandis que la jeune fille continuait à
se câliner sur ses genoux, puis reprit : — Raymonde, te souviens-tu de ta dernière année de
pension?

— Oh ! oui, fit-elle, tiens, j'en bâille encore
rien que d'y penser.

— Et te rappelles-tu un jour où j'entrai au

parloir, tandis que tu étudiais ton piano ? Tu
me tournais le dos et tu ne me savais pas là ;
au lieu de jouer, tu avais posé languissam-
ment tes mains sur le clavier (je te vois encore), et tu soupirais d'un ton lamentable : —
O mon Dieu, un petit mari ! un tout petit
mari !

— Je crois bien, je m'ennuyais à avaler ma
langue.

— Et maintenant tu ne t'ennuies plus ?

— Pas quand je suis avec toi ! dit-elle en
lui déposant un baiser sur le front ; mais de
temps à autre, quand je suis restée trop longtemps en tête-à-tête avec moi-même, il me
vient des giboulées d'ennui.

— Et si alors on t'offrait un mari, petit ou
grand?

Elle dénoua vivement ses bras et d'un bond
sauta à terre. — Tu veux me marier avec
M. de Préfontaine ? s'écria-t-elle en regardant
fixement son père et en le menaçant du
doigt.

— Mon Dieu, repartit M. La Tremblaie en
rougissant, ta mère et moi nous en causions
tout à l'heure... Franchement, ce serait un
parti convenable.. En admettant qu'il te plaise,
mignonne !

Elle secoua les épaules à la manière des enfants mécontents, tourna le dos à son père et se campa devant la fenêtre, où ses doigts se mirent à tambouriner.

— Préfontaine, reprit timidement M. La Tremblaie, n'est pas un bellâtre, mais il est bien portant et bien taillé.

— Comment donc? interrompit Raymonde en tambourinant avec fureur, six pieds, un géant !

— Il a un beau nom, ses ancêtres...

.— Sont allés aux croisades, je sais !

— Il s'est bravement conduit pendant la guerre ; il a un caractère loyal, un cœur d'or, et il t'aime...

— Bêtement, c'est vrai; mais, si nous étions mariés, je le verrais toujours courant avec un morceau de sucre en avant de son cheval pie.

— Peux-tu t'arrêter à de pareils enfantillages ? s'écria M. La Tremblaie, impatienté ; on dirait vraiment que dans ce pays perdu tu as l'embarras du choix.

— Les maris ne poussent pas que dans ce pays, je suppose !

— Nous sommes fixés ici... Et puis, poursuivit tristement le père de Raymonde, il y a

d'autres raisons plus graves qui bornent for-
cément ton choix.

Elle se retourna brusquement : — Lesquelles ?

— Tu les connaîtras plus tard.

— Eh bien ! alors, attendons !

— Oui, mais moi, mauvaise enfant, je ne
voudrais pas te laisser seule avec ta mère, et
je puis mourir.

— Oh !.. — Elle contempla avec effroi la
figure pâlie et maladive de son père, et il y
eut entre eux un moment de profond silence.
Par la fenêtre ouverte, on entendait le bruis-
sement rhythmé des faux dans la prairie, les
aboiements lointains des chiens du village et
le bourdonnement sourd des abeilles parmi
les tilleuls de l'avenue. Raymonde revint doucement vers M. La Tremblaie et, s'agenouillant près de lui, la tête levée vers la sienne,
les yeux dans ses yeux : — Voyons, père,
murmura-t-elle, ce mariage te ferait-il bien,
bien plaisir ?

— Il me rassurerait sur ton avenir en même
temps qu'il nous ferait prendre pied dans ce
pays, où l'on nous regarde un peu trop comme
des oiseaux de passage. Ce serait une bonne
chose pour nous tous.

3.

— Eh bien ! pour toi... rien que pour toi,
tu entends !.. je te promets d'essayer de m'ha-
bituer à cette idée-là ; mais il ne faudra pas
trop me presser, tu sais !.. Ma mère et *lui*,
vous me laisserez le temps de m'acclimater
petit à petit.

— Chère enfant ! dit-il en lui prenant les
mains, pauvre enfant !

Raymonde sentit son front mouillé par une
larme ; elle sauta au cou de son père, le baisa
avec une brusquerie passionnée et sortit sans
ajouter un mot.

Elle monta rapidement dans sa chambre,
dont les fenêtres donnaient sur les bois, alla
s'asseoir dans l'embrasure d'une croisée et
plongea sa figure brûlante dans les feuillages
du lierre qui en tapissait les parois. — Le mariage ! elle y avait souvent rêvé, depuis deux
ans, à Paris ou en province, entre les quatre
murs des pensions où l'avait promenée la vie
nomade et singulière de ses parents ; mais le
mari idéal dont elle voyait la vague image
danser entre ses yeux et les pages de son livre
ne ressemblait guère au colossal Osmin de
Préfontaine. C'était un héros de roman doué
de toutes les séductions, paré de toutes les
élégances :

Charmant, jeune, traînant tous les cœurs après soi.

Plus tard, quand, amenée à Vivey en plein
printemps, elle avait été libre de galoper à
travers bois, le fantôme de l'idéal amoureux
l'avait de nouveau hantée pendant ses folles
courses sous la haute futaie. Elle le cherchait
jusqu'au creux des ravins où chantent des
sources à la voix berceuse ; elle s'imaginait le
voir soudain apparaître au détour d'une sente,
comme un fils de roi dans un conte de fées.
Maintenant il fallait dire adieu aux rêves, renoncer à chevaucher en plein pays de féerie
et marcher prosaïquement au-devant du
fiancé réel que le hasard lui offrait. Celui-là
n'avait rien d'un pur esprit, non, c'était bien
un amoureux de chair et d'os, — et quelle
chair florissante, quelle massive ossature ! —
Un robuste gentilhomme campagnard, chas-
sant six mois de l'année et passant les six
autres mois à des parties de pêche ou à
des parties de *rams*. Raymonde quitta l'embrasure de là fenêtre et d'un bond vint se
placer devant une haute glace oblongue, en-
cadrée dans des baguettes aux dorures ternies,
et surmontée d'un trumeau. Sur le trumeau
était peint un berger à la veste enrubannée,
jouant du chalumeau au pied d'une bergère

en paniers, qui l'écoutait avec des mines lan-
goureuses. Dans le fond sombre de la glace,
Raymonde vit se refléter la partie supérieure
de son corps : sa taille svelte gracieusement
moulée par son corsage d'amazone, son cou
blanc et flexible, l'ovale élégant de son visage,
sa bouche d'enfant aux lèvres d'un rouge vif,
ses grands yeux aux brunes prunelles pique-
tées de points d'or, et le luxe soyeux de son
abondante chevelure aux tons chauds. Elle
n'avait pas de fausse modestie et se trouvait
franchement belle. Et songer que cette triom-
phante beauté serait à jamais cloîtrée dans le
triste pigeonnier de Lamargelle, que M. de
Préfontaine décorait du nom de château !..
Ses yeux remontèrent avec une expression dé-
solée jusqu'à la bergerie du trumeau. Ce berger, jouant éternellement la même chanson
d'amour, semblait lancer à la jeune fille des
œillades ironiques ; cette bergère galamment
pomponnée la regardait d'un air de pitié. Elle
frappa du pied avec un dépit concentré et retourna se blottir dans son embrasure, inquiète,
farouche, indécise, mordillant des feuilles de
lierre arrachées au treillage, et se demandant
quelle mine elle pourrait bien faire le lendemain pour décourager M. de Préfontaine.

— Certes, madame, Pigeau n'est pas une
bête parfaite ; il a le garrot sensible, et répu-
gne à donner le premier coup de collier ; mais
une fois lancé, on ne peut plus l'arrêter...
Hé ! hé ! il ressemble à son maître, et c'est
pourquoi nous nous aimons, Pigeau et moi,
malgré nos défauts.

Tout heureux de cette saillie, M. Osmin de
Préfontaine emplit de son large rire le salon
où il causait avec M. et Mme La Tremblaie en
attendant le dîner. Très-grand et membré à
l'avenant, Osmin avait une voix de stentor,
des cheveux plantés dru sur un front de tau-
reau, et la barbe en éventail. Bien qu'il eût
vingt-cinq ans sonnés, son teint frais, ses gros
yeux humides et son excessive gaucherie lui
donnaient l'air ingénu d'un adolescent qui a
démesurément grandi pendant sa dernière
année de collége. La bonté et la confiance se

lisaient sur son visage qu'un rien faisait rougir. Il y avait dans l'ensemble de ce géant
quelque chose qui rappelait la lourde et indulgente bonhomie de ces gros chiens des
Pyrénées, si terribles d'aspect et si doux de
caractère. Ses mains et ses pieds semblaient
l'embarrasser considérablement. Il n'en savait que faire, et tentait pour les dissimuler
des efforts qui ne servaient qu'à attirer l'attention sur ces malencontreuses extrémités.
Dès qu'il apercevait ses chaussures, ornées
pour la circonstance de guêtres de piqué dont
a blancheur crue tirait l'œil, il se hâtait de
les renfoncer sous le siége de son fauteuil.;
puis, comme elles y étaient mal à l'aise, il
finissait par les délivrer de leur prison et
par les croiser modestement l'une sur l'autre.
Il n'interrompait ce travail que pour jeter à
la dérobée de timides regards vers la porte par
où devait entrer Raymonde.

Elle parut enfin, demi-souriante et demi-
sérieuse, la taille bien prise dans une robe de
toile, et la tête environnée comme d'une auréole par ses cheveux roux légèrement crêpés.
Le dîner était servi, Préfontaine offrit le bras
à Madame Clôtilde, et l'on passa dans la salle à
manger dont les fenêtres ouvertes apportaient

aux dîneurs une fine senteur de chèvrefeuille,
mêlée à l'odeur plus pénétrante des foins récemment fauchés. Trompant les craintes de
Madame La Tremblaie, Raymonde s'étudiait à
mettre une sourdine à ses espiègleries habi-
tuelles. Réservée, presque silencieuse, elle re-
tenait sur ses lèvres les saillies d'enfant terrible que provoquaient d'ordinaire les naïves
réflexions d'Osmin. La contrainte qu'elle s'imposait donnait à sa figure une expression mystérieuse et piquante qui fut un nouveau
charme pour M. de Préfontaine. Deux ou
trois fois ses yeux cherchèrent ceux de la
jeune fille et furent étonnés de rencontrer un
regard qui n'avait rien de moqueur. Elle
écouta une longue histoire de chasse sans
l'interrompre une seule fois, et au dessert,
comme Osmin s'extasiait sur la beauté d'une
corbeille de fleurs placée au centre de la table,
Raymonde poussa l'amabilité jusqu'à y prendre un bouton de rose et à le fixer elle-même
à la boutonnière du géant. Madame Clotilde
n'en pouvait croire ses yeux, M. La Tremblaie
souriait silencieusement, et Préfontaine, dans
son ravissement, but coup sur coup deux verres de vieux bourgogne qui achevèrent de lui
procurer une douce griserie.

Après le café, Raymonde et sa mère, laissant les deux hommes fumer leur cigare, re-
gagnèrent le salon, et quelques minutes après
les sons du piano touché par la jeune fille arrivèrent mollement jusqu'aux oreilles d'Osmin.
Il avait enfin réussi à mettre ses jambes à
l'aise et se creusait la tête pour entretenir une
conversation que M. La Tremblaie laissait
s'éteindre à chaque instant. Préfontaine trouvait ce soir-là au piano des sons d'une mélodie charmante, et il manifestait sa joie en battant la mesure à contre-temps. Pourtant, s'il
eût été plus au courant de la musique contem-
poraine, l'air choisi par Raymonde aurait dû
lui inspirer des craintes. Elle jouait avec une
expression singulièrement ironique un motif
d'une opérette en vogue, dont les paroles, si
elles avaient été connues d'Osmin, l'auraient
prodigieusement ébahi. C'était l'air de *la
Grande-Duchesse* ·

> Dites-lui qu'on l'a remarqué,
> Distingué;
> Dites-lui qu'on le trouve aimable...]

— Une jolie musique! murmura Préfontaine en dodelinant de la tête, je ne suis pas
connaisseur, mais je n'ai rien entendu qui
m'ait fait autant de plaisir.

M. la Tremblaie, qui connaissait l'opérette
et flairait une nouvelle espièglerie de Raymonde, avait d'abord froncé le sourcil ; mais,
voyant l'air naïvement émerveillé de son compagnon, il se rassura et s'inclina en signe
d'assentiment.

Une à une, les notes s'envolaient railleuses,
câlines, vibrantes, et emportaient avec elles la
raison d'Osmin de Préfontaine :

> Dites-lui que, s'il le voulait,
>   On ne sait
> De quoi l'on serait capable...

Osmin se leva, jeta son cigare et hasarda
quelques pas dans la direction du salon. A la
fin, n'y tenant plus, il regarda M. La Tremblaie d'un œil si suppliant que celui-ci eut
pitié de son impatience : — Mon cher monsieur, murmura-t-il, ne vous embarrassez pas
de moi. La musique me plaît mieux d'un peu
loin. Allez, je ne vous retiens plus.

Préfontaine n'avait pas attendu la fin de ces
paroles pour ouvrir la porte. Il se dirigea rapidement vers le salon, dont le séparait la
bibliothèque ; mais on n'est pas haut de six
pieds et taillé en proportion sans avoir le pas
lourd, surtout lorsqu'on est chaussé de forts

4

brodequins fabriqués par le maître cordon-
nier de Lamargelle. — Raymonde distingua
de loin ce pas retentissant sur le parquet sonore ; elle eut le pressentiment d'un long et
inquiétant tête-à-tête, ménagé entre elle et
son colossal amoureux. Brusquement ses
doigts s'arrêtèrent sur le clavier, et sans écouter les observations de sa mère, elle s'enfuit
dans le jardin, avec lequel communiquait le
salon.

Lorsqu'Osmin entra timidement, le piano
ouvert vibrait encore, mais la musicienne s'é-
tait envolée ; il ne restait plus que madame Clotilde étendue dans un fauteuil et en train de
feuilleter un journal de modes. La figure de
Préfontaine s'allongea et prit une si comique
expression de désappointement, que la dame
ne put réprimer un sourire. — Ce n'était pas
pour moi que vous veniez, hein ? s'écria-t-
elle. — Elle lui fit signe de s'asseoir près d'elle
et continua : — Avouez que vous l'aimez joliment ?

— Mon Dieu, oui, répondit-il après avoir
soupiré, je l'aime, bien que je reconnaisse
n'avoir rien en moi de séduisant : je suis
pauvre, je ne sais pas parler et j'ai une taille
ridicule...

— Vous êtes trop modeste, cher voisin, interrompit madame La Tremblaie ; avec votre nom et votre situation dans le pays, on peut prétendre aux partis les plus huppés. Voulez-vous que je vous parle franchement ? Eh bien, si vous aimez Raymonde, osez le lui dire ; plaidez vous-même votre cause, et vous réussirez. Seulement...

— Seulement ?... répéta-t-il d'une voix anxieuse.

— Qui sait ?... Lorsqu'il faudra conclure, les difficultés viendront peut-être de votre côté et non du nôtre.

— Quelles difficultés ! se récria Osmin, ah ! chère dame, vous ne savez pas à quel point je l'aime. Je serais homme à déraciner la forêt de Vivey tout entière, si elle se dressait pour m'empêcher d'épouser mademoiselle Raymonde.

— Il ne s'agit pas de déraciner une forêt, répliqua-t-elle avec un sourire insinuant, mais enfin il vous faudra sauter à pieds joints sur certains préjugés de famille et de naissance auxquels, dans votre monde, on a contume d'attacher une importance exagérée, et cela vous sera peut-être plus difficile que vous ne pensez.

— N'est-ce que cela? dit-il avec un large
éclat de rire, oh! oh! je ne suis pas entiché
de ma noblesse au point de m'imaginer que
je me mésallie en épousant une jeune fille qui
n'a point de particule. D'ailleurs, je n'ai d'autre parent qu'un vieil oncle, fort indulgent
en pareille matière, car il s'est marié avec sa
servante.

Cette réponse parut mettre madame La
Tremblaie beaucoup plus à l'aise. Elle poussa
un soupir de satisfaction et reprit : — En ce
cas, mon cher ami, permettez-moi de vous répéter que vous êtes trop réservé avec Raymonde. Les femmes aiment les audacieux.
Lui avez-vous déjà parlé de votre amour?

— Jamais! s'écria-t-il, je ne me le serais
pas permis sans votre autorisation.

— Eh bien! je vous donne carte blanche.
Parlez dès ce soir, et menez les choses rondement; vous verrez que vous n'aurez pas à
vous en repentir.

— Mais, murmura Osmin, effrayé et un peu
choqué, mademoiselle Raymonde ne trouvera-
t-elle pas cette ouverture trop brusque? J'aurais désiré qu'elle fût mieux préparée à m'entendre, et j'ai peur d'être mal reçu.

Madame Clotilde le vit décontenancé et per-

plexe, et avec cette hardiesse qui formait la
trempe de son caractère, elle résolut de frapper un dernier coup destiné à terminer les
hésitations de l'honnête garçon dont elle voulait faire son gendre.

— Quel amoureux transi vous êtes ! s'exclama-t-elle en haussant les épaules. — Elle
alla vers Osmin qui se promenait de long en
large dans le salon, où glissaient les premières ombres du crépuscule : — Tenez, continua-t-elle en le prenant par le bras... Raymonde est au jardin, allez la rejoindre, et
dites-lui ce que vous dictera votre cœur

Elle l'avait conduit jusqu'au bord des massifs, où les pétunias répandaient dans la nuit
leur odeur de girofle, et quand Préfontaine se
retourna pour lui répondre, elle avait déjà re-
gagné la maison.

Le grand garçon resta un moment pensif,
secoua ses épaules, tira un long soupir du
fond de sa poitrine. et contourna rapidement la pelouse assombrie. Il fureta vainement dans les allées qui s'enfonçaient, mystérieuses, sous des bosquets de sorbiers et
d'arbres verts ; il visita le potager, la serre et
le verger, — personne ! Comme il longeait
une dernière allée riveraine du mur de clô-

4.

ture, il vit que la petite porte donnant sur les
bois était restée entr'ouverte. — Bon ! pensa-
t-il, l'espiègle aura pris la clef des champs. —
Et, poussant lui-même cette porte entre-
bâillée, il s'engagea dans un sentier-étroit et
rapide, qui escaladait le coteau parmi des
bouquets de trembles et d'alisiers.

Il avait allumé un cigare et cheminait lentement, n'étant point fâché de se trouver un
moment seul et de réfléchir à son aise aux
singuliers conseils de Madame Clotilde. Le bon
Osmin avait l'intelligence lourde, et il lui fallait longuement ruminer les choses avant de
se les assimiler. Ce qu'on venait de lui dire
l'avait plutôt refroidi qu'encouragé. Ce n'était
pas qu'il fût collet-monté ni qu'il eût des
principes rigides. Son éducation avait été
toute rustique. Il avait perdu sa mère de très-
bonne heure ; son père, en vrai gentilhomme
campagnard, passait sa vie à la chasse ou au
jeu, et l'avait abandonné jusqu'à dix ans aux
soins des domestiques. Un curé de village,
chargé de son instruction, avait à grand'peine
dégrossi son esprit opaque. Dès l'âge de quinze
ans, les façons et les mœurs d'Osmin s'étaient
modelées sur celles des fermiers et des chas-
seurs avec lesquels il frayait. Il ne s'effarou-

chait nullement d'une mésalliancé et, si le
cœur lui en avait dit, il aurait sans scrupule
épousé la fille d'un bûcheron ou d'un char-
bonnier ; mais il avait la méfiance instinctive
du paysan, et il trouvait je ne sais quoi de
louche et d'inquiétant dans cette hâte avec
laquelle Madame Clotilde lui jetait pour ainsi
dire sa fille à la tête. Sa future belle-mère ne
lui revenait qu'à moitié. Pourtant, quand le
cours de ses réflexions ramenait dans son cerveau l'image de Raymonde avec sa magnifique
chevelure, son corps souple, ses beaux bras
attirants, il se sentait remué des pieds à la
tête, sa gorge se serrait, et il était empoigné
par un violent désir de posséder à lui tout
seul cette éblouissante fleur de beauté. —
Après tout, se disait-il, on n'épouse pas la
famille... Une fois que Raymonde sera ma
femme, nous vivrons chez nous, et ne verrons
les La Tremblaie qu'aux fêtes carillonnées. Je
me trouve ridicule, ma parole ! Il semblerait,
à me voir faire le pointilleux, que je n'ai plus
qu'à tendre la main pour emmener Raymonde
chez moi ! Mais, triple niais, songe donc combien elle est élégante, fine, spirituelle ! Une
vraie duchesse ! Sais-tu seulement si elle voudrait d'un rustre comme toi ?

Il en était là de ses réflexions quand il heurta
du pied une souche à demi déracinée, et, relevant la tête, il s'aperçut qu'il était arrivé à un
large pâtis parsemé de touffes de genévriers
et encadré dans les bois. — Diantre ! murmura-t-il, me voici déjà au *Champ-Carré*, et
point de Raymonde ! — Le ciel fourmillait
d'étoiles ; sur l'horizon plus clair, les lisières
immobiles de la forêt détachaient leurs masses sombres. A gauche, du côté de la gorge de
Vivey, le bruit du ruisseau montait avec des
sons flûtés, et de blanches buées traînantes,
indiquant le cours de l'eau, ondulaient comme
une gaze parmi des bouleaux au feuillage
frémissant. Les regards d'Osmin fouillaient
vainement la grise étendue de la friche. Tout
à coup il poussa un grognement de surprise
et s'arrêta net, tandis qu'un léger frisson courait le long de son épine dorsale. A deux cents
pas environ, vers l'endroit où les buées commençaient à raser la pelouse, une lueur rouge
dansait derrière des genévriers, et, s'enlevant
en noir sur cette rougeur, une svelte silhouette
humaine agitait sa tête, couronnée d'une auréole de petites étoiles phosphorescentes. Osmin, superstitieux comme un franc paysan,
songea tout d'abord au *Folletot*, ce lutin de la

montagne langroise, et ne put réprimer un
mouvement d'instinctive frayeur. Comme il
était brave, au demeurant, il eut vite raison
de cette première sensation de malaise et s'a-
vança d'un pas délibéré vers les lueurs mystérieuses. Il n'était pas à moitié du chemin que
l'aboiement d'un chien l'avait déjà ramené en
pleine réalité. En même temps, l'étrange silhouette couronnée d'étoiles s'était approchée
de lui, et il reconnut Raymonde. La coquette
fille avait tout simplement niché dans ses cheveux une dizaine de vers luisants, qui continuaient de jeter leurs feux verdâtres parmi
les soyeuses crépelures de ses boucles abon-
dantes. — Gageons que je vous ai effrayé,
s'écria-t-elle en riant.

— Effrayé, non, répliqua-t-il, mais troublé... Vous êtes belle comme une fée.

— Venez, continua-t-elle, j'étais en train de
me faire tirer la bonne aventure... Croyez-
vous aux sorciers, monsieur de Préfontaine ?

Elle l'amena encore tout ébahi près d'un
feu de pâtre, où se tenait enveloppé dans sa
limousine un paysan maigre et dépenaillé
dans lequel Osmin reconnut le berger de Vivey. — Hé ! c'est Trinquesse, dit-il en riant à

son tour, bonsoir, vieux !... Les juges de
Langres ne vous ont donc pas encore dégoûté
de votre métier de sorcier ?

Le berger souleva son feutre à larges bords,
et imposant silence à son chien : — Les juges
ne changeront pas ce qui est, monsieur de
Préfontaine, murmura-t-il, tandis que sa face
plissée de rides grimaçait un sourire et que
ses petits yeux malins dévisageaient le jeune
homme : ils n'empêcheront pas les lignes de
se croiser dans le creux des mains ni les étoiles de se marier dans le ciel. Et si les signes
célestes ont des correspondances avec les signes de la main, qu'y peuvent les juges ?.. Eh !
eh ! répondez, vous qui êtes un monsieur et
qui avez été aux écoles !.. Voyez-vous, les signes sont muets ou raisonnables suivant qu'on
a le don de les faire parler, et qui possède
le don sait bien des choses que les juges ne
connaîtront jamais... Ha ! ha ! j'ai dit à plus
d'un des pensées qu'il croyait enfermées à clef
au mitan de son cœur !

— Le fait est, ajouta Raymonde, que Trinquesse m'a conté des choses qui me renver-
sent... A votre tour, monsieur de Préfontaine, donnez-lui votre main

— Volontiers, répondit-il en s'agenouillant

dans l'herbe ; voici ma main, mon brave, et la pièce d'argent blanc avec... Dites-moi si j'aurai ce que je désire ?

Le berger jeta une poignée de ramilles sur le feu qui se ranima, et prenant la large paume d'Osmin, l'étudia minutieusement aux lueurs du brasier. Raymonde s'était assise sur une pierre, le front dans ses mains. Autour d'eux, on n'entendait que le lointain murmure du ruisseau, et parfois la voix chevrotante d'un mouton qui se réveillait dans le parc voisin et jetait un bêlement plaintif à travers la nuit.

— Ouais ! commença Trinquesse, voici un doigt *annulier* qui ne portera pas d'anneau de mariage, et cette croix sur le *mont de Saturne* annonce des déboires d'amour... Vous ne vous marierez point, monsieur de Préfontaine.

— Plaît-il ? grogna Osmin, fort mécontent de ce début.

— Apaisez-vous, poursuivit le berger, vous n'en serez mie plus malheureux... Votre ligne de vie est claire, saine et rubiconde, vous vivrez longtemps en joyeuse humeur, avec bonne table et bon feu...

Raymonde éclata de rire. — La peste ! dit Osmin, humilié de la gaîté de la jeune fille et du peu glorieux horoscope formulé par Trin-

quesse, vous n'y entendez rien, vieux farceur,
et je suis bien bon d'écouter vos *dailleries*...
Il se fait tard, mademoiselle Raymonde, si
nous laissions le bonhomme à ses moutons?

Raymonde fit un signe d'acquiescement, et
ils prirent congé de Trinquesse. La jeune fille,
relevant avec un joli geste ses longues jupes
qui traînaient dans la rosée, se mit à marcher
d'un pas net et bien détaché, serrant autour
de sa taille cambrée un petit châle de laine, et
redressant avec crânerie sa tête toute scintil-
lante de vers luisants. Osmin se tenait silencieux à son côté, d'un air déconfit, mâchonnant
entre ses lèvres un brin de sauge arraché au
gazon pendant la consultation du berger. Le
malencontreux pronostic de Trinquesse avait
troublé le bel ordre du discours qu'il s'était
proposé d'adresser à Raymonde, et il ne savait plus par où commencer. Pour achever de
l'intimider, la lune se leva au-dessus des bois
et jeta des nappes bleuâtres sur la friche du
Champ-Carré où les grillons poussaient en
chœur leurs petits cris qui semblaient à Osmin autant de grêles éclats de rire. — Cette
grande clarté ne me va pas, pensa-t-il, je parlerai quand nous serons sous bois.

Quant à Raymonde, rassurée par la réserve

de son amoureux, elle avait repris tout son
aplomb. — Vous êtes taciturne, dit-elle à Osmin ; moi, tout au contraire, cette lune me
met en gaîté. La nuit, dans les bois, toutes
les vieilles chansons de ma nourrice me reviennent aux lèvres, et il faut que je chante.
— Et brusquement elle entonna de sa voix
chaude et vibrante une ballade rustique qui
rendit un peu de courage à Préfontaine. Ses
dernières hésitations se fondaient à mesure
que les paroles s'envolaient dans l'air sonore. C'était un vrai chant de sirène, et Osmin eût suivi jusqu'au bout du monde la
charmeuse qui lançait d'une voix mordante et
pourtant si câline ces quatre vers :

> L'amour, l'amour qu'on aime tant,
> Est comme une montagne haute ;
> On la monte tout en chantant,
> On pleure en descendant la côte...

Ils descendaient, eux aussi, la rampe qui
aboutissait à la porte du jardin ; à chaque pas
se raccourcissait le terme de la promenade, et
à mesure diminuait la chance qui avait été
donnée à Osmin de déclarer ce soir-là son
amour. — N'est-ce pas que cet air est joli ?
murmura la chanteuse en levant vers son co-

5

lossal compagnon sa tête ébouriffée, où les
vers luisants ne jetaient plus qu'un éclat affai-
bli, mais où en revanche deux yeux ensorce-
lants étincelaient au clair de lune.

Osmin ne put résister à ce regard. Il fit une
brusque volte-face, et s'adossant à un poirier
sauvage qui avait poussé au beau milieu du sentier : — Mademoiselle Raymonde, commença-
t-il d'une voix étranglée par l'émotion, je vous
aime bien ! et malgré ce qu'a dit ce vieux fou
de berger, je me crois d'étoffe à faire un bon
mari... Auriez-vous de la répugnance à vous
appeler Madame de Préfontaine..?

Elle recula, visiblement décontenancée par
cette déclaration à brûle-pourpoint, baissa les
yeux, regarda entre ses cils la mine anxieuse
de ce grand garçon qui lui barrait le passage,
et dont le visage était illuminé par un rayon
de lune, puis elle se mordit les lèvres et chercha s'il n'y aurait pas moyen de fuir en se lançant en plein taillis ; mais de chaque côté le
fourré était épais, et Osmin tenait toute la lar-
geur du sentier... Il fallait répondre et elle demeurait sans voix.

— Vous gardez le silence, murmura-t-il ; ma
brusquerie vous a effrayée ?

— Un peu, répliqua-t-elle en essayant de

plaisanter... C'est la première fois qu'on m'ho-
nore d'une pareille demande, et j'en suis tout
ébaubie.

— Je sais mal m'y prendre... J'aurais dû
vous dire d'abord que madame votre mère connaît mon désir, et que c'est avec son agrément
que je me permets de vous poser cette question.

Comme elle restait silencieuse, il reprit :

— Je conviens que c'est hardi de ma part...
Je ne suis pas un parti brillant, et je ne m'a-
buse pas sur mes avantages personnels.

Cet humble et honnête aveu eût mérité au
moins un mot aimable ; Raymonde le sentait,
et rien ne lui venait aux lèvres qu'une petite
moue boudeuse, qui lui allait d'ailleurs à ra-
vir. Elle roulait et déroulait autour de ses
mains les bouts de son châle de laine.

— Je suis gauche et déplaisant ! soupira
Osmin désappointé.

— Je ne dis pas cela ! s'écria-t-elle enfin
après un long effort ; mais... mais je n'ai jamais songé au mariage... Il me semblait toujours que j'aurais bien le temps d'y penser
quand je serais plus vieille.

— A cinquante ans, par exemple ! fit-il avec
un gros rire.

— Non, mais dans une couple d'années, au

plus tôt. Après tout, j'ai dix huit ans à peine.

— Rassurez-vous, murmura-t-il mélancoliquement, je ne veux point vous mettre le
pistolet sur la gorge... Je vous donnerais du
temps. Dites-moi seulement que vous essaie-
rez de vous apprivoiser à l'idée d'être ma
femme, si étonnant que cela vous paraisse tout
d'abord.

Elle le regarda de nouveau entre ses longs
cils, et le voyant carrément accoté à son arbre, bien résolu à ne point bouger avant d'a-
voir reçu satisfaction, elle poussa un soupir :

— De sorte, insinua-t-elle, que si je consen-
tais à essayer, vous me laisseriez le temps de
la réflexion ?

— Je vous le promets.

— Et ensuite, poursuivit-elle avec un provocant sourire, si, après avoir tout fait pour
essayer, je ne me décidais pas ?...

Osmin baissa le nez sans répondre.

— Vous ne manqueriez pas, s'écria-t-elle,
de le crier sur les toits et de me traiter de
fieffée coquette !

— Non, dit-il en relevant bravement la
tête, je maudirais ma mauvaise chance et je
m'éloignerais, vous aimant et vous estimant
toujours.

Les yeux d'Osmin étaient devenus humides.
Raymonde semblait touchée et impatientée à
la fois ; elle battait nerveusement la terre du
talon de sa bottine. — Je vous ennuie, fit
piteusement Préfontaine, vous voudriez bien
être débarrassée de moi ?

— Non.., seulement il est tard, et on sera
inquiet à la maison.

— Pardon d'avoir si mal choisi mon heure...
Mais je souffrais trop de me taire... Vrai, j'en
maigrissais !

Elle sourit et mesura la haute carrure du
géant d'un regard malicieux qui semblait dire :
— Il n'y paraît guère !

— Je n'ai pas eu le courage d'attendre à
demain, continua-t-il, j'ai voulu connaître ma
sentence dès ce soir... Et avec tout cela, je ne
la connais pas ; je ne sais pas encore si vous
m'aimez un peu ou si vous me haïssez.

— Je ne vous hais point, répliqua-t-elle,
tout comme Chimène, mais avec moins d'enthousiasme. Son embarras redoublait ; Osmin
avait fait un pas en avant et avait saisi les
doigts de la jeune fille dans sa forte main.
— Dites-moi oui ou non, murmura-t-il.

En sentant ses doigts prisonniers dans ceux
du sentimental Préfontaine, elle jeta à droite

5.

et à gauche un regard désespéré. Incertaine
de ce qui allait suivre, effarouchée, agacée,
elle marmotta précipitamment : — Eh bien,
oui, oui ! — Et profitant de ce qu'Osmin en
se déplaçant avait laissé un petit espace libre
entre l'arbre et le taillis, elle lui glissa entre
les doigts comme un lézard, dévala rapidement jusqu'au bas de la rampe, et saisit en
toute hâte la poignée de la petite porte...
Pourtant, voyant sa retraite assurée, elle eut
comme un remords de sa cruauté, et avant
de disparaître : — J'essaierai ! s'écria-t-elle
de sa voix vibrante, à demain ! — Et la porte
se referma.

I V

« Mieux vaut, dit le livre des *Proverbes*, être convié de bon cœur à un simple repas d'herbes, que de mauvaise grâce à un festin de bœuf rôti. » — Osmin n'était pas de l'avis du roi Salomon, car malgré la grise mine et les façons embarrassées de Raymonde, il avait pris ses réponses évasives pour un bel et bon engagement. Fort de la ratification de Madame Clotilde et de M. La Tremblaie, il se regardait comme un fiancé en titre et faisait sa cour avec ferveur. Raymonde, moitié par obéissance, moitié par désœuvrement, acceptait sans trop de rebuffades les hommages de son amoureux. Quand on vit dans un pays perdu où les adorateurs ne poussent pas précisément comme des champignons, il y a toujours une secrète douceur à se sentir adorée, même d'un homme qu'on n'aime pas. A dix-huit ans, à défaut de l'amoureux on aime l'amour,

on trompe son cœur comme on trompe sa
faim par toute sorte de faux semblants.
Raymonde se divertissait à sentir cette plaisante odeur qui émane d'un cœur sincère-
ment épris. Si grossier que fût le vase, le parfum n'en fleurait pas moins agréablement, et
ses délicates narines roses ne dédaignaient pas
de le respirer de temps à autre. Elle accueil-
lait les tendresses d'Osmin de l'air bénévole
d'une reine qui croit que tout lui est dû, sans
se douter que ses sourires étaient considérés
par Préfontaine comme autant de billets qu'il
se promettait bien de présenter à l'échéance ;
mais les filles coquettes, de même que les
emprunteurs, croient que l'échéance n'arrivera jamais. Elle avait du temps devant elle,
on lui avait promis de ne pas la presser, et le
terme du mariage était dans un lointain si
brumeux qu'elle le perdait de vue à chaque
instant.

Osmin, au rebours, envisageait ce terme
bienheureux comme une blanche statue souriante, solidement assise à l'extrémité d'une
verte avenue dans laquelle il faisait un pas de
plus chaque jour. Il prenait ses mesures en
conséquence et il avait déjà installé des ouvriers dans son pigeonnier de Lamargelle, afin

que la vieille demeure eût une physionomie
plus gaie, et que Raymonde y trouvât un nid
convenable, lorsqu'elle se déciderait à l'habiter. — Tout sera bientôt prêt et arrangé à souhait, dit-il un soir à Madame Clotilde, je n'ai
plus à m'occuper que d'une formalité indispensable ou plutôt d'une corvée, puisqu'elle me
forcera à m'absenter pendant quelques semaines. Je vous ai parlé d'un vieil oncle qui
habite à quarante lieues d'ici, dans le Morvan ;
je suis son filleul et son unique héritier, mais il
a épousé sa gouvernante, une madrée paysanne
qui tirerait volontiers à elle toute la couverture, si je n'y mettais le holà. Aussi vais-je
tous les ans, à l'ouverture de la chasse, passer six semaines avec le bonhomme. Il est
quinteux, et, si je ne lui soumettais pas tout
d'abord mon projet de mariage, il serait capable de me jouer un tour dans son testament.
Je vais l'aller voir et je profiterai de ma visite
pour lui demander son consentement. A mon
retour, j'espère que nous fixerons le jour de
la noce.

Raymonde apprit sans grand émoi la nouvelle de ce voyage ; l'idée de vivre quelques
semaines sans avoir Osmin planté sans cesse
à son côté ne lui parut pas trop insupporta-

ble. La veille du jour fixé pour le départ, elle
n'en fit pas moins joyeusement sa chevauchée
à travers bois, revint de bonne humeur, dé-
jeuna de bon appétit, et, pour jouir plus à
l'aise des douceurs de la sieste, s'alla reposer
dans un hamac qui se balançait au fond du
jardin, à l'ombre de deux vigoureux platanes.
De là elle voyait à cent pas le ruisseau glis-
sant comme une couleuvre entre les oseraies,
puis les maisons du village dont les chemi-
nées envoyaient toutes dans la même direction leurs colonnes de fumée. Les coqs se
répondaient d'un bout de la rue à l'autre, les
fléaux dans les granges battaient les gerbes
alternativement; plus haut, sur le grand plateau qui domine Vivey et où les dernières
vagues de la forêt viennent expirer, les alouettes chantaient au-dessus des chaumes. La
jeune fille suivait de l'œil leur va-et-vient.
Elles montaient en droite ligne dans le bleu,
s'y perdaient gazouillant toujours, puis se laissaient tomber perpendiculairement et tout
d'un trait; d'autres leur succédaient, la musique aérienne et berceuse ne cessait jamais.
Les paupières déjà mi-closes, l'esprit à demi
submergé par le rêve, Raymonde savourait
avec volupté ce moment délicieux qui précède

le sommeil, où la réalité des objets s'efface,
où il ne surnage plus des choses que la musique et le parfum. Elle entendait les alouettes
lui chanter : — Osmin s'en va. — L'écluse du
moulin répétait : — Il part demain ; — et les
cloches de midi semblaient ajouter : — Bon
voyage !... — Puis ses yeux se fermèrent tout
à fait, elle ne distingua plus rien et se plongea
dans le sommeil.

Elle rêva d'une longue allée, se prolon-
geant à travers une futaie de hêtres et de tilleuls ; tout au fond, Osmin galopait sur son
cheval pie. La bête et le cavalier ne formaient
déjà plus qu'un seul point dans l'éloignement,
et, sans plus se soucier d'eux, Raymonde s'a-
musait à cueillir un bouquet parmi de hautes
digitales qui semblaient tendre vers elle leurs
corolles pareilles à des doigts empourprés.
Tandis qu'elle composait sa gerbe, du milieu
de la futaie une voix chantait, une voix mâle
et caressante, forte et tendre en même temps.
Elle était sous le charme ; l'herbe paraissait
plus verte, les odeurs plus pénétrantes, à mesure que s'élevait cette voix magique. Tout à
coup le galop du cheval, retentissant de nouveau, se rapprochait rapidement, et le rire
d'Osmin, ce rire énorme et assourdissant

étouffait la voix de l'inconnu et rompait l'enchantement...

Une pluie de feuilles de roses tombant sur son visage et sur son cou la réveilla en sursaut, et à peine ses yeux furent-ils entr'ouverts qu'elle aperçut Osmin debout devant elle et riant aux éclats. — La plaisanterie est mauvaise ! s'écria-t-elle en frottant ses paupières alourdies avec le geste dépité et gracieux d'un enfant dont on interrompt le premier sommeil ; y a-t-il longtemps que vous êtes là ?

— Un gros quart d'heure, répondit-il.

— Et vous ne disiez rien ? reprit-elle furieuse. — Elle s'aperçut que sa robe, soulevée par le mouvement du hamac, laissait voir la naissance de ses jambes chaussées d'un fin bas de soie à rayures blanches et bleues ; son courroux redoubla, et, ramenant précipitamment ses petits pieds sous sa jupe : — C'est une trahison, continua-t-elle ; regarder dormir quelqu'un, c'est aussi mal que d'écouter aux portes. Pourquoi ne m'avez-vous pas réveillée sur-le-champ ?

— Je m'en serais bien gardé ! Vous dormiez trop joliment et j'étais trop heureux de pouvoir vous admirer à mon aise. D'ailleurs vous aviez l'air de faire un si charmant rêve !

— Point, interrompit-elle, je rêvais de vous.

— Vraiment! s'écria Osmin, trop enchanté de cette réponse pour discerner ce qu'elle avait d'impertinent. — Il prit un siége rustique et s'assit près du hamac, de sorte que sa tête se trouvait de niveau avec celle de Raymonde. — J'arrive de Langres, ajouta-t-il, et je n'ai pas voulu passer devant votre porte sans entrer. Songez que je pars demain, mademoiselle Raymonde... Comme le temps va me durer là-bas, près de mon ennuyeux parrain !

— Est-ce que c'est lui, demanda-t-elle ironiquement, qui vous a gratifié du nom d'Osmin ?

— Nenni, répondit-il, ce nom est dans la famille depuis la troisième croisade. Mon ancêtre, Huon de Préfontaine, étant prisonnier d'un musulman nommé Osmin, séduisit par sa bravoure la fille de ce mécréant. Elle lui proposa de le faire évader, à la condition qu'il l'emmènerait avec lui. Mon aïeul était aussi pieux que brave, il refusa net, comme comme vous pensez bien, et le père, qui sut la chose, en fut si touché qu'il le renvoya sans rançon, à la condition que le baron de Préfontaine et tous ses hoirs à perpétuité

6

donneraient à leur aîné le propre nom de ce mauricaud.

— De sorte, dit-elle en clignant les yeux, que, si vous avez un garçon, il s'appellera Osmin. Oh ! ça, jamais, par exemple !

Cette protestation indignée impliquait tant d'agréables hypothèses, et faisait venir si délicieusement l'eau à la bouche du sire de Préfontaine qu'il se sentit prêt à abandonner lâchement toutes ses vénérables traditions de famille. — Il s'appellera comme vous voudrez, répliqua-t-il, la mine épanouie, tant pis pour le Sarrasin !

Elle tourna brusquement de l'autre côté du hamac sa tête dédaigneuse, et une légère nuance rose courut sur son teint blanc. — Mademoiselle Raymonde, continua le géant en posant sa lourde main sur le bord du hamac, qui se mit à osciller comme un pendule, vous penserez un peu à moi quand je serai là-bas ?

Point de réponse. — Promettez-moi au moins de ne pas penser à un autre...

Le visage de la jeune fille se montra de nouveau entre les mailles du hamac, et elle regarda railleusement Osmin entre ses cils : — Qui sait ? répliqua-t-elle, j'essaierai peut-

être de troubler le cœur du garde champêtre
ou du maître d'école? Ce pays-ci offre tant de
ressources!

— N'importe! je ne dormirai pas tranquille.
Vous êtes si séduisante et je le suis si peu. —
Aussi, balbutia-t-il en tirant de sa poche un
écrin de velours grenat, je vous demande
comme une grâce de porter en mon absence
ce bracelet que j'ai pris à Langres pour vous.

Elle fit volte-face et ses yeux se fixèrent curieusement sur l'écrin entr'ouvert, qui laissa
voir un porte-bonheur dont le cercle émaillé
était orné d'une pensée avec ces mots : *pensez
à moi*, gravés en or sur l'émail noir. Le tout
constituait un bijou d'un aspect lourd et d'un
goût douteux.

— Où avez-vous déniché cela? murmura-
t-elle du bout des lèvres.

— Il vous plaît, n'est-ce pas? s'écria le
brave Osmin ; permettez que je l'attache moi-
même et promettez-moi de ne plus le quitter.

Raymonde tendit nonchalamment son bras ;
il y agrafa le porte-bonheur, puis, s'inclinant
vers ce bras blanc et potelé, il y mit respec-
tueusement ses lèvres. — Maintenant, soupira-t-il, je retourne moins inquiet à Lamargelle. Demain mon domestique me mènera

avec Pigeau jusqu'à Latrecey, où je prendrai
le train. Nous passerons devant la Maison
Verte à neuf heures. Ne me ferez-vous pas
un bout de conduite?

Elle le lui promit, et il s'en alla demi-joyeux
et demi-mélancolique.

Le lendemain, quand le modeste équipage
traîné par Pigeau tourna l'angle du moulin de
Vivey, Préfontaine vit une jupe d'amazone
flotter entre les tilleuls de la Maison Verte, et
entendit le galop d'un cheval. Une demi-
heure après, Raymonde et lui couraient de
compagnie sur le chemin d'Auberive. Après
avoir traversé le bourg, ils prirent la route
qui suit le cours de l'Aube et parfois surplombe à pic au-dessus de la rivière. En cet
endroit, l'Aube, encaissée entre des collines
boisées, décrit de brusques circuits à travers
un terrain bossué et pierreux. Au pied de l'un
de ces tertres rocailleux, une forge abandonnée
dresse la carcasse noircie de ses bâtiments en
ruine, et sur la plate-forme du mamelon une
vieille maison basse, maussade, trapue et
flanquée d'une tourelle carrée à deux étages,
se profile sur le fond vert des bois, en face de
la route dont elle n'est séparée que par le
profond encaissement de la rivière. Quand

Raymonde et Osmin arrivèrent en vue de cette habitation isolée, la jeune fille considéra la forge en ruine et la maison à tourelle dont la mine rébarbative faisait tache dans l'ensemble riant de la vallée. — Qu'est-ce que cette bâtisse ? demanda-t-elle à Préfontaine.

— Ça, c'est Le Chânois, répondit-il ; le propriétaire est un original nommé M. Noël, qui y vit seul comme un hibou dans le creux d'un arbre mort.

— Le nid est fait à souhait pour l'oiseau ! dit dédaigneusement Raymonde, — et ils trottèrent de nouveau jusqu'à l'endroit où la route de Latrecey s'embranche dans la vallée de l'Aube, et où la jeune fille prit congé de son fiancé avec une rapide poignée de main. Elle revint sur ses pas au galop ; mais quand elle fut en face du Chânois, elle s'arrêta pour examiner l'habitation dont la physionomie revêche l'avait frappée. Au même moment, un chien au poil fauve s'élança dans le jardinet qui précédait la maison et salua Raymonde par de longs aboiements rageurs.

— Eh bien ! *Vagabonde*, à qui en as-tu ? s'écria de l'intérieur du logis une voix grondeuse, ne pourras-tu jamais tenir ta langue ? — Et M. Noël, vêtu de sa redingote verdâtre,

6.

parut sur la terrasse. Dès qu'il eut jeté les
yeux sur la route et aperçu l'amazone che-
vauchant sur son cheval au poil bourru, il
poussa à son tour un grognement : — Ah ! ah !
tu l'as reconnue, toi !... Rancune de femme
est plus vivace que chardon et ortie. Allons,
rentre ! Quand tu gronderas?... le passé est le
passé, et mieux vaut n'y plus songer...

Vagabonde, le poil encore tout hérissé, lança
un dernier aboiement sec dans la direction de
la route, et suivit en maugréant son maître dans
la pièce du rez-de-chaussée qui servait à la
fois de salle d'étude et de cuisine. Cette salle,
avec un retrait contigu transformé en bibliothèque et une chambre à coucher pratiquée
dans la tourelle, composait toute la partie ha-
bitable du Chânois ; le reste était abandonné
aux rats et aux chauves-souris. Les petits
carreaux verdâtres de la fenêtre encombrée
de livres éclairaient mal le pavé disjoint, la
haute cheminée noircie, la huche ventrue et
l'horloge dans sa longue caisse de bois. Aux
solives enfumées pendaient des bottes d'oi-
gnons, de jaunes épis de maïs et de longues
franges de haricots desséchés dans leurs gous-
ses entr'ouvertes. Un mince filet de soleil, pénétrant par la porte entre-bâillée, jetait dans

ce clair-obscur un long trait d'or jusqu'au
bord de la table où M. Noël était en train
d'éplucher des légumes. Le bonhomme n'avait
pas de domestique. Il faisait lui-même son
ménage et son lit, et ne souffrait pas qu'une
femme mît les pieds dans sa chambre. — Ces
créatures-là, disait-il brutalement, n'appor-
tent dans un logis que des puces et de mauvaises raisons. — Une vieille fermière du voisinage avait seule l'autorisation de venir tous
les huit jours déposer sur la huche le pain et
les provisions de la semaine. M. Noël se char-
geait du reste, et, pour le quart d'heure, il
était occupé à préparer son pot-au-feu. Pen-
due à la crémaillère, la marmite commençait
à chanter sur les tisons, et un corbeau apprivoisé surveillait l'ébullition de l'eau en sautil-
lant devant les chenets avec de comiques do-
delinements de tête.

Ce corbeau était l'une des constantes préoc-
cupations de *Vagabonde*. La chienne et lui vi-
vaient sur le pied d'une paix armée, se tolérant
mutuellement, mais ne cessant de comploter
chacun en son par-dedans de petites niches
machiavéliques à l'adresse du confrère. Pour
le moment, le corbeau lorgnait un morceau de
pain sec tombé aux pieds de M. Noël, et il s'en

était approché en tapinois ; déjà il le secouait dans son bec avec des mines voluptueuses, quand la chienne, qui feignait de dormir, se précipita d'un bond sur le croûton, le couvrit de ses deux pattes de devant et s'accroupit en répondant par des grognements sourds aux coups de bec désespérés de maître corbeau.

— Est-ce fini ? cria M. Noël impatienté, engeance hargneuse et jalouse, tu as tous les défauts de tes pareilles... Leur malicieuse carcasse héberge tour à tour les sept péchés capitaux... Tu détestes le pain sec, tu ne le mangeras pas ; mais tu t'en moques, pourvu que tu fasses le mal d'autrui, mauvaise bête !

— Il lui arracha le croûton des pattes et le porta lui-même au corbeau, qui s'était réfugié sur la huche. Au même moment, la porte fut poussée par une main robuste, et le garde général Verdier parut sur le seuil ensoleillé. Le vieux forestier s'avança rayonnant, comme s'il eût emporté avec lui un lambeau du rutilant soleil qui flambait au dehors.

— Bonjour, monsieur Noël, s'écria-t-il en agitant une lettre au-dessus de sa tête, bonne nouvelle !... Notre Antoine arrive.

Le bonhomme répondit par une exclamation joyeuse. — Les bonnes nouvelles sont

des oiseaux rares, dit-il sentencieusement,
surtout pour moi!... Mais celle-ci me ragail-
lardit... Je vais donc le retrouver grand garçon
et déjà un maître homme! Savez-vous que
voilà sept ans que je ne l'ai vu?

— Eh! oui, sept ans, c'est un long bail
quand on n'a qu'un enfant. A la maison, on
languissait aussi après lui, et, quand j'ai annoncé la chose à la ménagère, elle a failli se
pâmer... Depuis hier soir, elle est comme une
poule qui a perdu ses poussins, allant et venant de la cave au grenier, et mettant la maison à l'envers pour installer son Antoine.

— La lettre! la lettre! s'écria M. Noël avec
impatience, voyons son style, à ce savant!

— Voici! reprit Verdier, ayant au préalable
ajusté des lunettes sur son grand nez maigre. —
« Mon bon père, je puis enfin disposer de trois
mois et je veux vous les donner tout entiers.
Avant huit jours, je serai au pays. Je me fais
une fête de vous embrasser à mon aise et de
revoir ma maison, mes bois, toutes ces bonnes
choses qui me manquent depuis si longtemps.
A la seule idée du voyage, je danse dans ma
chambre comme un enfant. J'ai besoin de
me tâter le menton et de sentir ma barbe
pour me rappeler que je suis maintenant un

garçon sérieux... Sept ans sans vous voir,
sans respirer l'air de notre forêt, savez-vous
que c'est dur?... Et pourtant, je ne regrette
pas ce temps-là, puisqu'il m'a permis de travailler à devenir un homme et à vous donner
un peu de satisfaction, à vous tous qui vous
êtes donné tant de peine pour moi. Quand je
parle de vous, j'y comprends aussi mon cher
maître, M. Noël. N'est-il pas de la famille?
Allez lui annoncer mon arrivée, et sondez-le
adroitement ainsi que ma mère, pour savoir
ce que je pourrais leur rapporter de Paris, qui
leur fît plaisir... » Bigre ! murmura M. Verdier en s'interrompant, j'aurais dû sauter cette
ligne-là. Adieu la surprise !

— C'est bon ! grogna M. Noël, répondez-lui
que je n'ai besoin de rien. — Il passa le dos de
sa main sur ses paupières et parut furieux de
les sentir humides. — Cette maudite cheminée
ne tire pas, reprit-il, et la fumée vous pique
les yeux ; ne trouvez-vous pas, Verdier?...

Il détourna la tête et aperçut la chienne qui
avait volé de nouveau le croûton de maître
Jacques. — Ah ! mauvaise, tu n'as pas voulu
avoir le dernier, et tu es venue à tes fins...
Toutes les mêmes, monsieur Verdier, toutes
les mêmes !

V

— Bonjour, Bernard, quand partons-nous?

— Diantre, jeune homme, vous êtes vif comme un *verderet* (lézard vert), répondit le conducteur qui faisait le service de Langres à Auberive ; cinq heures viennent à peine de sonner à Saint-Mammès, et je ne démarre pas avant six heures... Eh! mais, ajouta-t-il en montrant hors de la patache sa rougeaude figure ensommeillée, c'est-il vous monsieur Antoine?... J'avais bien dit que quand vous reviendriez, vous auriez de la barbe au menton ; je ne vous reconnaissais pas tout d'abord, tant vous êtes *renforci* et embelli!

Antoine Verdier était en effet un beau garçon de trente ans, svelte de taille, large d'épaules, ayant le teint olivâtre, une barbe noire bien plantée, le visage à la fois sérieux et ouvert. Deux détails frappaient surtout dans sa figure expressive : les yeux allongés et demi-voilés, d'où jaillissait un regard caressant et pénétrant, et le front haut, large, intelligent, coupé verticalement entre les sourcils par trois légères rides qui indiquaient l'habitude de la réflexion et de l'observation. Sa parole nettement articulée et pourtant douce, ses gestes sobres et énergiques annonçaient une nature bien équilibrée et un homme déjà maître de lui.

Il se promena un moment devant l'auberge où la voiture, non encore attelée, stationnait sous le porche de l'écurie. Les matinales lueurs d'une belle journée de la fin d'août commençaient à éclairer la rue déserte, et l'on entendait sonner la diane dans les casernes de la citadelle. — Je vais toujours en avant, dit brusquement Antoine au conducteur, et je vous laisse le soin de mes bagages, Bernard... Nous nous retrouverons à la montée de Pierrefontaine.

Il traversa la ville endormie, descendit la montagne par un petit *raidillon* qui aboutissait au chemin de Noidant, et suivit d'un pas allègre la route herbeuse et imprégnée de rosée. On sentait qu'il était heureux rien qu'à la façon dont il marchait en brandissant sa canne. Il regardait d'un air souriant le ciel

couleur de perle où le soleil n'avait pas encore
paru, et où la lune montrait sa pâleur de mé-
daille effacée ; il écoutait le réveil des alouettes et se rappelait combien de fois, lorsqu'il
était au collége de Langres, il avait pris ce
chemin, le samedi soir, pour aller passer en
famille son congé du dimanche. Les fermes
éparses dans les champs moissonnés, les hut-
tes des cantonniers, les petits villages aux toitures de pierres plates, défilaient devant lui
comme de vieux amis bienveillants. Il allait,
et l'enivrement du retour, uni au charme de
cette claire matinée, le possédait davantage à
chaque pas. Quand il eut dépassé Perrogney,
et qu'au soleil levant il vit les masses verdoyantes de la forêt moutonner devant lui,
son cœur ne fit qu'un saut, sa gorge se serra
et des larmes lui vinrent aux yeux. — Foin de
Bernard ! s'écria-t-il, je serais un naïf de l'attendre et de m'enfermer dans sa patache,
tandis que je puis tout à mon aise marcher
sous bois jusqu'à Auberive...

Au lieu de descendre vers Pierrefontaine, il
prit lestement l'ancien chemin des Romains et
atteignit en quelques minutes la lisière de la
forêt. Là s'élève un antique tumulus celtique,
qu'on nomme le *Feu de la Motte*, et où il se

7

reposa un moment avant de continuer sa
route. A ses pieds, dans un creux de ravin, la
source de l'Aujon modulait ses premiers
gazouillements, et, au loin, tous les coqs de la
ferme de Crilley s'égosillaient. Que de fois,
aux vacances, Antoine était venu s'asseoir
dans la grande herbe du tumulus pour s'y ab-
sorber dans la lecture d'un vieux volume tout
plein de l'histoire des *Hommes célèbres!* Parfois
il s'arrêtait au bas d'une page, et la tête montée par les aventures qu'il avait lues, il prêtait
l'oreille et il lui semblait que les fées de la
forêt s'éveillaient autour du vieux tertre celtique pour lui prédire de triomphantes destinées. Les vertes retombées des hêtres se ba-
lançant sur son front, avaient l'air de lui murmurer en sourdine : « Toi aussi, tu auras de la
gloire ! » La gloire, il ne la possédait pas encore ; dans la carrière qu'il avait choisie, la
notoriété n'arrive que lentement ; mais son
chemin du moins était frayé, les broussailles
et les fondrières étaient maintenant derrière
lui ; on citait avec éloge ses premières décou-
vertes, on vantait la sûreté de ses observations physiologiques, et surtout ce don de l'in-
tuition, ce je ne sais quoi qui fait d'un savant
un trouveur, c'est-à-dire presqu'un poëte. Et

il était jeune ; il avait en réserve une longue
suite d'années fécondes. Il se sentit pénétré
d'un sentiment de gratitude. Encore un peu,
et il aurait baisé pieusement le sol de la forêt,
cette terre natale qui, pendant des siècles,
avait nourri les obscures générations de
paysans d'où il était sorti.

Il entendit la voix grêle de l'horloge de
Perrogney sonner neuf heures. — Égoïste, se
dit-il, tandis que tu t'amuses à rêvasser, ta
brave femme de mère compte peut-être les
minutes. Bernard arrivera sans toi, et toute
la famille sèchera d'inquiétude. Allons, en
route!

Il prit son bâton, se laissa couler au bas du
tumulus et marcha rapidement sous les arbres. Il avait déjà traversé un bon quartier de
forêt, lorsqu'en coupant obliquement un carrefour, il aperçut au fond d'une tranchée
transversale un épais nuage de fumée. Il lui
sembla même distinguer une vague forme
d'homme ou de femme qui faisait des signaux.

— Hein! qu'est-ce qui brûle là-bas? se demanda-t-il, et il s'était déjà engagé sponta-
nément dans la tranchée, quand un hop!
lancé par une voix sonore et envoyé évidem-
ment à son adresse lui fit doubler le pas.

A mesure qu'il avançait, les objets devenaient plus précis. Il distingua bientôt un at-
telage immobile au milieu de la tranchée : un
garçon d'une quinzaine d'années allait précipitamment du chariot à la berge du chemin, y
puisait de l'eau dans son chapeau de feutre,
grimpait sur l'une des roues, vidait sur les
matériaux fumants ce seau improvisé, puis recommençait son manége. Au bord du talus,
un petit cheval, la bride sur le cou, tondait
sans façon les pousses des hêtres, et au milieu du chemin une jeune fille aux cheveux
d'un blond ardent, relevant d'une main sa
jupe d'amazone, agitait l'autre en l'air pour inviter Antoine à se hâter. — Arrivez vite, monsieur ! lui cria-t-elle dès qu'il fut à portée, ce
garçon perd la tête, et son chargement de
charbon va flamber, si on ne lui vient en aide.

En effet, dans la longue banne, pleine jusqu'aux bords, on entendait de sourds crépi-
tements. On avait sans doute chargé le charbon avant qu'il fût complétement éteint,
et une fois en route, le courant d'air avait
suffi pour tout rallumer. La jeune fille avait
été attirée par la fumée et les cris du conducteur, qui s'arrachait les cheveux, ne sachant
plus à quel saint se vouer. — C'est moi, dit-

elle, qui lui ai donné l'idée de s'arrêter près
de la source et d'y puiser de l'eau avec son
chapeau.

— Malheureusement, répondit Antoine en
considérant avec surprise sa jolie interlocu-
trice, qui n'était autre que Mademoiselle La
Tremblaie, ces quelques gouttes d'eau ne
servent guère qu'à alimenter la combustion;
il faudrait jeter bas une partie du charbon et
répandre sur le reste de la terre mouillée...
Est-ce que la *vente* des charbonniers est loin
d'ici? demanda-t-il au charretier affolé.

— A une bonne demi-heure, monsieur.

— Cours prévenir les charbonniers, dis-leur
d'apporter un seau, des pelles et un pic. Pendant ce temps, je verserai de l'eau sur la
banne.

— Monte sur mon cheval, s'écria Raymonde,
tu iras plus vite.

Le garçon ne se le fit pas répéter; il tendit
à Antoine son feutre mouillé, se jucha sur le
dos du petit cheval et le lança dans la direction de la *vente*.

— Puis-je être bonne à quelque chose? reprit Raymonde quand elle fut seule avec Antoine, près de la banne grondante.

— Si vous ne craigniez pas de gâter votre

7.

robe, répliqua-t-il, vous pourriez remplir à la
source le chapeau de ce garçon et me le tendre, une fois que je serai monté sur l'une des
roues... Mais ce sera une besogne ennuyeuse
et fatigante, mademoiselle.

— Je ne suis pas une petite-maîtresse! dit-
elle en riant. — Elle retroussa légèrement sa
jupe, la noua par derrière, jeta sa toque sur
une cépée de cornouillers et se mit en devoir
de puiser de l'eau. A mesure que le chapeau
était plein, elle se redressait et le présentait à
Antoine, qui, appuyé contre le treillis de la
banne, en versait rapidement le contenu sur
les charbons fumants. Leur attention à tous
deux n'était pas tellement absorbée par ce travail qu'ils ne prissent le temps de s'examiner
l'un l'autre à la dérobée. Raymonde lorgnait
du coin de l'œil la tournure élégante et la
figure expressive du jeune voyageur, campé
en équilibre sur le moyeu de la roue, la tête
en pleine lumière et les cheveux au vent dans
un nimbe de fumée. Quant à Antoine, il ne
pouvait s'empêcher d'admirer la jeune fille
lorsqu'elle se relevait, dressant vers lui, à
l'extrémité de ses bras nus, le feutre ruisse-
lant. Le haut du corps rejeté en arrière laissait mieux voir les contours harmonieux et

souples de son buste, les inflexions serpenti-
nes de son cou bien blanc et la carnation satinée de ses joues, où l'agitation avait répandu
une délicate nuance rose. Le soleil, filtrant à
travers les arbres, faisait pleuvoir sur ses cheveux et sur son visage des gouttes d'ombre et
de lumière, dont le jeu changeant accroissait
encore la séduction de ses grands yeux. Cette
besogne, à laquelle elle n'était pas accoutumée, l'essoufflait un peu et sa jeune poitrine
palpitait.

— Reposez-vous, mademoiselle, j'irai moi-
même puiser de l'eau, dit Antoine, touché de
sa bonne volonté et trouvant que c'était un
crime de condamner à un pareil travail une
aussi jolie personne.

— Non, non, répondit-elle, je vous assure
qu'on s'y fait.

— Je vous en prie, reposez-vous, répéta-
t-il en sautant à terre et en lui prenant le feutre des mains. — Les yeux du jeune homme
avaient une expression de volonté qui frappa
Raymonde. Elle se mordit les lèvres. — Vous
me trouvez trop maladroite! dit-elle d'un air
piqué.

Il se repentit d'avoir été un peu brusque,
son regard sérieux redevint subitement cares-

sant. — Au contraire, reprit-il en souriant, je vous admire; mais vous avez assez travaillé. Du reste les charbonniers ne peuvent tarder maintenant.

En effet, quelques minutes après, le trot du petit cheval breton résonna dans un sentier voisin et les charbonniers haletants débouchèrent dans la tranchée. Ils avaient apporté avec eux les outils nécessaires et se mirent rapidement en besogne. Après s'être assuré que son aide était désormais inutile, Antoine, impatient de continuer sa route, prit congé d'eux, tandis que Raymonde, courant à son cheval, rajustait adroitement la selle.

— Te voilà en nage, mon pauvre Jannic, dit-elle à l'animal en le flattant de la main ; va, je te laisserai souffler, et je vais faire un bout de chemin à pied. — Elle donna de légères tapes sur ses cheveux ébouriffés, se recoiffa et rejoignit Antoine, pendant que le petit cheval la suivait par derrière comme un chien. Ils cheminèrent rapidement jusqu'à un carrefour où quatre tranchées se croisaient en étoile. Raymonde jeta les yeux à droite et à gauche d'un air indécis : — Je ne m'y reconnais plus, fit-elle, où sommes-nous ?

— Au carrefour de La Tillaye, répondit-il,

et cette allée que voici débouche sur la
route... Vous retournez à Auberive, mademoiselle ?

— Non, à Vivey... Je demeure à la Maison
Verte.

— En ce cas, ayez la bonté de me suivre ;
au bout de la tranchée, vous verrez le chemin
de Vivey... La Maison Verte est donc habitée
maintenant ?.. Vous devez trouver le pays un
peu sauvage?

— J'aime les choses sauvages... D'ailleurs,
quand on a été claquemurée six ans dans de
maussades pensions, c'est un plaisir de courir
en plein air. A la maison, on me laisse la
bride sur le cou, et j'en profite, comme vous
voyez... Je suis amoureuse de la forêt.

— Elle est si belle! dit Antoine en s'animant : il y a tel coin de nos bois qui ressemble à un jardin.., celui-ci, par exemple.

Ils s'étaient engagés dans une allée ombreuse, humide, encaissée entre de verdoyants
talus, plantés de tilleuls et baignés par des
sources qui coulaient à petit bruit sous l'herbe
épaisse des fossés. Cette ombre et cette abondance d'eau avaient développé une végétation
plantureuse : des reines des prés et de hautes
impératoires croissaient confusément le long

des rigoles ; les sveltes hampes des digitales
jetaient çà et là une note pourprée au milieu
de ce fouillis d'ombelles grises et d'aigrettes
pâles, sur lesquelles de grands papillons fauves se jouaient dans un rayon de soleil.

Raymonde examinait ces détails avec attention, et ses yeux grands ouverts exprimaient à
la fois le plaisir et la surprise. Elle n'était jamais venue dans cette partie de la forêt, et
cependant ce paysage avait pour elle je ne
sais quoi de familier. Il lui semblait avoir
déjà vu quelque part ces bouquets de tilleuls
aux fûts élancés et minces, ces ornières humides et ces digitales empourprées. Toute à son
étonnement, elle s'était arrêtée, tandis qu'Antoine, plus impatient à mesure qu'il appro-
chait de son village, avait continué de marcher. Il se retourna brusquement et la vit
immobile au milieu du chemin. — Vous
trouvez que je vais trop vite, mademoiselle ?
lui demanda-t-il, excusez-moi... Auberive est
mon pays natal, j'y ai ma famille, et j'y re-
viens en vacances pour la première fois depuis
sept ans.

— Oh ! s'écria-t-elle en se hâtant de le rejoindre, c'est moi qui vous ai retardé. On vous
attend là-bas ?

— On m'attend sans m'attendre. Je leur ai annoncé mon arrivée sans désigner le jour, je voulais les surprendre ; mais je suis sûr que la maison est déjà sens dessus dessous, et que chaque matin mon père et ma mère guettent le courrier en se disant : « C'est pour aujourd'hui !.. » Si la patache que j'ai devancée arrive avant moi, adieu la surprise !

Les yeux d'Antoine brillaient d'impatience ; Raymonde examinait son compagnon avec un intérêt croissant, et mentalement elle comparait, non sans une vague mélancolie, l'accueil préparé à ce fils ardemment attendu avec la réception presque froide que sa mère lui avait faite à son retour de pension. Elle enviait le bonheur de ce ménage où l'enfant et les parents semblaient si étroitement unis. Les quelques mots échappés au jeune homme avaient suffi pour lui faire entrevoir un intérieur calme, doucement heureux et tout patriarcal. — Maintenant, reprit-elle, me voilà confuse de vous avoir fait perdre une bonne heure.

En relevant la tête, elle rencontra le regard d'Antoine curieusement fixé sur elle, et elle tressaillit. Les yeux chercheurs du jeune homme semblaient vouloir lire au fond de

son cœur. Les longs cils de Raymonde se re-
joignirent soudain comme des ailes de papillon qui se referment, et elle demeura décon-
certée. Jamais coup d'œil ne l'avait troublée à
ce point, et pourtant ce regard n'avait rien
d'offensant ; il était plutôt attentif et indulgent, mais comme il avait pénétré victorieuse-
ment jusqu'au fond d'elle-même ! Pour la
première fois, elle se sentait en face d'un caractère et d'une volonté.

— Je ne regrette pas cette heure-là, répliqua courtoisement Antoine d'une voix à la
fois grave et très-douce.

Elle ne parut pas trop mécontente de la réponse, pourtant elle demeura silencieuse et
doubla le pas. De temps à autre, elle arrachait
d'une main distraite des poignées d'herbe et
les tendait à Jannic, qui les mâchait avidement. Tout à coup ses yeux tombèrent sur
l'un de ses bras, elle s'arrêta, et la mine légèrement allongée : — Ah ! s'écria-t-elle, j'ai
perdu mon porte-bonheur !..

Les sourcils du jeune homme se froncèrent
à la pensée d'une nouvelle halte. Raymonde,
hésitante, avait déjà fait quelques pas en arrière ; elle devina plutôt qu'elle n'aperçut ce
froncement de sourcils, et aussitôt, avec un

mouvement de tête à la fois insouciant et
agacé, qui avait l'air de répondre à un mystérieux scrupule : — Bah ! tant pis ' murmura-
t-elle... D'ailleurs, ajouta-t-elle en se remet-
tant à marcher près d'Antoine, il é⁺ait laid,
et la perte n'est pas grande.

En la voyant se consoler si facilement, son
compagnon n'eut garde d'insister, et ils cheminèrent ensemble d'un bon pas. En quelques
minutes, ils atteignirent l'extrémité de la
tranchée et virent se creuser à leurs pieds le
val d'Auberive avec ses collines boisées, son
pont à dos d'âne jeté sur l'Aube et sa route
blanche serpentant à mi-côte.

— Voici mon pays, dit Antoine d'une voix
émue.

— Et voici probablement vos amis qui vous
attendent, reprit Raymonde en désignant deux
personnages appuyés au parapet du pont. —
Ils avaient aperçu le jeune homme et agitaient
leurs casquettes en signe d'allégresse, tandis
qu'un chien au poil fauve gambadait autour
d'eux en aboyant. — Dieu me pardonne, ce
sont mes forestiers de la Combe-aux-Fontaines ! poursuivit la jeune fille.

— C'est mon père avec mon vieux maître,
répondit Antoine, dont le cœur bondissait.

8

— En ce cas, je vous quitte, car je ne suis pas de leurs amies. — Elle tendit gentiment la main au jeune homme qui la regardai! étonné. — Adieu, monsieur, ne les faites pas attendre... Bonnes vacances et merci !

Elle s'élança légèrement sur Jannic et partit au grand trot dans la direction de Vivey.

VI

— Ah! mon *gachenet*, c'est donc toi enfin
c'est donc toi!

Dans la cour qui précédait la maison, Sœurette Verdier s'était précipitée au cou d'Antoine et le couvrait de baisers que le jeune
homme lui rendait de tout son cœur. Après
cette première explosion de tendresse, elle se
recula pour mieux envelopper d'un long regard cet unique enfant qu'elle n'avait pas vu
depuis sept années. — Allons, reprit-elle, ils
ne t'ont pas encore trop abîmé là-bas; même
tu as pris du corps et de la force... Mais voyez
donc comme sa barbe a poussé et comme il a
l'air d'un homme!.. Ah! pauvre petit, si tu
savais combien le temps m'a duré pendant
que tu étais dans ton Paris! — Elle se jeta de
nouveau à son cou en pleurant.

— Voyons, Sœurette, fit Verdier de sa plus
grosse voix, sois raisonnable, ce n'est pas le

moment de *crier*. — Et, tout en gourmandant sa femme, le garde général sentait l'émotion le gagner; il mordait sa moustache, clignait les yeux et se détournait du côté de M. Noël, qui assistait d'un air bougon à cette scène d'attendrissement. — Voilà bien les femmes! dit-il au vieux professeur, en passant le dos de sa main sur ses paupières humides; toujours la larme à l'œil, que voulez-vous?

Sœurette Verdier était petite, proprette et avenante; elle trottait menu comme une souris, chantait en parlant, et portait un bonnet de paysanne qui encadrait discrètement une ronde figure de dévote où deux clairs yeux gris jetaient une douce lumière. Bien que son mari eût une place *dans le gouvernement*, comme on disait au village, elle avait conservé la simplicité, le costume et le langage des campagnardes. Si son front étroit n'annonçait pas une intelligence bien vive, ses regards humides et ses bonnes lèvres épaisses révélaient une nature aimante et dévouée. Chez elle la tendresse maternelle avait envahi et rempli toutes les cases du cerveau.

— Je suis sûre que tu n'as rien pris à Langres, s'écria-t-elle en saisissant le bras d'Antoine. Tu dois tomber de faim! Va, pendant que tu feras ta toilette, je vais te cuisiner les plats que tu aimes : une bonne *potée* et une épaule de mouton dans la *coquelle*...

Elle l'entraîna vivement dans sa chambre, où les bagages avaient été déjà portés.

Une heure après, ils se trouvaient tous réunis dans la *salle*, autour d'une nappe bien blanche sur laquelle fumait le plat local, la fameuse *potée* aux choux et au lard. M. Noël, dérogeant à ses habitudes en l'honneur de son élève, avait consenti à manger hors de chez lui. C'était plaisir de les voir attablés dans cette petite salle grise, dont la fenêtre s'ouvrait sur le jardin. Antoine, mis en appétit par sa course matinale, et joyeux de se sentir chez lui, répondait à toutes les questions d'un air de bonne humeur et sans perdre un coup de dent ; Sœurette, à travers ses allées et venues, ne le quittait pas des yeux ; Verdier et M. Noël ne se lassaient pas non plus de le regarder et de l'interroger ; la chienne allait de l'un à l'autre, poussant de petits grognements discrets et happant un morceau par ci par là.

— Comment ! s'écria tout à coup M. Noël, poursuivant son interrogatoire, P... est maintenant de l'Institut?... C'était mon camarade

8.

de promotion, ajouta-t-il avec un soupir mélancolique ; le connais-tu ?

— Oui, répondit Antoine, je l'ai rencontré
cet hiver chez le ministre de l'instruction publique.

— Chez le ministre ! s'exclama M. Verdier
avec un épanouissement d'orgueil, tu vas donc
chez les ministres ?

— Mon Dieu, oui, père, repartit le jeune
homme en souriant, j'y dîne même quelquefois... On n'y mange pas d'aussi bonnes choses qu'ici.

— Hein ! fit le garde général en lançant un
coup d'œil à Sœurette, il dîne chez les ministres, quel gaillard ! — Le brave homme en
ce moment eût souhaité que tous les gens du
bourg fussent à la fenêtre, afin de pouvoir
leur crier cette mirifique nouvelle.

— Eh bien, après ? interrompit dédaigneusement M. Noël, la belle affaire ! Moi aussi,
j'ai dîné chez un ministre, et dans ce temps-
là c'était Villemain... Ça ne m'a pas empêché
de gâter mon avenir. J'espère bien qu'Antoine
ne deviendra pas un coureur de salons, et qu'il
n'oubliera pas qu'il se doit avant tout à la
science... Les salons et les femmes, deux pes-
tes pour les gens d'étude.

— Soyez tranquille, mon cher maître, répliqua Antoine, j'ai là-bas la réputation d'un sauvage.

— Ça ne t'empêchait pas ce matin, pourtant, grommela M. Noël, de perdre ton temps à galantiser une demoiselle.

— Quelle demoiselle? demanda Madame Verdier, déjà effrayée.

Antoine conta sa rencontre avec la jeune amazone du carrefour de la Tillaye. — Je ne sais même pas son nom, dit-il en finissant.

— C'est Mademoiselle La Tremblaie, la demoiselle de la Maison Verte, s'écria Verdier, une étourdie qui ne craint ni Dieu ni diable.

— Une effrontée! grogna M. Noël, qui avait toujours sur le cœur le coup de cravache donné à ses champignons.

— Je vous trouve bien sévères! fit Antoine; elle m'a paru, à moi, très-bonne fille et pleine de cœur....

— Parlons d'autre chose, interrompit M. Noël d'un ton bourru...

Ils restèrent encore longtemps à deviser autour de la table, puis Sœurette emmena son fils sous prétexte de lui faire visiter le jardin. Elle voulait l'avoir à elle seule, et elle se complaisait à lui montrer en détail les ri-

chesses de son modeste royaume : la basse-
cour avec tous ses habitants, pigeons pattus,
poules huppées, pintades grivelées de noir et
de blanc ; le rucher avec ses six ruches bour-
donnantes et ses plates-bandes de sarriette et
de thym ; la haute treille où les grappes commençaient à devenir transparentes ; les *quoi-
chiers* ployant sous le poids de leurs longues
prunes violettes.

Antoine était tout heureux de retrouver le
vieux jardin tel qu'il l'avait connu dans sa petite enfance. Comme autrefois, les mêmes né-
fliers noueux trempaient leurs branches dans
l'Aube, dont le verger était riverain. Les tro-
chées de phlox, les sveltes roses-trémières
poussaient à leur place accoutumée, et même,
en se baissant vers une plate-bande, le jeune
homme reconnut avec émotion les deux minces tiges vertes d'une scille qu'il avait rap-
portée de la forêt, il y avait plus de quinze
ans, et qui chaque année se remontrait à l'endroit où il l'avait transplantée. La terre avait
gardé pieusement dans son sein le dépôt qui
lui avait été confié. Depuis cette époque lointaine, Antoine avait traversé le tourbillon de
Paris, rempli son cerveau de notions nouvelles, reçu mille impressions changeantes, et

pendant ce temps la petite scille avait continué de s'épanouir fidèlement dans ce coin de
jardin. — De même qu'un chêne est rivé au
sol par les minces filaments chevelus de ses
racines, ainsi nos cœurs sont rattachés à la
maison paternelle par des milliers de liens
frêles et vulgaires, mais puissants par le nom-
bre...

Tout le reste de la journée fut consacré à
ces pèlerinages intimes vers les souvenirs
d'autrefois. A la nuit, Sœurette conduisit son
fils dans la chambre haute ; elle assista comme
jadis au petit coucher de l'enfant bien-aimé,
et comme jadis elle borda son lit. Il était déjà
prêt à s'endormir qu'elle trottinait encore
doucement par la chambre, et au moment de
tourner le bouton de la porte, elle revint vers
lui d'un air embarrassé : — Antoine, murmura-t-elle en se penchant à son chevet, je suis
sûre que tu ne fais plus ta prière... — Il l'embrassa en riant sans répondre. — Dis un bout
de prière, mon garçon, reprit-elle en s'éloi-
gnant sur la pointe des pieds, tu me feras plaisir...

La porte se referma, et le savant, à travers
toute sa science, se sentit touché en plein cœur
par cette naïve recommandation maternelle.

Le lendemain, tandis qu'il savourait le plaisir d'être lentement réveillé par les rumeurs matinales de la vie campagnarde, Sœurette reparut avec une jatte de lait fumant et un gros bouquet de roses. Elle reprenait toutes les habitudes d'autrefois et lui apportait au lit son premier déjeuner avec les premières fleurs du jardin. Elle s'assit à son chevet et se mit à jaser, en le couvant du regard. — J'ai déjà visité ton linge, dit-elle, il est dans un pauvre état... Ces laveuses de Paris emploient je ne sais quelles drogues pour le blanchir, et puis quel désordre ! tout est dépareillé. Ne me parlez point des intérieurs où il n'y a pas de femme pour veiller aux affaires des hommes !... Sais-tu, Antoine, maintenant que tu es casé, tu devrais songer à te marier.

Le jeune homme sourit. Jusque-là l'idée du mariage n'avait guère hanté son cerveau. Bien qu'il ne fût ni un puritain, ni un anachorète, les femmes n'avaient joué dans sa vie qu'un rôle secondaire ; les plaisirs parisiens avaient plutôt amusé sa curiosité que charmé son cœur. Pour cet enfant de la forêt, la vie et les séductions des grandes villes avaient quelque chose de trop raffiné et de trop artificiel.

— Oui, poursuivit Sœurette, il te faudra

chercher une bonne femme, bien élevée et ayant des principes. Il n'y a donc pas de demoiselles dans le monde où tu vas?

— Ma bonne mère, répondit Antoine, j'ai gardé un trop grand fonds de sauvagerie pour que les jeunes filles de ce monde-là me plaisent et pour que je puisse leur plaire... A dixhuit ans, elles savent déjà tout ce qu'elles devraient ignorer; ce sont des plantes de serre chaude, précoces et maladives. Il me faudrait une femme simple, franche et naturelle comme toi, un cœur fermé comme une fleur en bouton, qui ne s'ouvrirait que pour moi et ne saurait de l'amour que ce que je lui en apprendrais... Voilà pourquoi je ne me marierai probablement pas de sitôt.

— Certes, s'écria Madame Verdier, ce ne seront pas tes Parisiennes qui te donneront tout cela !.. Mais il n'y a pas de femmes qu'à Paris. Autour d'ici, il ne manque pas de filles bien élevées et bien pourvues...

Les philosophes hermétiques avaient raison de croire que certains mots sont doués d'une sorte de magique influence; il suffit de les prononcer pour que le charme agisse. S'ils n'opèrent plus, comme jadis, la transmutation des métaux, ils modifient du moins la

forme de nos idées, et en changent la direction. A la suite de cet entretien, Antoine fut
mystérieusement amené à repenser à la jeune
fille qu'il avait rencontrée au carrefour de la
Tillaye. Il s'habilla lentement, sortit pour
prendre l'air, et une attraction secrète le porta
vers le canton de la forêt qu'il avait parcouru
en compagnie de Mademoiselle La Tremblaie.
Dès qu'il fut en plein bois, l'image de sa com-
pagne de la veille s'imposa plus tyrannique-
ment encore à sa pensée. Qu'était-ce que cette
jeune fille dont les allures libres contrastaient
si fort avec les habitudes réservées de la vie
de province? Antoine se remémora, non sans
plaisir, l'expression à la fois chaste et altière de
sa figure, ses grands yeux purs et profonds, sa
parole franche et cordiale. Une aventurière
n'aurait pas eu dans ses façons ce naturel et
cette grâce un peu sauvage. Il rassemblait
les menus détails de leur conversation, il les
soumettait à une analyse minutieuse et ne
parvenait pas à y découvrir un grain d'affec-
tation ou d'effronterie.

Tout en ruminant ces souvenirs, il avait dépassé le carrefour et il était arrivé au lieu
même où il avait rencontré Raymonde. L'endroit était facilement reconnaissable ; de noirs

débris de charbon marquaient encore la place
où avait stationné la banne, et les plantes
froissées gardaient l'empreinte des pas autour
de la source. Antoine s'agenouilla, trempa ses
mains dans le courant, et tout à coup vit
quelque chose chatoyer au fond de l'eau. Son
bras s'enfonça plus avant, et ses doigts rencontrèrent le porte-bonheur de Raymonde. Il
examina curieusement ce bijou, dont les brusques mouvements de la jeune fille avaient sans
doute fait jouer le ressort. Il lut les mots
gravés sur l'émail : « Pensez à moi. » — Cette
devise et la fleur symbolique qui la complétait
annonçaient clairement l'intention du dona-
teur. — Quel peut être l'auteur de ce cadeau?
se demandait Antoine, non sans une pointe
de désenchantement... Après tout, cela m'est
égal, se dit-il, honteux de sa ridicule préoc-
cupation ; le plus clair de ceci, c'est que je
dois renvoyer ce bijou à Mademoiselle La
Tremblaie... Qui pourrais-je bien charger de
la commission?

Je ne sais quel sage instinct lui conseillait
de confier cette mission à l'un des gardes de
son père ; d'un autre côté, un secret désir,
une singulière curiosité le poussaient à opérer
lui-même la restitution. Tout en délibérant,

il avait empoché le porte-bonheur et s'était
mis à marcher dans la direction de Vivey.
Quand du haut de la côte il aperçut la Maison
Verte avec son allée de tilleuls, ses pelouses
et ses fenêtres gaîment ensoleillées, il se dit
qu'il fallait cependant bien prendre un parti.
Une svelte forme de jeune fille, qu'il entrevit
se promenant le long des massifs, un arrosoir
à la main, le décida tout à fait. Il descendit
rapidement la rampe de Vivey, enfila l'avenue
des tilleuls, et ne s'arrêta tout essoufflé que
pour sonner à la grille.

Il ne jugea pas convenable de demander à
parler à Raymonde, et, tendant sa carte au
petit domestique qui était venu lui ouvrir, il
le pria de la porter à son maître. Un instant
après, il était introduit dans la bibliothèque
où M. La Tremblaie lisait son journal, et où
Madame Clotilde brodait une bande de tapis-
serie. Il s'excusa de son mieux de cette visite
matinale, conta brièvement les circonstances
de sa rencontre avec Raymonde, et ajouta : —
Mademoiselle La Tremblaie vous a sans doute
appris que, dans son empressement à venir en
aide aux charbonniers, elle avait eu la mauvaise chance de perdre un bracelet?

— Vraiment! interrompit Madame Clotilde

avec numeur, elle s'est bien gardée d'en souffler mot... Toujours la même enfant désordonnée !..

Antoine examina du coin de l'œil la dame,
dont le regard insinuant, le front bas, le sourire hardi et perfide lui déplurent du premier
coup. — Rassurez-vous, madame, répondit-il,
ce matin le hasard m'a ramené au carrefour
de La Tillaye, et j'ai été assez heureux pour
retrouver le bracelet de mademoiselle votre
fille.

Au moment où il tirait le bijou de sa poche,
la porte s'ouvrit avec fracas, et Raymonde,
tête nue, en toilette du matin, se précipita
dans la bibliothèque. A l'aspect du jeune
homme, elle poussa un cri de surprise et devint très-rouge.

— Remercie monsieur, qui a la bonté de te
rapporter ton porte-bonheur, dit froidement
Madame Clotilde.

— Le voici, mademoiselle, reprit Antoine
en la saluant et en lui tendant le cercle d'or
émaillé.

Elle baissa les yeux, murmura un remercîment confus, puis, sans témoigner autrement sa joie que par un léger froncement de
sourcils, elle fit rapidement disparaître le

porte-bonheur et alla s'asseoir près du fauteuil de son père.

— Monsieur Verdier, demanda celui-ci, qui
était resté silencieux, les yeux fixés sur la
carte d'Antoine, j'ai lu souvent des articles
scientifiques signés de votre nom... L'auteur
est-il un de vos parents?

— C'est moi-même, répondit le jeune
homme en souriant.

Cette découverte amena un rapide changement dans les façons de M. La Tremblaie. Il
s'était autrefois occupé de physiologie, et,
sortant de sa réserve habituelle, il se mit à
parler de son étude favorite avec une vivacité dont il n'était pas coutumier. Condamné
depuis longtemps à vivre dans un milieu
frivole où ses facultés s'amoindrissaient, en
proie à une sorte d'anémie morale, il semblait respirer un air plus salubre en présence d'un homme de son monde, d'un savant dont l'opinion faisait déjà autorité. C'é-
tait une bonne fortune pour ce déclassé,
dont l'esprit n'avait eu en cinq mois d'autres ressources que la lourde conversation
terre-à-terre de l'honnête Osmin de Préfontaine. Antoine, s'apercevant de la joie enfan-
tine de son interlocuteur, se prêtait de bonne

grâce à ses questions, et l'entretien ne taris-
sait plus, allant de Gœthe à Darwin, de la
métamorphose des plantes à la théorie de la
sélection. Raymonde, enchantée de voir son
père secouer sa somnolence habituelle, s'était
appuyée au dossier du fauteuil de M. La Tremblaie, et, les mains croisées, le cou tendu, les
yeux grands ouverts, elle assistait attentive à
la discussion. Il lui arrivait souvent de ne pas
bien comprendre ; mais la voix grave et sympathique du jeune homme la charmait par ses
seules intonations. Antoine d'ailleurs donnait
ses explications dans une langue si simple et
si lucide, il avait une éloquence si vraie et si
entraînante, qne ses paroles semblaient trem-
pées aux sources mêmes de la nature, tant
elles étaient imprégnées de la séve et de la
senteur de ses forêts natales.

La conversation était tombée sur la botani-
que, et le jeune homme cita les particularités
curieuses de certaines plantes qui croissaient aux environs. — Soyez assez bon pour
m'en apporter des échantillons à votre première visite, dit M. La Tremblaie, car je
compte bien que vous reviendrez nous voir,
maintenant que vous connaissez le chemin
de la Maison Verte.

9.

Madame Clotilde, qui avait une répugnance
violente pour les conversations sérieuses, manifestait son ennui par des bâillements à peine
étouffés. Le petit domestique vint annoncer
que le déjeuner était servi, et Antoine se leva.
Contrairement aux habitudes hospitalières de
la campagne, Madame La Tremblaie ne jugea
pas à propos d'inviter le visiteur à partager
sans façon le déjeuner, et le craintif La Tremblaie n'osa prendre sur lui de réparer l'impo-
litesse de sa femme. Antoine avait déjà quitté
la bibliothèque et traversait le vestibule,
quand un frou-frou de robe lui fit tourner la
tête. C'était Raymonde qui, outrée de la froi-
deur hostile de sa mère, s'était élancée hors
de l'appartement. — Permettez-moi de vous
reconduire, murmura-t-elle en rougissant, —
et, se montrant aussi cordiale que sa mère
avait paru maussade, elle lui fit prendre le
chemin le plus long, s'arrêtant à chaque pas
pour lui montrer une fleur ou lui demander le
nom d'un arbuste. Quand ils furent près de la
grille, elle leva vers lui ses grands yeux souriants : — Vous nous prouverez, j'espère,
monsieur, dit-elle, que les savants ont de la
mémoire, et vous apporterez à mon père les
plantes que vous lui avez promises...

Elle sourit de nouveau, fit une révérence et laissa le jeune homme sous le charme d'un dernier regard.

Il s'en revint lentement par les bois, repassant dans sa tête les incidents de la matinée, et occupé plus que de raison de l'originale figure de Raymonde. Ses impressions étaient encore trop confuses pour qu'il pût les analyser, mais elles bourdonnaient doucement en lui comme des abeilles qui viennent d'essaimer et qui tourbillonnent dans l'air, incertaines de la place qu'elles choisiront pour construire leur ruche et y distiller leur miel.

Pourtant il ne s'empressa pas de tenir sa promesse, et quelques jours se passèrent sans qu'il songeât à chercher les plantes dont il avait parlé à M. La Tremblaie. Un soir, il se promenait sur la route d'Auberive avec M. Noël, devisant familièrement de ses projets d'étude ; comme toujours, la petite vallée était calme, et le frais bouillonnement de l'Aube y élevait seul son bruit, mêlé à la lointaine cadence des sabots d'un cheval trottant sur le chemin pierreux. Tout à coup ce trot paisible se changea en un galop furibond, et avant que les deux promeneurs eussent le loisir de se rendre compte de ce qui arrivait,

monture et cavalier passèrent comme une
trombe à côté d'eux dans un nuage de poudre.
Ils eurent à peine le temps de se ranger contre
le talus. Quand le premier éblouissement fut
dissipé et la poussière envolée, Antoine reconnut Raymonde montée sur son enragé
cheval breton. Toujours galopant, elle tourna
brusquement de son côté sa figure expressive,
fit un signe de tête qui avait autant l'air d'un
reproche que d'un salut, et disparut dans un
nouveau nuage de poussière.

— La sotte péronnelle! s'écria M. Noël en
éternuant et en époussetant sa redingote verte;
elle est arrivée sans crier gare, et un peu plus
elle nous passait sur le corps. On n'a rien de
mieux à attendre de pareilles engeances. Que
cela te serve de leçon dans la vie, mon fils
Antoine!

Cette allocution ne produisit guère d'effet,
car le lendemain, à l'heure où le soleil commençait à être moins ardent, Antoine gagna
les prés tourbeux du Val-Clavin, et se mit en
quête des plantes dont il avait parlé à M. La
Tremblaie. Il choisit les plus beaux échantillons, y joignit des balsamines sauvages aux
frêles éperons d'or, des parnassies, de sveltes
gentianes bleues, toute la flore charmante des

pelouses montueuses et humides ; puis, traversant les bois avec sa gerbe de tiges élancées,
aux couleurs éclatantes, il atteignit Vivey au
soleil couchant, fit un dîner sommaire à l'auberge du village, et se rendit à la Maison Verte,
lorsqu'il supposa que la famille était sortie de
table. Il s'était trompé dans son calcul, et on
l'introduisit dans la salle à manger, où le dessert venait seulement d'être servi. — Ah ! les
jolies fleurs ! s'écria Raymonde, au moment
où Antoine entrait avec son bouquet. — Elle
alla immédiatement chercher un vase, et voulut y arranger elle-même les plantes que le
jeune homme lui tendait une à une en les nom-
mant. Madame Clotilde, cette fois se montra,
sinon plus affable, du moins plus polie, et elle
daigna verser de ses blanches mains le café
dans la tasse qu'on avait placée près d'Antoine. Le savant ne lui était pas sympathique,
elle se sentait en présence d'un homme supérieur, et elle redoutait qu'il ne fît une trop
vive impression sur l'esprit enthousiaste de sa
fille. Néanmoins, soit qu'elle jugeât les choses
trop avancées avec Osmin pour qu'une rupture
fût possible, soit qu'elle craignît d'irriter les
instincts d'opposition et de révolte qui som-
meillaient au fond du caractère de Raymonde,

elle crut prudent de ne pas heurter de front l'engouement de la jeune fille et de son père pour le nouveau-venu. Elle sut dissimuler et se mit en frais d'amabilité.

M. La Tremblaie eut bientôt accaparé Antoine et se fit expliquer longuement les mœurs curieuses des plantes qu'il avait apportées. De temps à autre, Madame Clotilde, ennuyée de toute cette science, coupait la parole à son mari pour jeter à travers l'entretien quelques réflexions bien banales. Quant à Raymonde, elle était devenue subitement silencieuse. Tout en écoutant les explications données par Antoine, elle songeait qu'il était assis à la place même où Osmin jadis étendait ses longues jambes, et involontairement elle établissait entre les deux jeunes gens une comparaison qui n'était pas à l'avantage du sire de Préfontaine. — Pourquoi la bizarrerie de la destinée n'avait-elle pas placé tout d'abord sur sa route ce jeune homme à la voix douce, au caractère viril, à l'esprit sérieux et enthousiaste ? Elle n'aurait pas accueilli les vulgaires hommages du colossal Osmin, elle aurait repoussé bien loin l'idée de ce mariage absurde, et peut-être, — cette vague hypothèse suffisait déjà à lui donner un léger battement de cœur,

— peut-être Antoine l'aurait-il aimée?.. Elle se
savait assez séduisante pour qu'un pareil rêve ne
fût pas irréalisable. Un secret instinct lui disait
qu'Antoine n'était pas insensible à sa beauté;
sans cela, serait-il revenu en dépit du déplaisant accueil de Madame La Tremblaie? Certes
elle ne voulait pas de mal à Osmin; mais pourquoi, grand Dieu, son cheval Pigeau ne l'avait-
il pas versé avec une bonne entorse sur le
chemin de Lamargelle, le jour où, pour la première fois, il avait pris le trot dans la direction de la Maison Verte? Antoine aurait eu le
temps d'arriver, et elle ne se serait pas engagée à l'étourdie. Engagée! l'était-elle bien sérieusement? Aux yeux d'Osmin, oui; mais à
ses propres yeux, à elle?.. Hum!.. Elle avait
promis d'essayer, et c'était tout... Hélas! elle
avait beau retourner dans tous les sens les paroles qu'elle avait prononcées depuis un mois,
et chercher avec l'ingénuosité d'un plaideur
normand à en atténuer la portée, au fond de
sa conscience une voix protestait, et lui criait
qu'elle avait encouragé Osmin, au moins par
son silence, qu'il aurait fallu dire un *non* bien
net et bien franc, et que, pour ne l'avoir pas
dit, elle se trouvait bel et bien liée à un homme
qu'elle n'aimait pas.

— Eh bien ! Raymonde, s'écria sa mère, à quoi rêves-tu ? On n'attend plus que toi pour passer au salon.

Elle se réveilla, secoua la tête et s'empressa de courir dans la pièce voisine, où elle prépara la table de jeu.

— Savez-vous le *bézigue*, monsieur Verdier ? demanda Madame Clotilde, qui avait la passion des cartes, et qui, depuis le départ de Préfontaine, condamnait chaque soir M. La Tremblaie à d'ennuyeuses et interminables parties.

Antoine s'excusa. — Bah ! reprit La Tremblaie, je me dévoue. Laisse ces jeunes gens faire un tour de jardin. Monsieur Verdier, je vous recommande ma collection de chrysanthèmes !

Madame Clotilde fronça le sourcil ; cette promenade en tête-à-tête ne lui souriait guère. Elle hésita un moment à quitter Antoine et Raymonde, qui descendaient déjà les degrés du perron, mais l'amour du bézigue l'emporta sur sa sollicitude maternelle, et elle revint à la table de jeu, où M. La Tremblaie s'était assis plein de résignation.

— Quel est donc ce petit vieux avec qui vous causiez hier sur la route ? demanda Raymonde à Antoine, dès qu'ils furent dans le

jardin, il n'a pas l'air commode ; habite-t-il
Auberive ?

— Non, il demeure au Chânois.

— Ah ! s'écria-t-elle, c'est l'homme au
chien jaune, j'aurais dû le reconnaître rien
qu'au regard méchant qu'il m'a lancé.

— Ne dites pas de mal de M. Noël, répliqua
Antoine, c'est mon vieux maître et le meilleur
homme du monde,

— On ne s'en douterait pas à sa figure !

— Il ne paie pas de mine, c'est vrai, mais
sa rudesse est comme le lichen qui s'amasse
autour des chênes, elle n'existe qu'à la surface et n'empêche pas le cœur d'être sain et
solide. M. Noël se croit misanthrope et n'est
que chagrin. C'est lui qui m'a envoyé à Paris,
et je lui dois le peu que je suis. Aussi je l'aime
comme un père et je lui ai toujours obéi
comme à un maître.

Raymonde eut un singulier mouvement
de dépit en constatant la force des liens qui
attachaient Antoine à M. Noël. — Il peut avoir
en dedans toutes les qualités imaginables, répondit-elle en retroussant dédaigneusement
le coin de ses lèvres ; n'importe, il me fait
peur, et je suis sûre qu'il me déteste.

— Il déteste toutes les femmes, dit Antoine

10

en riant, c'est chez lui une question de principe.

Les yeux de Raymonde s'arrêtèrent malicieusement sur son interlocuteur. Elle avait la bouche ouverte pour lui demander : — Vous a-t-il aussi inculqué ce beau principe-là ? — Le jeune homme sembla deviner la question suspendue aux lèvres de mademoiselle La Tremblaie, et il ajouta : — C'est le seul point sur lequel nous différions de sentiment.

— Bah ! s'écria Raymonde, cette grande haine n'est peut-être que de la rancune ; dans son jeune temps, il aura été trahi par la dame de ses pensées.

— Je l'ignore... Et s'il en était ainsi, je lui donnerais raison. Le mensonge est toujours odieux ; mais le mensonge tombant des lèvres d'une personne qu'on aime et dans laquelle on a confiance, me paraît un crime impardonnable...

Les lignes de son visage avaient pris une expression sévère, et il parlait avec une énergie qui intimida Raymonde. Ils achevèrent silencieusement le tour de la pelouse et vinrent s'asseoir en face des portes-fenêtres du salon, sur un banc de gazon que garnissaient d'épais massifs de pétunias. La nuit tombait, la petite

vallée boisée s'assombrissait de plus en plus
et, avec l'obscurité croissante, les rumeurs du
village s'apaisaient successivement. Sur la
sombre façade de la Maison Verte les baies lu-
mineuses des portes du salon tranchaient seules; on n'entendait plus que le susurrement
du ruisseau, le cri aigu d'une poule d'eau dans
les joncs d'un étang et les voix confuses des
deux joueurs qui marquaient leurs points. Antoine et Raymonde assistaient avec une sensation de rêveuse volupté à la tombée de la nuit
sur les bois. Ils se parlaient à peine, et au fond
de leurs cœurs de confuses et douces pensées
descendaient à mesure que l'obscurité gran-
dissait; on eût dit un crépuscule mystérieux où
rien n'était distinct, mais où tout flottait dans
une ombre bleuâtre et veloutée. Tout à coup
Raymonde, pour mieux voir les étoiles qui
pointaient dans le ciel, renversa sa tête en arrière, laissant ainsi innocemment se révéler
aux yeux émerveillés d'Antoine les lignes on-
duleuses de sa poitrine et de son cou. —
Comme les étoiles naissent vite! murmura-
t-elle; quand j'étais petite fille, j'essayais de les
compter à mesure qu'elles montaient dans le
ciel, et toujours le sommeil me prenait au
milieu de mes comptes.

— Il en est ainsi des meilleures choses, dit Antoine en souriant; à peine les avons-nous vues poindre qu'une main invisible nous emmène. Au milieu de la fête, il faut partir comme des enfants qu'on emporte au lit avant la fin du spectacle.

Raymonde tressaillit. — Disait-il vrai, et cette heure charmante [qu'elle venait de savourer si voluptueusement serait-elle la seule? Fallait-il l'oublier comme un beau rêve et retomber pour toujours dans le terre-à-terre de la réalité, avec le pigeonnier de Lamargelle et la compagnie de Préfontaine en perspective ?

— Oui, murmurait la raison, tu es la fiancée d'Osmin, et tu n'as plus le droit de rêver à ta fantaisie. Laisse cet étranger passer son chemin, et continue de trottiner prosaïquement sur la route banale...

Antoine se leva. — Il faut partir ! répéta-t-il, je vais prendre congé de vous.

Raymonde fit quelques pas dans la direction de la maison, puis s'arrêta. Elle avait consulté sa raison ; mais, comme il arrive presque toujours, elle n'avait demandé un conseil que pour ne pas le suivre. — Est-ce que vous devez quitter bientôt Auberive ? murmura-t-elle avec un léger tremblement dans la voix.

— Non pas, j'y suis pour plus de deux mois encore.

— Alors vous reviendrez nous voir ?

Elle avait relevé la tête, leurs yeux se rencontrèrent, et, pendant un instant, sous la douteuse clarté du ciel fourmillant d'étoiles, leurs regards plongèrent lentement l'un dans l'autre.

— Je reviendrai, répondit Antoine d'une voix émue.

— Bien sûr?

— Je vous le promets.

Sa main s'était avancée vers celle de la jeune fille, elle lui tendit la sienne, et les deux mains se serrèrent plus que ne le permettaient les conventions de la politesse mondaine.

Elles se quittèrent enfin, et, sans ajouter un mot, Antoine rentra dans le salon pour prendre congé de ses hôtes.

VII

— Vous cherchez Antoine ? Ah! il y a belle heurette qu'il est *vredé* (parti); il ne moisit guère chez nous, allez!

Tandis que M. Noël, à qui s'adressaient ces paroles, fronçait le sourcil et bougonnait entre ses dents, Sœurette Verdier s'était assise sur une chaise basse, et tout en écossant des haricots elle continuait : — Voyez-vous, Antoine maintenant a l'air de s'ennuyer avec nous ; il n'a pas plus tôt avalé sa dernière bouchée, qu'il enfile le chemin de Vivey... Et Dieu sait à quelle heure il rentre! En attendant, mon pauvre souper se dessèche dans la *coquelle*, et le plus souvent nous le mangeons tout seuls, Verdier et moi, parce qu'on a retenu Antoine à dîner là-bas... Lui, qui autrefois passait quasi toutes ses soirées à côté de moi, ah! il est bien changé! J'avais raison de dire que ce méchant Paris ne valait rien pour mon *gachenet*.

— Paix donc, Sœurette, interrompit Verdier en haussant les épaules; toujours des
exagérations !... Antoine est un brave enfant,
mais quoi? il est jeune et nous sommes vieux;
il aime à s'amuser, et c'est tout naturel qu'il
aille de préférence où il trouve des distractions.

— Des distractions ! reprit Sœurette en hochant la tête, *ma fi*, si on lui donne de la
gaîté là-bas, il n'en rapporte guère ici, car il
revient chaque fois plus songeur et absorbé.
On ne peut pas lui arracher deux paroles.
C'est bon ! je ne suis pas si simple que j'en ai
l'air, et je me doute de quelle couleur elles
sont, ses distractions... Mon Dieu, s'il s'agissait d'une fille sage, modeste et bien élevée, je
ne dirais rien ; ce n'est pas moi qui le détour-
nerai du mariage, au contraire! mais j'ai
peur qu'il ne se soit amouraché d'une coquette sans cervelle, et cela me met le souci au
cœur... Qu'est-ce qu'elle a donc cette demoiselle de la Maison Verte pour qu'Antoine en
soit affolé de la sorte ?

— Bah ! répliqua le garde général, qui voulait paraître rassuré et ne l'était guère plus
que sa femme, tu vois tout de suite les
choses en noir... Antoine a la tête solide,

s'il s'aperçoit que la demoiselle est une écer-
velée, il tournera les talons et s'en reviendra.

— Il s'en reviendra amoindri et abêti,
grommela M. Noël indigné de l'apparente résignation du forestier, voilà comme il s'en
reviendra ! Tenez, Verdier, votre femme, toute
femme qu'elle est, a plus de bon sens que
vous, et vous me faites bouillir... Adieu !

Il sortit en marmonnant, tandis que Sœurette s'essuyait les yeux et que Verdier, pour
dissimuler sa mauvaise humeur, feuilletait d'un
air affairé son livre-journal. Au fond, il éprouvait les mêmes inquiétudes que sa ménagère,
mais, pour lui comme pour Sœurette, Antoine
était le dieu de la maison, et, si en son absence
on se laissait aller à maugréer, dès qu'il était
là on ne se permettait pas le moindre mot qui
pût sonner comme un reproche ou une criti-
que. Néanmoins, quand il rentra ce soir-là,
Verdier le prit à part, et, affectant un ton dé-
gagé : — A propos, mon camarade, commença-t-il, tu sais qu'on trouve à dire au
logis. Je ne parle pas pour moi, mais la bonne
femme prétend que tu sembles t'ennuyer
chez nous... Tu la connais, elle voudrait toujours t'avoir cousu à ses jupes. Que diable
veux-tu ? les femmes sont comme cela... il ae

étais gentil, demain tu lui tiendrais compagnie un bon bout de temps pour la rassurer.

Antoine comprit. Son cœur lui avait déjà
dit plus d'une fois ce que son père lui insinuait
timidement. Intérieurement, il se reprochait
de négliger sa mère et de lui voler ces courtes
journées de vacances pour les donner à une
autre ; mais chaque jour un attrait plus fort
le poussait sur le chemin de Vivey. Il était
devenu l'hôte assidu de la Maison Verte.
M. La Tremblaie, charmé d'avoir quelqu'un
avec qui causer, s'efforçait de l'y retenir le
plus longtemps possible, et de vrai, il ne fallait
pas de grands efforts : la présence de Raymonde
suffisait. C'était seulement à la brune, en
rentrant à Auberive, qu'Antoine rentrait aussi
dans sa conscience et entendait une voix intime et persistante lui reprocher l'abandon où
il laissait sa mère. Aussi le lendemain, dès le
matin, il alla dans la cuisine trouver Sœurette, occupée à fourbir les landiers de la
cheminée, et lui annonça qu'il se mettait à sa
disposition pour toute la journée. La bonne
femme pensa l'étouffer en l'embrassant. Sitôt
le ménage en ordre, elle emmena son fils au
jardin et l'entretint minutieusement des amé-
liorations qu'elle avait introduites dans les

carrés du potager. Comme au temps où il
était écolier, Antoine lui aida à cueillir les
poires des quenouilles et les raisins de la
treille. Tout alla bien jusqu'à midi, mais
quand vint l'heure où d'habitude il prenait le
chemin de la Maison Verte, l'image de
Raymonde se glissa traîtreusement entre sa
mère et lui. Une secrète impatience nerveuse
lui fit alors sentir quelle maîtresse place cette
jeune fille occupait déjà dans son cœur. Il la
connaissait depuis vingt jours à peine, et il
lui semblait qu'elle était entrée dans sa vie
depuis des années. Jamais aucune femme
n'avait produit sur lui une pareille impression. Cela tenait-il à l'originale beauté de
Raymonde? Non, il avait rencontré maintes
fois des femmes plus régulièrement belles et
il n'avait pas été ému de cette façon. Ce qui
lui plaisait dans mademoiselle La Tremblaie,
c'étaient justement les côtés par où elle diffé-
rait des autres jeunes filles : sa nature franche
et primesautière, son ignorance de toutes les
afféteries féminines, la virginale verdeur de son
esprit, la sincérité de ses paroles. Quand le
regard chercheur d'Antoine s'arrêtait sur les
yeux limpides et les lèvres hautaines de
Raymonde, il était persuadé que ces yeux et

cette bouche n'avaient jamais menti. Il y lisait
la chaste et fière hardiesse d'un cœur qui ne
s'était jamais prodigué en banales coquette-
ries, et cette fraîcheur veloutée de l'âme unie
à un caractère ardent et passionné exerçait
sur lui une fascination toute-puissante.

Après le repas de midi, Sœurette installa
sous l'auvent du jardin sa chaise basse et
une corbeille de linge à repriser, puis elle se
mit à la besogne, tout en jasant à plein cœur
avec son fils assis à l'ombre, sur un banc. Elle
ne se sentait pas de joie de pouvoir à son aise
l'entretenir des choses de la maison, des petites histoires du village, de tous ces menus
détails domestiques dans le cercle desquels se
mouvait sa pensée. Pendant ce temps, Antoine suivait d'un œil inquiet les progrès de
l'ombre du toit sur les plates-bandes du jardin. Il calculait mentalement qu'il ne lui fallait
qu'une heure en marchant bien pour traverser
la forêt et arriver à la Maison Verte. En par-
tant vers le milieu de l'après-midi, il pourrait
encore y passer une bonne partie de la soirée.
Le soleil tombait déjà plus oblique sur la
route blanche qu'on voyait poudroyer jusqu'à
la lisière du bois ; les alouettes gazouillaient
dans les champs, de temps en temps on en-

tendait le coup de fusil d'un cnasseur ou l'a-
boiement d'un chien. — Que fait Raymonde?
se demandait-il, sans doute elle m'attend...
Je lui avais promis de dîner à la Maison Verte.

— Et il lui semblait la voir se promener im-
patiemment autour des pelouses ensoleillées,
consultant sa montre et interrogeant de l'œil
le coin de la forêt par où débouche le sentier
d'Auberive...

— Antoine, tu ne m'écoutes pas?

— Si fait, mère, tu parlais d'Abdon, le ferblantier, et de Lisa, la boiteuse. Eh bien, se
sont-ils mariés?

— Tu vois! Il y a plus d'un quart d'heure
que je t'ai dit que le père d'Abdon avait refusé son consentement, et que de chagrin la
boiteuse était entrée novice au couvent de
Saint-Loup. Ton esprit est ailleurs, mon
garçon!

Antoine fit un effort violent pour se remettre à la conversation, mais, à mesure que
les minutes s'enfuyaient, l'impatience le prenait. Dans l'air calme et brûlant, le clocher du
bourg sonna lentement quatre heures. Le
jeune homme se leva et se promena le long
du mur de la maison. — J'ai besoin de me
dégourdir les jambes, insinua-t-il, et j'ai bien

envie d'aller jusqu'au bois de Charbonnière.

— Par ce grand soleil? s'écria Sœurette, dont la figure s'allongea.

— Bah ! la chaleur est déjà tombée, et puis n'est-ce pas l'heure où tu fais ta station à l'église?

— Je m'en serais dispensée aujourd'hui, répondit sa mère en soupirant, mais je ne veux pas te gêner ; va, mon garçon, tu n'es pas ici pour t'ennuyer.

Il était déjà dans la cuisine. — Faudra-t-il t'attendre pour souper? lui cria Sœurette, désirant du moins lui faire comprendre qu'elle n'était pas dupe de son manége.

Antoine, honteux de son hypocrisie et revenant brusquement sur ses pas, prit sa mère à bras le corps, la baisa tendrement sur les deux joues et murmura : — Eh bien ! franchement, non, ne m'attends pas. Je suis invité à dîner.

— Ah! dit-elle en lui rendant ses baisers à pleines lèvres, mon pauvre *gachenet*, tu es encore bien jeune pour ton âge !...

Il s'élança sur la route et fit de grandes enjambées pour rattraper le temps perdu. Il traversa la forêt tout d'une traite et vit, au bout de trois quarts d'heure, s'éclaircir le taillis qui surplombe au-dessus de Vivey; mais

au moment où il était sur le point de sortir
du bois, un chien aboya, un homme couché
au pied d'un chêne se leva, et Antoine se
trouva face à face avec M. Noël

— Ah! c'est toi? Bonjour donc! s'écria le bonhomme examinant ironiquement la figure décontenancée de son élève; c'est fort heureux que
je te rencontre au coin d'un bois, car tu n'uses
guère tes semelles sur le chemin du Chânois!

— C'est vrai, monsieur Noël, balbutia
Antoine, j'aurais dû aller vous voir plus souvent, mais j'en ai été empêché par des visites
aux environs, et puis j'ai reçu de Paris des
épreuves qu'il a fallu corriger.

— Tu as un nouveau travail sur le métier?
Tant mieux! Tu me conteras cela en route,
car j'espère bien que tu vas me reconduire.

— Pas ce soir, monsieur Noël, excusez-
moi.

— Pourquoi pas ce soir? riposta le vieux
professeur, as-tu des projets qui t'obligent à
me fausser compagnie?

— Oui, je descends à Vivey et j'y serai retenu jusqu'à la nuit... J'ai promis et je ne pu
manquer de parole...

— Ne t'empêtre pas dans des explications
inutiles, s'exclama le bonhomme, qui n'était

plus maître de ses nerfs, je vais te dire, moi,
ce qui te retient à Vivey... C'est la diablesse
qui habite cette maudite maison! — De ses
maigres doigts tremblants de colère, il dési-
gna les toits d'ardoise de la Maison Verte,
puis il rabattit sa main sur le bras d'Antoine,
qu'il serra comme dans un étau : — Viens-
t'en! continua-t-il, tu n'es pas fait pour servir
de proie à ces aventuriers...

Aux premiers mots prononcés par M. Noël,
Antoine avait rougi, mais il reprit promptement son sang-froid et repartit en riant : —
Votre haine pour les femmes vous emporte
trop loin, cher maître; cette jeune fille ne mérite pas les épithètes dont vous la gratifiez, et
M. La Tremblaie est un galant homme...

— Laissons le père pour ce qu'il est, interrompit brutalement le professeur, il ne s'agit
pas de lui, mais de sa fille, qui est en train de
t'enjôler... Tu es naïf comme tous les gens
d'étude et tu n'entends rien aux roueries de
ces minaudières-là. Celle-ci joue de la pru-
nelle à merveille, parbleu!... On les élève à
cela au maillot... Elle te mignote avec des
sourires sucrés et des paroles câlines, et tu te
laisses prendre à toutes ces chatteries... Je
connais ça!

— Vous vous trompez ! répliqua vivement le jeune homme ; mademoiselle La Tremblaie est précisément tout le contraire de ce que vous dites. Il n'y a pas un grain de coquetterie dans toute sa personne. Elle a grandi comme un sauvageon avec les qualités et les défauts de sa nature ; elle est fantasque, volontaire, excentrique, mais elle a le cœur bon, simple et franc.

— La peste ! maugréa M. Noël, il paraît que tu l'as étudiée en conscience.

— Oui, elle m'intéresse. Je l'observe, et je découvre en elle des trésors de sensibilité et de naïveté.

— Et quand tu auras terminé cette analyse bien digne d'un savant de haute volée, poursuivit ironiquement le bonhomme, que comptes-tu faire de ton sujet ?

— Je compte lui demander de vouloir bien être ma femme, répondit Antoine d'un ton ferme, si toutefois elle m'aime, ce dont je ne sais rien encore.

— Tu serais assez fou pour te marier ! s'écria le professeur indigné.

— Pourquoi pas ?

— Parce que, malheureux enfant, le mariage est un obstacle à toute étude sérieuse. Je

suppose que cette enjôleuse ait toutes les
vertus dont tu la pares, ce n'en est pas moins
une femme. Plus elle t'aimera, plus elle re-
gardera la science comme une odieuse rivale,
plus elle cherchera à détourner au profit du
plaisir les heures destinées au travail. Le
frou-frou de ses jupes effarouchera tes idées,
le bruit de son caquet emplira ta chambre d'é-
tude, ses caresses t'alanguiront et te dessè-
cheront. Et quand tu n'auras plus ni courage,
ni valeur, ni autorité, quand tu seras vidé,
entends-tu, vidé comme une calebasse dont
on a enlevé la pulpe, alors elle te reprochera
de n'être pas un grand homme, elle souffrira
dans sa vanité, elle te méprisera et te plantera
là... Viens-t'en, te dis-je, et si tu m'aimes,
n'épouse pas cette fille !

— Mon cher maître, répondit énergique-
ment le jeune homme en se dégageant de
l'étreinte enragée de M. Noël, je vous dois
tout et je suis prêt à faire tout ce que vous
demanderez de raisonnable ; mais vos idées
antimatrimoniales ne prouvent rien contre
mademoiselle La Tremblaie personnellement.
Donnez-moi un motif sérieux de renoncer à
mes visites à la Maison Verte, et je vous
obéirai, sinon..

11.

— Ah! tu veux des raisons plus sérieuses,
s'écria M. Noël, dont la figure s'était allumée
et dont les yeux jetaient des éclairs, eh bien!..
— Il s'arrêta, se mordit les lèvres, baissa soudain ses paupières fatiguées, et redevenant
très-pâle : — Eh bien! non, reprit-il tristement, suis ta destinée, animal entêté, donne
dans le panneau!.. Ce qui est écrit est écrit,
et je suis bien sot de me mêler de tes aventures... Bonsoir !

Il siffla sa chienne et s'enfonça sous bois.
Antoine resta un moment occupé à regarder
le bonhomme décroître dans le lointain de
l'allée, puis il secoua ses épaules et descendit
d'un trait la rampe de Vivey. Dès qu'il eut
franchi la grille de la Maison Verte, il aperçut
Raymonde qui piétinait au milieu de la pelouse où les pignons et les tourelles proje-
taient leur ombre démesurément grandie par
le soleil déclinant. — Comme vous êtes en retard ! dit-elle, tandis qu'un sourire éclairait
sa figure, je commençais à croire que vous
nous faisiez faux-bond, et vous auriez eu tort,
car ma mère est à Langres d'où elle ne reviendra que tard; mon père est seul, et nous dî-
nerons gentiment à nous trois...

En effet, grâce à l'absence de madame Clo-

tilde, une douce et familière intimité s'établit
pendant le dîner entre ces trois êtres sympathi-
ques que ne gênaient plus l'œil inquisiteur et
le verbiage fatigant de la maîtresse du logis.
Délivré de la domination absorbante de sa
femme, M. La Tremblaie eut des fantaisies
d'écolier qui fait l'école buissonnière. Son
esprit s'aviva, sa langue se délia, et il se versa
de plus amples rasades, comme pour se manifester mieux encore à lui-même qu'il avait
recouvré sa liberté d'action. Aussi le dîner se
prolongea-t-il fort avant dans la soirée, et les
trois convives achevaient à peine leur dessert
que déjà les premières ombres du crépuscule
glissaient le long des tentures de la salle à
manger. M. La Tremblaie était allé s'installer
dans un confortable fauteuil américain, et,
fatigué de la dépense nerveuse qu'il avait faite,
il s'y balançait paresseusement, laissant la
parole aux deux jeunes gens et se contentant
de répondre de temps à autre à leurs saillies par un sourire vague. Peu à peu son
front se renversa sur le dossier, et il s'assoupit.

— Il dort, chuchota Raymonde ; cela lui
arrive quelquefois après dîner. N'ayons pas
l'air de nous en apercevoir, et passons dans la

bibliothèque... Donnez-moi la main, je vais
vous guider de peur que vous ne le réveilliez
en vous heurtant à un meuble.

Elle souleva la lourde portière qui séparait
les deux pièces, et ils s'esquivèrent sur la pointe
des pieds. La bibliothèque était complétement
envahie par la nuit, et Antoine ne se pressait
pas de quitter la petite main de la jeune
fille. Il éprouvait une sourde volupté à la sentir dans ses doigts, chaude et frémissante
comme un oiseau captif. Ils restèrent un moment immobiles dans les ténèbres, puis Raymonde, dégageant lestement sa main, se dirigea à tâtons vers une console et alluma une
lampe dont le grand abat-jour opaque laissait
seulement tomber sur le milieu du parquet
une ronde tache lumineuse, tandis que tout
le reste de la haute pièce demeurait sombre.
— Là, dit-elle, maintenant nous pouvons attendre tranquillement qu'il se réveille. Les
domestiques sont habitués à le voir parfois
sommeiller après le repas, et ils ont l'ordre de
ne pas le déranger... Causons, si toutefois cela
ne vous ennuie pas de causer avec une petite
fille aussi ignorante que moi.

— Votre prétendue ignorance, répondit
Antoine en s'asseyant près du divan où elle

s'était pelotonnée, est justement ce qui me
séduit le plus en vous.

Elle appuya son menton sur l'un de ses
doigts, inclina la tête avec un joli mouvement
d'oiseau, regarda de côté le jeune homme et
sourit.

— Oh ! *séduit*, murmura-t-elle, le mot est
bien fort... Je croyais que, vous autres savants,
vous n'exagériez jamais.

— Le mot n'est que juste, répliqua-t-il brièvement ; — puis il se tut et resta pensif, tout
en la contemplant dans le coin où elle s'était
blottie, et où la pénombre qui l'enveloppait
ne laissait voir que les grandes lignes ondu-
leuses de son corps souple, le profil perdu de
son visage, un bout d'oreille noyé dans les
crépelures de ses cheveux, et la courbe exquise
d'une paupière baissée.

Au milieu de ce profond silence, Raymonde
n'osait plus regarder Antoine ni lui parler.
Son instinct de femme l'avertissait que le moment était venu où le jeune homme allait
s'enhardir et ouvrir son cœur. Elle pressen-
tait la déclaration de tendresse suspendue
aux lèvres de son vis-à-vis, et elle était partagée entre le désir et la crainte de le voir
sortir de la réserve qu'il avait gardée jusque-là.

Sa poitrine était agitée, et sa main nerveuse
tortillait les franges du divan. Elle comprit
cependant que son silence accroissait l'embarras de la situation, et elle voulut le rompre. — Je me trouve si sotte ! dit-elle, — et
il lui sembla que sa voix avait doublé de volume, tant le son lui en paraissait étrange, —
je m'étonne toujours qu'un homme aussi in-s
truit que vous puisse prendre du plaisir à ma
conversation.

— J'en ai pourtant, et beaucoup, répondit-
il, tellement que, lorsque je sors d'ici, plus
rien ne m'intéresse... Et pourtant chaque fois
que je m'en vais, je sens que je ne vous ai pas
dit un seul mot de ce que j'ai dans l'esprit.....
Mademoiselle Raymonde, je...   .

Il s'arrêta brusquement. — Non, pensa-t-il,
pas encore !... Si elle allait ne pas m'aimer.
Laissons-lui le temps de me mieux connaître
avant de lui révéler mon secret. — Et ses lèvres se refermèrent sur la phrase commencée.
Elle l'écoutait, les yeux clos ; quand elle lui
entendit prononcer son nom, un délicieux
frisson d'anxiété lui courut par tout le corps,
puis, s'apercevant qu'il était redevenu muet,
un confus sentiment de déception remplaça
l'émotion de l'attente. Elle rouvrit les yeux et,

se tournant à demi : — Que disiez-vous? murmura-t-elle sournoisement.

Il était redevenu maître de lui, et secouant
la tête, il répliqua :

— C'est une pensée qui m'était venue, et
dont j'hésite un peu à vous faire part, car je
ne sais si vous ne la trouverez pas indiscrète.
Je désirerais que ma mère vous connût, elle
vous aimerait !

Raymonde se redressa sur son coude, et
demi-désappointée, demi-contente, car, à bien
le prendre, le vœu exprimé par Antoine était
encore une sorte de déclaration délicatement
voilée, elle sourit.

— En êtes-vous bien sûr? demanda-t-elle ;
déjà votre père a fort mauvaise opinion de
mon caractère ; qui sait si je ne produirais pas
le même effet sur votre mère?.. Et pourtant,
rien qu'à vous entendre parler d'elle, je l'ai
aimée tout de suite. Vous ne sauriez croire
quelle impression d'intérieur heureux et uni
vous m'avez donnée, lorsque, dans le bois de
la Tillaye, vous avez fait allusion à l'impatience
avec laquelle on vous attendait chez vous...
J'aurais voulu être dans votre maison et assis-
ter à la joie de ces braves cœurs qui se pré-
paraient à vous fêter ! Vrai, je vous sais gré

d'avoir deviné mon désir, et un de ces matins, Jannic et moi, nous irons vous faire visite.

— Vous verrez ma mère, reprit Antoine, et vous lui plairez. C'est une bonne femme toute dévouée et toute simple; votre nature franche lui ira droit au cœur.

— Franche? certainement je le suis, murmura Raymonde, mais c'est donc là un grand mérite à vos yeux, que vous le mettez au-dessus de toutes les qualités que je puis avoir?

— C'est la qualité maîtresse. Toute femme qui n'est pas sincère et naturelle est pour moi une créature qu'on peut admirer, mais qu'on ne peut estimer.

— De sorte que, si j'avais le moindre mensonge sur la conscience, je passerais dans votre opinion pour une espèce de petit monstre?

— Vous ne pourriez pas mentir! s'écriat-il, vos yeux sont trop limpides pour qu'une fausseté puisse jamais les troubler.

Tandis qu'il parlait, il sembla tout à coup à Raymonde que l'ombre colossale d'Osmin se dressait au fond de la bibliothèque, la regardant avec ses gros yeux pleins de reproches et la menaçant de son loigt de géant. Elle sen-

tit une intime piqûre au fond de son cœur, et
sa figure prit une expression sérieuse.

— Vous me croyez meilleure que je ne suis !
dit-elle en secouant la tête.

Antoine eut un geste d'incrédulité. — Quoi,
reprit-il en lui saisissant la main et en souriant, prétendez-vous que vous seriez capable
de mentir ?

Sa figure s'était involontairement rapprochée de celle de la jeune fille, et Raymonde
voyait deux regards tendres et inquiets plon-
ger jusqu'au fond de ses yeux.

— Je n'ai pas dit cela, s'écria-t-elle, seulement je ne veux pas vous laisser croire que je
suis une perfection, et j'ai comme une autre
mes petits péchés sur la conscience.

Il lui tenait toujours la main. — Voyons,
insinua-t-il d'une voix douce, contez-les-moi,
voulez-vous ?

Elle restait indécise, et cependant elle sentait qu'il ne fallait pas laisser perdre cette occasion de confesser son aventure avec Osmin.
L'heure était propice, l'endroit solitaire, et la
lampe discrètement voilée plongeait dans
l'ombre le coin où elle se trouvait, Antoine
ne la verrait pas rougir ; d'ailleurs il paraissait
disposé à l'indulgence. Elle prit son grand cou-

12

rage et se décida à parler. — Eh bien, commença-t-elle...

Au même moment, la portière de la salle à manger fut violemment soulevée, et madame Clotilde apparut brusquement devant les deux jeunes gens déconcertés. Leurs mains eurent à peine le temps de se quitter. — Que complotez-vous donc dans ce coin? demanda la dame en les enveloppant d'un regard soupçonneux.

Antoine s'était levé, et Raymonde à son tour avait quitté lentement les coussins où elle s'était blottie. — Nous attendions, répondit-elle, que mon père s'éveillât.

— Vous ne trouviez pas le temps long, il paraît! observa ironiquement madame Clotilde ; ton père est remonté chez lui depuis une demi-heure, moi-même je suis fort lasse, la voiture m'a éreintée, et je ne désire plus que mon lit.

Antoine comprit qu'on le trouvait importun, il s'excusa brièvement et prit congé de la maîtresse du logis. Quand il fut parti, cette dernière alluma une bougie, et la présentant à sa fille : — Ma chère, dit-elle aigrement, tâche à l'avenir d'être un peu plus réservée, et ne reste pas pendant des heures en tête-à-

tête avec un jeune homme que tu connais à
peine... Ce n'est pas convenable ; si M. de Préfontaine venait à l'apprendre, il serait peu satisfait, et il aurait raison.

Raymonde prit d'un air déconfit le flam-
beau qu'on lui tendait, lança à sa mère un
regard farouche et sortit sans répondre.

Madame Clotilde, dès qu'elle fut seule, porta
la lampe sur le bureau, s'assit, et resta plongée
dans une méditation qui n'avait rien d'aimable pour Antoine. Ce garçon était venu se jeter en travers de ses projets, et elle le haïs-
sait. Nul doute que Raymonde ne fût en train
de l'aimer et toute disposée à lui sacrifier
Osmin. Or ce dénoûment n'était nullement
du goût de madame Clotilde. Elle voulait bien
donner sa fille à un des notables du canton,
à un voisin influent qui introduirait ses relations à la Maison Verte, et ouvrirait à sa nouvelle famille les portes jusque-là fermées des
maisons honorables des environs ; mais avoir
pour gendre le fils d'un obscur forestier, un
professeur sans fortune et sans racine dans le
pays, qui emmènerait Raymonde à Paris et
laisserait madame Clotilde en tête-à-tête avec
M. La Tremblaie, au fond des bois... Non,
elle ne voulait pas d'une aussi sotte aventure,

et il fallait couper sur pied cette amourette encore en herbe. Elle prit une feuille de papier et écrivit à Préfontaine la lettre suivante :

« Mon cher Osmin, vous vous attardez plus que de raison dans vos montagnes. Raymonde s'impatiente ; elle me charge de vous dire qu'elle trouve le temps un peu long et son amoureux un peu tiède. Vous savez, mon cher ami, qu'elle a une mauvaise tête, ne la poussez pas à chercher des distractions et à commettre quelque étourderie. Songez que les absents ont tort et rappelez-vous ce proverbe vieux comme les rues, mais qui me semble absolument en situation : qui va à la chasse perd sa place. — Faites donc comprendre à votre cher oncle que la vôtre est près de votre fiancée, et revenez-nous au plus vite. »

Quand la lettre fut cachetée, elle la remit au petit domestique en lui recommandant de la porter lui-même dès l'aube à la poste d'Auberive, puis, ne doutant pas de l'empressement d'Osmin, elle remonta dans sa chambre et s'endormit avec la conscience reposée d'une mère de famille qui a rempli convenablement ses devoirs.

VIII

On touchait à la fin de septembre. La forêt, occupée à échanger ses habits d'été contre son costume d'automne, s'enveloppait
depuis quelques jours d'un long voile de
brouillards blancs. C'était comme une toile
de théâtre tendue entre elle et les specta-
teurs. Un matin enfin, le rideau se leva et
laissa admirer la magnificence du nouveau
décor : le ciel d'un bleu fin, les prés semés de
veilleuses lilâs, les lisières où les pommiers
sauvages et les alisiers détachaient sur les
fonds bruns ou violets leurs bouquets de feuilles empourprées. Les bois retentissaient des
aboiements des chiens courants, et dans l'air
plus sonore les cloches du dimanche égre-
naient gaîment leurs grappes de notes argentines. A la Maison Verte, où Antoine était
venu de bonne heure, tout le monde ressen-
tait l'influence clémente de cette lumineuse

12.

et blonde journée. M. La Tremblaie était
presque guilleret, Raymonde ne tenait plus
en place, madame Clotilde elle-même était tout
miel et tout sucre. Une joie sourde et habile-
ment contenue amollissait l'âpreté de sa voix,
arrondissait les angles de son caractère et as-
soupissait ses rancunes.

— Où vont tous ces gens endimanchés qui
montent vers les bois de Charbonnière ? s'é-
cria Raymonde, qui avait mis le nez à la fenêtre.

— C'est aujourd'hui la Saint-Michel, répondit Antoine, et ils vont sans doute au *rapport*
d'Amorey ?

— Et qu'est-ce que ce *rapport* ?

— Une fête patronale qui se célèbre en
plein bois, près d'une source plus ou moins
miraculeuse. On y vient de fort loin.

— Père, dit brusquement Raymonde en se
précipitant vers M. La Tremblaie, qu'elle prit
par le cou, si tu étais gentil, tu ferais atteler
et tu nous conduirais au *rapport*.

— Cette promenade te plairait-elle, ma
chère amie ? demanda timidement La Tremblaie à madame Clotilde.

— Vous savez bien que le grand air m'é-
nerve et que les cahots me donnent la mi-

graine, mais vous pouvez y aller sans moi.
M. Verdier vous pilotera. Ne vous attardez
pas seulement, et rentrez avant la nuit.

Une demi-heure après, l'américaine roulait
lentement sous bois et gagnait tout en cahotant la route forestière qui descend vers le
val d'Amorey. Raymonde s'était faite belle,
et un petit chapeau de feutre rond, coquette-
ment posé sur ses opulents cheveux roux,
donnait à sa figure un air cavalier. Elle s'était
assise sur le siége de devant, près du domestique, et de temps à autre, quand la voiture
frôlait les talus du chemin étroit, elle cueil-
lait à la volée des cornouilles et des alises,
puis elle tournait son blanc visage vers l'en-
foncement de la capote où M. La Tremblaie
devisait avec Antoine, et elle leur jetait en
riant des poignées de baies rouges et de feuilles vertes. Quand la voiture fut au fond du
vallon, des rumeurs lointaines leur annon-
cèrent que la fête était dans son plein épanouissement, et tout d'un coup, à un tournant de la route, la combe des Moulineaux
s'évasa devant eux.

A droite et à gauche, de hautes futaies aux
arbres élancés encadraient de leurs profonds
massifs circulaires la prairie où se tenait le

rapport. Sur l'herbe rase piétinait et s'agitait
une foule bariolée et bruyante. Des hommes
buvaient, rangés sur les bancs d'un cabaret
improvisé ; des femmes aux bonnets d'étoffe
violette bordée de dentelle noire, s'attrou-
paient autour d'une dizaine d'échoppes où
l'on vendait des chapelets, des médailles et
des *échaudés ;* des enfants s'accrochaient à
leurs jupes et jetaient des regards de convoi-
tise sur les étalages de pain d'épice. Plus
loin, deux joueurs de violon, perchés sur une
estrade, faisaient sauter, au son de leur or-
chestre criard, la jeunesse des villages voi-
sins. Là étaient vraiment la vie et le beau de
la fête. Les filles, parées de leur plus jolie
robe et de leur fichu le plus pimpant, coiffées
de bonnets de linge à rubans de couleur, dan-
saient avec des mouvements calmes, des airs
sages et des yeux sournoisement baissés ; les
garçons, le chapeau sur l'oreille, la blouse
neuve négligemment ouverte, laissant voir le
gilet des dimanches, avaient le geste plus dé-
luré, le port droit, la mine provocante. Après
chaque figure, ils enlevaient leur danseuse à
bras-le-corps, puis la reposaient à terre avec
un cri joyeux. Il y avait quelque chose de sain
dans ce rire plein et sonore. Il s'envolait

par larges éclats jusque sous les futaies de
hêtres dont la grande ombre fraîche s'allon-
geait lentement et progressivement vers le
bal, comme pour avertir les danseurs de la
fuite du temps et de la brièveté des joies humaines.

Parfois un couple se détachait de la danse
et montait vers les bouquets de trembles où
la source miraculeuse glissait en nappes claires sur des gradins naturels et finissait par
se creuser un réservoir dans le tuffeau. La
principale propriété de cette eau calcaire con-
sistait à pétrifier lentement les racines et les
mousses sur lesquelles elle coulait ; mais de
cette vertu la jeunesse campagnarde se souciait médiocrement, et la croyance populaire
lui en attribuait une autre plus merveilleuse :
celle de prédire aux filles si elles se marie-
raient promptement. La consultation de l'oracle se pratiquait de la façon suivante : on
jetait une épingle dans le réservoir ; si elle
coulait à fond en ligne droite, les épousailles
devaient se faire dans l'année ; mais si elle
déviait, entraînée par le courant, adieu la
noce, et la jeune fille risquait fort de coiffer
sainte Catherine.

Antoine avait expliqué à Raymonde les ver-

tus de la fontaine. — Et moi aussi, dit-elle,
je veux tenter l'épreuve ! — Elle s'approcha
du réservoir, détacha une épingle de son corsage et la laissa tomber de haut sur la surface
limpide. Sans hésiter une seconde, l'épingle
descendit perpendiculairement et alla se poser au fond de la source, où des centaines de
ses sœurs scintillaient déjà. — Bah ! murmura
la jeune fille, comme si elle eût répondu à une
pensée intime, le beau présage ! L'important
n'est pas de savoir si on se mariera, mais qui
on épousera !

Elle se retourna vers Antoine et vit les
regards pénétrants du jeune homme fixés sur
elle. — Ceux qui consultent l'oracle, répondit
son compagnon , sont probablement mieux
fixés que vous sur ce dernier point, c'est pourquoi le premier seul les intéresse.

Raymonde rougit et, sautant sans répondre
dans le sentier, revint lentement près du bal.
Quand elle entendit les violons et vit tournoyer les danseurs, une nouvelle fantaisie la
prit, et, se rapprochant d'Antoine : — Je
parie, dit-elle, que vous n'avez jamais dansé?

— Jamais.

— Eh bien ! reprit-elle, essayons, voulez-
vous?

Il eut beau s'en défendre et protester qu'il
brouillerait tout, elle insista si bien qu'il
finit par obéir. Ils s'étaient déjà mis en quête
d'un vis-à-vis quand M. La Tremblaie inter-
vint. Le tintamarre de la fête lui agaçait les
nerfs, il se sentait fatigué et ne tenait plus
sur ses jambes. — Le cheval s'impatiente, répondit-il aux exclamations indignées de sa
fille, il se fait tard et nous avons promis de
rentrer avant la nuit.

— Quel ennui! s'écria Raymonde, si tu
étais gentil, tu remonterais tranquillement
en voiture, le cheval s'en reviendrait au pas
et, sitôt notre contredanse finie, nous te re-
joindrions par la traverse.

M. La Tremblaie trouvait que cet arrangement laissait beaucoup à désirer, mais il n'a-
vait jamais su dire non une fois dans sa vie,
et, cédant aux câlineries de sa fille : — Mauvaise tête ! murmura-t-il, fais donc ce que tu
veux, mais n'oublie pas ta promesse... La voiture ira au pas, et je t'attendrai à la montée...
Je vous la recommande, monsieur Verdier.

Dès que l'américaine eut repris lentement
la route de Vivey : — Maintenant dansons !
s'exclama Raymonde en s'élançant au milieu
du bal. — Le grand air, le soleil d'automne,

le bruit de la fête, la pensée d'être seule avec
Antoine au milieu de la foule, toutes ces choses
la surexcitaient fortement ; ses yeux bruns
pailletés d'or étincelaient, ses lèvres souriaient, et sa taille souple se balançait doucement en suivant le rhythme accentué des violons. — Chaîne des dames ! cria la voix na-
sillarde de l'un des joueurs. — Elle ramassa
lestement les plis de sa jupe, s'avança vers la
paysanne qui lui faisait vis-à-vis et lui tendit
gaîment la main. Les couples se mêlèrent,
les mains se nouèrent et se dénouèrent en
cadence. L'apparition de cette belle jeune fille
en toilette de ville n'avait pas manqué de pi-
quer la curiosité des paysans. On formait le
cercle autour d'elle, et les commentaires allaient leur train. Tout en exécutant gauche-
ment un cavalier seul, Antoine entendit derrière lui une paysanne chuchoter à sa commère :
— N'est-ce pas la demoiselle de la Maison
Verte? — Oui, et le garçon qui l'accompagne
est le fils Verdier, d'Auberive. — Il est donc
devenu son *bon ami;* on m'avait dit qu'elle
avait M. de Préfontaine pour galant. — *Ga,*
ma mie, elle en aura changé !... — Galop ! cria de nouveau le violonneur. — Les
couples se croisèrent, pirouettèrent, et An-

toine ne put saisir le reste de la conversation.

— C'est fini, hélas ! soupira Raymonde en
ébauchant une révérence devant son danseur.

— Il faut partir, répondit brièvement le
jeune homme, et il ajouta qu'il croyait plus
sage de suivre de nouveau la route forestière.

— Non pas, répliqua la jeune fille en ra-
justant sa coiffure, il n'y a rien d'ennuyeux
comme de revenir par le même chemin. Pre-
nons à travers bois. Ne connaissez-vous pas
un sentier ?

Antoine objecta qu'en sept ans la physionomie du bois avait changé ; les coupes étaient
devenues des taillis, et les sentiers avaient pu
disparaître dans le fourré ; mais elle ne voulut
rien entendre. Ils longèrent la prairie jusqu'à
la ferme d'Amorey et s'engagèrent dans un
chemin d'exploitation qui coupait obliquement les hautes futaies de la réserve. Antoine
était pensif et ne répondait que par monosyllabes aux questions de Raymonde. Les propos
des deux paysannes lui trottaient dans la tête.
Cette allusion à M. de Préfontaine l'avait frappé
désagréablement. Il se rappelait avoir entendu madame Clotilde mentionner vaguement
ce personnage, mais ce nom, jeté au milieu
d'une conversation banale, n'avait pas alors

éveillé son attention. La remarque de la
paysanne n'était probablement qu'un cancan
de village, mais elle ne laissait pas de le troubler.

Raymonde observait son compagnon du
coin de l'œil et paraissait piquée de son humeur maussade. — Vous êtes soucieux, lui
demanda-t-elle enfin, qu'avez-vous?

Antoine releva la tête et fixa sur la figure
franchement épanouie de la jeune fille deux
longs regards questionneurs : — Mademoiselle
Raymonde, répondit-il après un moment de
silence, l'autre soir, quand madame La Tremblaie est entrée dans la bibliothèque, vous
étiez sur le point de me dire quelque chose...
quelque chose qui semblait vous concerner
particulièrement. Du moins j'ai cru lire cela
dans vos yeux,... me suis-je trompé?

Elle restait muette et se bornait à creuser
dans la terre molle du sentier de petits trous
avec le bout de son ombrelle ; il reprit : — Si
réellement vous m'avez jugé digne de votre
confiance, pourquoi ne profiteriez-vous pas
de ce que nous sommes seuls pou me faire
part de ce que vous vouliez me confier? Est-
ce que le silence et le demi-jour de cette futaie n'invitent pas à l'expansion aussi bien

que la bibliothèque de la Maison Verte?

La mobile physionomie de la jeune fille tra-
duisit par une moue expressive l'embarras où
la mettait l'insistance de son compagnon, mais
ses lèvres ne se desserrèrent pas. La brusque
intervention de madame Clotilde semblait
avoir paralysé le bon mouvement qui avait
poussé Raymonde, quelques jours avant, à
tout avouer à celui qu'elle aimait. L'occasion
propice s'était enfuie ; maintenant elle était
craintive, indécise ; elle songeait qu'elle avait
devant elle une heure d'intimité délicieuse,
et il lui coûtait trop d'en troubler la douceur
par une révélation désagréable. Le regard
d'Antoine l'intimidait et l'irritait par sa persistante fixité. — Voyons, poursuivit le jeune
homme, prenez-moi pour confesseur !

— Je n'ai rien à confesser, répondit-elle en
détournant la tête, et elle ajouta avec un rire
un peu forcé : — En bonne conscience, je ne
puis inventer des péchés !

Antoine fronça les sourcils et repartit d'un
ton piqué : — Naturellement, je ne vous demande pas d'inventer. D'ailleurs je reconnais
que je n'ai aucun droit à devenir le confident
de vos secrets.

— Pourquoi insistez-vous alors ? s'écria-

t-elle, qui peut vous faire supposer que j'aie
des secrets?

— Qui ?... Vous-même.

— Moi ?... Oh !

— Oui, vous... ou du moins l'expression
inquiète de votre figure si peu faite pour la
dissimulation. — Il se rapprocha d'elle, et
d'un ton plus pressant : — Rappelez-vous
notre entretien dans la bibliothèque, et dites-
moi...

— Quoi ?

Les yeux d'Antoine étaient tombés sur les
poignets de la jeune fille, dont de larges man-
chettes laissaient voir les blanches attaches
nues. — Dites-moi par exemple, reprit-il,
d'où vous venait ce bracelet orné d'une pensée
que j'ai retrouvé dans la source de la Tillaye ?...

Prise au dépourvu par cette demande,
Raymonde rougit, et sa perplexité augmenta.
La question aplanissait cependant singulièrement la voie des aveux. Fallait-il parler et
conter par le menu la ridicule histoire des
amours d'Osmin ? La confession était humi-
liante, outre qu'elle risquait d'être prise de
travers. L'idée d'avoir été en concurrence
avec un pareil rival pouvait effaroucher An-

toine, et alors adieu les beaux rêves de tendresse, adieu la conquête de ce cœur d'élite
dont elle épiait avec un doux frisson la sym-
pathie grandissante ! Cependant il fallait répondre, car il venait de renouveler son inter-
rogation ; elle s'en tira comme toutes les
femmes, par un faux-fuyant. — Qu'est-ce que
cela peut vous faire ? murmura-t-elle en essayant de prendre un ton plaisant.

— Rien, vous avez raison ! répliqua-t-il,
blessé de cette légèreté.

Il se mit à taillader les broussailles à coups
de canne, et ils restèrent quelque temps silencieux. Le sentier était étroit, Raymonde
ouvrait la marche, la tête basse, et si troublée
qu'elle allait droit devant elle sans s'inquiéter
des nombreux sentiers qui croisaient le sien.
Antoine, enfoncé dans sa mauvaise humeur,
la suivait machinalement et ne songeait plus
à s'orienter.

— Vous êtes fâché ? fit-elle en se retournant
vers lui.

— Moi ?... Non... Seulement je m'aperçois
que j'ai été indiscret, et je me tais.

— Vous voyez bien !... Vous avez de la rancune. Pourquoi attachez-vous de l'importance
à des choses indifférentes ?

13.

— Indifférentes ? répondit-il en hochant la tête, est-ce que ces sortes de bracelets, qu'on nomme des *porte-bonheur*, ne sont pas considérés comme des bijoux intimes auxquels s'attache je ne sais quelle superstition sentimentale ?

— Affaire de mode !... Tout le monde en porte, et ce sont des objets sans conséquence.

— Même le vôtre ?...

— Le mien... D'abord je ne le porte plus; il est laid et ridicule !

— Si la personne qui vous l'a donné vous entendait, elle ne serait pas flattée, reprit Antoine... Vous n'avez pas l'air de tenir beaucoup à ce témoignage de son affection.

— Certes, non ! répliqua-t-elle avec un rire nerveux et en rougissant de nouveau.

Il remarqua son trouble et ne parut que médiocrement convaincu. — Avouez, continua-t-il avec un accent demi-ironique et demi-sérieux qui impatienta fortement Raymonde, avouez que, de la part d'un indifférent, il y a une fatuité singulière à offrir un bijou sur lequel on a fait graver : « pensez à moi, » avec une fleur de pensée pour plus de clarté ?... Comment s'appelle-t-il, cet original ?

— Son nom importe peu, vous ne le connaissez pas.

— Qui sait? poursuivit-il du même ton sarcastique, ne serait-ce pas M. de Préfontaine?

Elle eut une violente palpitation. — Pourquoi supposez-vous cela? s'écria-t-elle effarée; qui vous a parlé de lui?

— Votre mère l'a nommé devant moi... N'est-il pas votre voisin, et ne vient-il pas à la Maison Verte?

— Oui!

— Pourquoi ne l'y voit-on plus?

— Il voyage.

Toutes ces réponses étaient formulées avec une intonation brève qui indiquait un agacement profond.

— Il était un peu amoureux de vous, convenez-en! reprit Antoine, dont la figure s'était rembrunie.

— C'est possible... Je ne m'en souciais guère!

— Il vous l'a dit?

Elle se retourna brusquement, les yeux pleins de larmes, frappa du pied, et d'une voix entrecoupée par l'angoisse et l'irritation : — Pourquoi me persécutez-vous ainsi

s'exclama-t-elle, où voulez-vous en venir avec
cet odieux interrogatoire?... Vous me faites
regretter de n'être pas remontée dans l'américaine. — Elle avait continué de marcher en
parlant, et tout d'un coup elle poussa un
cri de surprise : — Ah! fit-elle, eh bien! où
va donc notre sentier?...

Ils avaient atteint un de ces *murgers* en pierres sèches qui couronnent quelques-unes des
forêts de la montagne langroise, et à cet endroit le sentier, ou plutôt l'étroite tranchée
dans laquelle ils se trouvaient, dévalait presque à pic au fond d'une gorge boisée. On
voyait la sente pierreuse fuir entre deux co-
lonnades de hêtres aux fûts blanchâtres, puis
se perdre dans un moutonnement de feuillées. — Nous avons pris un faux chemin, dit
Antoine, et nous tournons le dos à la route.

Raymonde partit d'un grand éclat de rire,
puis, sa figure passant rapidement de la gaieté
à l'inquiétude, elle s'écria d'un ton contrit : —
Et ce pauvre père qui nous attend, que va-t-il
penser? Mes compliments, monsieur, vous
êtes un bon guide!... Qu'allons-nous devenir?

Antoine examinait la direction du ravin et
commençait à s'orienter. — Le Courroy est

sur la gauche, reprit-il, une fois au hameau, nous rattraperons facilement le chemin de Vivey... Si vous n'êtes pas fatiguée et si vous ne craignez pas pour votre robe, nous allons prendre à travers bois.

— Allons! fit-elle bravement. — Au fond, elle bénissait cet incident qui avait mis fin au périlleux interrogatoire pendant lequel elle avait subi la question ordinaire et extraordinaire. Au bout d'un quart d'heure, ils se trouvèrent en plein taillis. Aucun sentier n'apparaissait encore. Antoine s'arrêta, aspira longuement l'air forestier et dit : — Je sens l'odeur de la fumée de charbon. Nous devons être près d'une *vente*. Cherchons-la, nous y trouverons quelqu'un qui nous remettra dans le bon chemin.

Ils marchèrent dans la direction d'où semblaient venir les âcres senteurs du charbon, mais à mesure qu'ils avançaient le taillis devenait plus serré. De grandes ronces enlacées à des buissons d'aubépine leur barraient à chaque instant le passage et s'accrochaient malicieusement à la robe de Raymonde. Alors Antoine se baissait pour dégager de la griffe des épines la mince étoffe de foulard, et tout cela prenait du temps. Le bois s'assombrissait

déjà, et bientôt les derniers, rayons pourprés
du soleil couchant s'évanouirent parmi les
ramures confuses des hêtres. Au même moment, la jeune fille poussa une exclamation
de dépit. Le volant de son jupon, cédant aux
tenaces morsures d'un églantier, s'était dé-
cousu ; son pied était passé au travers, et elle
était tombée, agrandissant encore la déchirure
au milieu de laquelle sa jambe s'était engagée jusqu'au genou. — Vous vous êtes fait
du mal? s'écria Antoine. — Non, non, répondit-elle en rougissant, ne regardez pas
seulement, je saurai bien m'en tirer toute
seule...

Elle se releva en effet, mais pour prévenir
une nouvelle chute, elle fut obligée de prendre sous son bras tout un lambeau du malencontreux jupon, et elle intima plus énergique-
ment encore à Antoine l'invitation de passer
le premier et de ne point tourner la tête.
Enfin le fourré s'éclaircit, ils atteignirent une
coupe de bois qui occupait tout un versant de
la gorge, et virent aux lueurs du crépuscule
flamboyer les rougeâtres clartés des fourneaux
à charbon.

Sept à huit tertres coniques étaient espacés
à la file sur la pente récemment exploitée, où

se dressaient encore les arbres de réserve, et
où, çà et là, les rondins empilés rompaient de
leurs longues rangées grises la déclivité du sol.
Tout autour, le taillis enserrait la coupe de
ses masses immobiles, et au fond de la gorge
on apercevait un petit étang dont l'eau calme,
dans sa ceinture de joncs reflétait les fines
nuances vertes et roses du ciel crépusculaire.
Près des fourneaux, les silhouettes noires des
charbonniers se découpaient nettement, et au
seuil d'une hutte de gazon, voisine de la lisière, la charbonnière berçait sur ses genoux
un petit enfant, en lui chantant une vieille
chanson dont la traînante mélopée montait
doucement dans l'air du soir.

— C'est beau cela ! murmura Raymonde, en
contemplant ce tranquille paysage forestier,
discrètement lumineux, avec lequel s'harmonisait si bien la rustique complainte de la
chanteuse.

Antoine s'était abouché avec le maître char-
bonnier et s'informait de la route à suivre. —
Vous êtes dans la *Vieille-Réserve*, répondit
celui-ci, à une portée de fusil de la coupe,
vous trouverez un sentier qui vous mènera
au bois des Ronces et de là à Vivey ; un de
mes garçons va vous accompagner jusqu'à

ce que vous soyez dans le bon chemin...

Mais avant de se remettre en route, Raymonde, afin de pouvoir marcher sans embarras, voulut réparer le désastre de son volant. Elle passa dans la hutte, défit lestement
son jupon, emprunta une aiguille et du fil à
la charbonnière, et vint s'asseoir sur un tronc
d'arbre près du feu allumé en plein air. Elle
était charmante ainsi, dans sa robe de foulard
dont la mince étoffe, privée du soutien des
jupons, se collait à ses hanches et en dessinait
traîtreusement les formes rondes et les cour-
bes harmonieuses. Elle avait ôté son feutre;
les magnifiques boucles de ses cheveux aux
teintes chaudes se déroulant autour de son visage et de son cou, en faisaient ressortir la
blancheur satinée, tandis que ses grands yeux
fauves étincelaient aux lueurs du feu de branches sèches. — Voyez dans quel état ce maudit fourré m'a mise, dit-elle à Antoine, qui
s'était agenouillé dans l'herbe à ses pieds,
suis-je assez ravagée ?

— Je ne vous ai jamais vue si belle ! murmura-t-il avec des regards enthousiastes. —
Il était de nouveau complétement sous le
charme et se reprochait maintenant comme
une brutalité son ridicule interrogatoire. En

entendant sa voix grave, à laquelle l'émotion
donnait une intonation caressante, la jeune
fille ébaucha un joli sourire de satisfaction et
faufila avec plus d'ardeur la tête de son volant.

La charbonnière, les voyant occupés à causer, s'était rassise près de la hutte, son nour-
risson entre les bras, et avait repris sa complainte.

— Cet endroit me plaît, dit Raymonde en
coupant avec ses petites dents le fil du surjet
qu'elle avait achevé ; nous y reviendrons,
n'est-ce pas ?

Elle se réfugia de nouveau dans la hutte
pour passer son jupon, puis, le désordre de sa
toilette étant réparé, elle glissa une pièce
d'argent dans la mignonne main du marmot
endormi au giron de la charbonnière, et ils se
mirent en route sous l'escorte de l'un des
apprentis. Quand ils eurent retrouvé le sentier du bois des Ronces, ils congédièrent leur
guide et s'enfoncèrent lentement sous les
ramures. La nuit était tout à fait venue, et
c'était à peine si on distinguait la trace du
sentier, tant une profonde obscurité régnait
sous bois. De temps en temps, entre les branches emmêlées une étoile scintillait bien haut

14

dans le ciel ; parfois un geai, déjà assoupi à la
fourche d'un coudrier, s'éveillait en sursaut et
fuyait en jetant un cri aigu, puis tout retom-
bait dans le silence. Eux-mêmes étaient devenus muets, chacun d'eux ayant assez à
faire d'écouter en son for intérieur les pensées
attendries qui y bourdonnaient mystérieusement. Une oreille exercée eût certainement
pu compter dans la nuit les palpitations de
leurs cœurs, tant les battements en étaient
violents. Instinctivement Raymonde s'était
rapprochée d'Antoine, et le jeune homme sentait par moments contre lui le frôlement des
membres ronds et souples de sa voisine. A un
endroit où le chemin se perdait tout à fait
dans les ténèbres, il lui prit la main et ne la
quitta plus. Les deux paumes se touchaient
étroitement et se communiquaient leur brûlante moiteur. Cela dura quelques minutes.
Tout à coup la jeune fille s'étant heurtée contre un arbre se rejeta plus près d'Antoine, et
se trouva brusquement prise dans ses bras. —
Raymonde, dit-il d'une voix sourde, je vous
aime!... Voulez-vous être ma femme?

Elle était tellement saisie qu'elle n'eut pas
la force de parler, et qu'elle resta un moment
immobile et blottie contre sa poitrine. —

Vous ne répondez pas, reprit-il, est-ce que ma question est encore indiscrète ?

— Non, soupira-t-elle faiblement ; mais j'étouffe, laissez-moi respirer !

Il desserra les bras, et d'elle-même elle lui abandonna ses deux mains ; puis sans phrases, sans minauderies sentimentales, elle lui avoua simplement qu'elle l'aimait depuis longtemps, depuis le premier jour où elle l'avait vu. — Je suis si heureuse, murmura-t-elle, si fière que vous m'ayez devinée et aimée ! — Antoine l'étreignit de nouveau, et la forêt profonde, pleine de ténèbres silencieuses, entendit le léger susurrement de leur baiser de fiançailles.

Elle s'était appuyée à son bras, et ils se remirent à marcher à petits pas, causant avec cette effusion que produit la détente des nerfs après une émotion violente. Les arbres s'étaient éclaircis, une lueur grise glissa d'abord entre les branches, puis le ciel reparut avec son poudroiement d'étoiles, et le chemin commença à descendre vers Vivey, dont on voyait les lumières scintiller tout au fond de la gorge.

— Allons lentement, murmura Antoine, il fait si bon ici ! Laissez-moi vous dire encore combien je vous aime... Craignez-vous d'être grondée ?

— Je crains surtout que mon père ne soit inquiet; ma mère se fâchera bien un peu, mais je suis habituée à son humeur, et ses colères ne m'effraient pas.

— J'ai peur qu'elle ne me prenne en grippe et qu'elle ne me ferme la porte au nez quand elle saura que je veux vous épouser.

— D'abord, nous aurons mon père pour nous... Et puis, moi, j'ai aussi une volonté, ma mère le sait bien, et elle se gardera de me contrecarrer; mais, chez vous, que dira-t-on quand on apprendra que vous m'aimez?

— Mon père et ma mère diront que je suis un heureux garçon, et, quand ils vous auront vue, ils seront sous le charme.

— Et votre vieux M. Noël?

— Lui, reprit Antoine en riant, il sera plus rétif, mais nous en viendrons à bout.

Bien qu'ils marchassent très-lentement, ils n'en étaient pas moins arrivés au bas de la rampe, et déjà, devant eux, les masses sombres des tilleuls de la Maison Verte se découpaient sur le ciel.

— Il y a un an, continua-t-il, je n'aurais pas osé vous proposer de partager ma vie, mon avenir était trop incertain... Aujourd'hui, sans être riche, je puis offrir à ma

femme une position honorable... Vous verrez,
Raymonde, nous serons heureux !.. Voulez-
vous que je parle dès ce soir à votre père ?

— Non, répliqua-t-elle vivement, laissez-
moi mener les choses et choisir le moment
convenable.

L'image d'Osmin, qui s'était depuis une
heure évanouie de sa mémoire, venait d'y re-
paraître subitement. Elle ne songeait pas sans
inquiétude à la façon dont elle s'y prendrait
pour lui signifier son congé. Le retour prochain du gigantesque Préfontaine se présenta
de nouveau à son esprit avec tout le cortége
des récriminations pénibles et des explications
désagréables. Elle ne se sentait plus aussi
rassurée sur le dénoûment de son aventure.
Dans chaque arbre de l'avenue il lui semblait
voir le menaçant fantôme de son colossal
amoureux... Un fantôme.!.. En était-ce bien
un?.. Ou était-elle le jouet d'une hallucination produite par la douteuse lumière qui pénétrait à grand'peine sous la voûte des arbres ?.. Une forme étrange se détacha tout à
coup d'un tilleul et sembla se mouvoir dans la
direction des deux jeunes gens. En même
temps, Raymonde entendit résonner à ses
oreilles une voix de stentor, pareille à la trom-

pette du jugement dernier, — la grosse voix
d'Osmin de Préfontaine qui lui criait :

— Ah ! enfin ! c'est vous, mademoiselle .
Raymonde !.. La peste soit du *rapport !* Vous
nous avez mis dans des transes, et nous vous
avons crue perdue au fond d'une fondrière !

IX

En reconnaissant la voix d'Osmin, Raymonde
ut tellement interdite qu'elle n'eut même pas
la force de se récrier. Antoine, qui ne comprenait rien encore à ce qui venait d'arriver, sentit tout à coup le bras de la jeune fille trem-
bler sur le sien. Il y eut un moment de silence
embarrassant, pendant lequel on entendait
les ailes lourdes des phalènes frôler la feuillée
des tilleuls.

— Me prenez-vous pour un revenant ?
s'exclama joyeusement Préfontaine ; rassurez-
vous, c'est bien moi en chair et en os.

— Ah ! c'est vous, répondit-elle enfin sans
trop savoir ce qu'elle disait, c'est vous...
déjà !

Sa tête tournait, et sans le bras d'Antoine,
Raymonde serait tombée.

— Vous ne m'attendiez pas sitôt, et c'est
une vraie surprise, n'est-ce pas ? reprit Os-

min, trop ému lui-même pour remarquer le peu d'empressement de sa fiancée. — Ils firent quelques pas sans parler. Quand ils eurent quitté la voûte des tilleuls, Raymonde vit les deux hommes s'examiner curieusement à la douteuse lueur des étoiles. — C'est sans doute M. Verdier, continua le géant en saluant; voyons, mademoiselle Raymonde, pré sentez-moi, ou dois-je me présenter moi-même ?

Elle s'efforça de surmonter son trouble, et se tournant vers Antoine, sans oser le regarder, elle balbutia : — C'est M. Osmin de Préfontaine, dont nous parlions tantôt.

— Enchanté, monsieur ! s'écria Osmin en tendant sa large main à Antoine, il y a long-temps que je connais votre père, et nous avons tué plus d'un loup ensemble...

Raymonde avait quitté le bras de son cavalier. — Je vais changer de robe, murmura-t-elle, vous expliquerez à mon père pourquoi nous n'avons pu le rejoindre. — Elle les laissa sous le vestibule et monta précipitamment dans sa chambre.

— Vous avez peur d'être grondée, hein ? lui cria Préfontaine, calmez-vous, nous plai-derons votre cause... Passez, monsieur Ver-

dier... Je vous ramène les vagabonds, poursuivit-il en entrant dans le salon, où M. et
madame La Tremblaie se promenaient d'un
air agité ; il ne leur est rien arrivé de fâcheux,
et M. Verdier va vous conter la chose en
deux mots.

Antoine expliqua du mieux qu'il put les incidents de la soirée. Madame Clotilde ne ma-
nifesta pas trop haut sa mauvaise humeur. Le
retour d'Osmin la prédisposait sans doute à
l'indulgence, et elle se contenta d'insinuer
que cette équipée n'aurait pas eu lieu, si M.
La Tremblaie avait su montrer un peu plus
de caractère. Ce dernier, délivré de ses inquiétudes et trop heureux d'en être quitte à si
bon marché, plia le dos avec résignation. Au
même moment, on annonça que le dîner était
servi, et comme on passait dans la salle à
manger, Raymonde entra.

Elle était très-pâle, et ses yeux avaient un
éclat fiévreux. Elle embrassa son père, on s'at-
tabla, et chacun se mit à dépêcher silencieusement son potage. Préfontaine, qui jouissait
d'un formidable appétit, mangeait copieusement, buvait d'autant et contait avec de grands
éclats de voix ses exploits de chasseur. Madame Clotilde, la figure rayonnante, les yeux

caressants et le sourire aux lèvres, prenait
plaisir à le faire jaser. Depuis longtemps elle
ne s'était montrée aussi aimable, et son affa-
bilité s'étendait jusqu'à Antoine, qu'elle affec-
tait de traiter avec une doucereuse préve-
nance. Ce dernier gardait une attitude contrainte ; les trois plis de son front s'étaient
rapprochés et lui donnaient une physionomie
des plus sévères. Son regard pénétrant étudiait
alternativement Raymonde, qui rêvait, le nez
obstinément baissé vers son assiette, et Préfontaine, que la joie du retour et le bourgogne de
son hôte mettaient de plus en plus en gaîté.
Osmin contait bruyamment une histoire de
chasse ; il s'embarrassait dans ses phrases et
riait à l'avance de ses propres plaisanteries.
En constatant la lourdeur d'esprit et la joie
triviale du dernier des Préfontaine, Antoine se
sentit un peu rassuré. Il lui semblait impossi-
ble que ce jeune ours balourd et mal léché eût
jamais pu faire impression sur l'esprit de Raymonde, et cependant la pâleur et le mutisme
de la jeune fille en présence du nouveau-venu
avaient je ne sais quoi d'étrange qui l'intri-
guait.

— Monsieur Verdier, dit La Tremblaie en
se penchant vers son voisin, tandis que je

croquais le marmot sur la route forestière,
j'ai ramassé quelques plantes sur lesquelles
vous allez me renseigner. — Il entama avec
Antoine une discussion scientifique qui fit ouvrir des yeux ronds à Osmin. Comme toutes
les natures peu cultivées, ce dernier avait pour
la science et les savants un dédain mêlé de
terreur. Bien que d'un tempérament peu jaloux, il n'avait pas laissé d'être étonné en
trouvant le jeune Verdier installé familièrement à la Maison Verte. Raymonde, à la vérité, lui semblait trop étourdie, trop ennemie
des choses ennuyeuses pour s'être éprise d'un
savant. Néanmoins ce jeune professeur grave
et réservé, qui émaillait de mots latins sa conversation, éveillait la méfiance campagnarde
de Préfontaine. — Il faut ouvrir l'œil, pensait-
il, tout à l'heure je ferai causer le pèlerin et
je saurai ce qu'il a au fond de son sac...

Lorsque le dîner fut fini, Raymonde se
trouva un moment seule dans la bibliothèque
avec Antoine. — Allez demain matin chez les
charbonniers de la Vieille-Réserve, murmura-
t-elle rapidement, j'y serai... J'ai à vous parler.

Au salon, la conversation devint languissante. Hormis Préfontaine, chacun se sentait

fatigué. Au bout de quelques minutes, Antoine se leva, et Osmin, qui était venu de Lamargelle à pied, quitta la Maison Verte en
même temps que lui. Quand ils furent dehors,
il alluma sa pipe, regarda le ciel, et prenant
le bras de son compagnon : — Comme les
étoiles brillent, dit-il, et quelle belle nuit !..
On n'a pas envie de se coucher. Qu'en pensez-
vous, monsieur Verdier?

— Pour le moment, je pense comme vous,
répondit Antoine, désireux de se débarrasser
de Préfontaine, mais quand nous serons, vous
à Lamargelle, et moi à Auberive, je crois que
nous contemplerons le ciel de notre lit plus
volontiers que les étoiles.

— Ha! ha! bien répondu! s'écria Osmin,
dont l'écho de la forêt répéta le rire énorme,
vous êtes un bon garçon, et, si vous voulez,
nous ferons un marché : au lieu de prendre
les bois de Charbonnière, vous vous en reviendrez par la Treüe, et moi-même je biai-
serai à travers la plaine pour cheminer plus
longtemps avec vous. Est-ce convenu?.. Tôpe!

Antoine ne pouvait poliment refuser cette
offre cordiale; d'ailleurs, voyant l'humeur
expansive d'Osmin, il se proposait de le son-
der et de connaître sa situation à l'égard de

Raymonde. Ils grimpèrent donc de compagnie
la rampe qui conduit sur le plateau. Préfontaine fumait à larges bouffées, chantonnait et
serrait tendrement le bras d'Antoine ; il n'était
jamais mélancolique après boire, et un bon
dîner arrosé d'un vin généreux le disposait à
une bienveillance universelle. — La Tremblaie est un galant homme, dit-il ; son corton
est exquis... Ne me parlez pas du bordeaux,
c'est un vin de cacochyme... Vive le bourgogne, qui vous met du soleil dans les veines !..
Excellente cave, La Tremblaie !.. Bonne maison ; tout y est parfait : la table et les gens.
— Il resta un moment silencieux, et l'image
lumineuse de Raymonde traversa gaîment son
cerveau. En même temps il se rappela qu'il
s'était promis de confesser son compagnon, et
brusquement, sans transition : — Comment
la trouvez-vous ? demanda-t-il.

— La table ou la cave ?

— Nenni, je parle de mademoiselle Raymonde.

— C'est une vraie jeune fille, répondit Antoine en redevenant sérieux, franche, naturelle et charmante.

— N'est-ce pas ? continua Osmin, ravi et
oubliant tout à fait son rôle de juge d'instruc-

15

tion ; figurez-vous qu'il y a dans le pays des
bégueules qui la trouvent mal élevée, parce
qu'elle sort seule à cheval et qu'elle ne mâche
point aux gens ce qu'elle a sur le cœur !.. Pour
mon compte, je la préfère à toutes ces dévotes, qui vont les yeux baissés et ne desser-
rent les dents que pour marmotter des pate-
nôtres... Vous avez dit le mot : c'est une vraie
jeune fille, et j'espère que ce sera une vraie
femme.

Ils étaient arrivés à la grande plaine qui
s'étend entre Vivey et Lamargelle, et ils la
longeaient en côtoyant ces bois où, quelques
heures auparavant, Antoine et Raymonde
s'étaient avoué leur amour. Le jeune homme
sentit un frisson lui courir dans les veines au
souvenir de cette heure d'enchantement; il
leva les yeux vers les étoiles, qui scintillaient
haut dans le ciel, ces mêmes étoiles qui avaient
vu ses lèvres déposer un premier baiser sur le
visage de la jeune fille, puis il aspira longuement l'air frais de la nuit et répondit : — Oui,
le mari qu'elle choisira sera un homme heureux.

— Il est tout choisi ! repartit Osmin avec
un large sourire.

Antoine tressaillit. — Que voulez-vous dire ?

s'écria-t-il, les yeux fixés sur Préfontaine, dont il avait lâché le bras.

— Au fait, vous ne pouvez pas savoir, reprit l'autre avec bonhomie ; on a été discret et l'on a eu raison, mais au point où en sont les choses, je crois que je puis parler. Cet heureux mari, ce sera moi.

Le jeune professeur sentit un ébranlement nerveux le secouer de la plante des pieds à la nuque. Rêvait-il ou était-il éveillé ? — Vous venez de demander la main de mademoiselle La Tremblaie ? murmura-t-il.

— Bon ! je n'ai pas attendu à ce soir. Cela remonte déjà à deux mois.

— Et mademoiselle Raymonde le sait ?

— Naturellement. Dès que j'ai eu le consentement de la mère, je me suis adressé à Raymonde. Mieux vaut se confesser à Dieu qu'à ses saints. Oh ! la chose n'a pas été toute seule. Elle hésitait, elle avançait d'un pas et reculait de deux ; vous savez, les jeunes filles, ça ne se décide pas facilement à dire oui. Je n'ai pas perdu courage, j'ai tant et si bien prêché que j'ai apprivoisé la petite perdrix sauvage... Nous sommes fiancés depuis la Notre-Dame d'août.

— C'est vous qui lui avez donné ce bracelet où il y a une pensée ?

— Vous l'avez remarqué ? Alors elle le porte toujours ? Tant mieux ! s'exclama le triomphant Osmin ; maintenant vous comprenez que nous allons mener l'affaire rondement ; j'en ai causé aujourd'hui avec la mère. Dans huit jours les bans, et dans quinze jours la noce. Vous en serez, vous êtes un brave, et je vous retiens comme garçon d'honneur. On s'amusera, vous verrez !

— Adieu ! dit Antoine hors de lui, et il se jeta dans un sentier qui s'enfonçait sous bois.

— Où allez-vous ? s'écria Osmin stupéfait, nous ne sommes pas encore à la Treüe ; vous vous trompez, mon camarade... Hop !

Mais Antoine, le laissant s'époumonner, fuyait tête baissée à travers le taillis. Il ne savait plus où il était ni où il allait. Il marchait droit devant lui, tantôt en plein fourré, tantôt à travers des clairières humides où son pied s'enfonçait dans un sol spongieux. Par instants, il se croyait ivre ; les arbres tournaient, le terrain se dérobait, le ciel lui-même, avec ses milliers d'étoiles, avait l'air de chanceler. Les oreilles d'Antoine tintaient, il s'imaginait toujours entendre le gros rire de Préfontaine. Au milieu de ce tournoiement imaginaire des objets environnants, son cerveau lui faisait

l'effet d'être paralysé, toutes ses idées y gi-
saient comme engourdies. Une seule s'éveillait de temps à autre sous son crâne et y causait une douleur aiguë : — Elle a menti ! pen-
sait-il, elle a menti ! — Et il poursuivait sa
course folle à travers les bois. Il trébucha tout
à coup contre une souche et tomba. La fraîcheur de l'herbe mouillée calma un moment
sa fièvre ; il s'efforça de reprendre possession
de lui-même et chercha à se rendre compte de
l'endroit où il se trouvait. Il était assis sur un
talus, non loin de la route et d'un carrefour
où se dressait une maison, dont les fenêtres
étaient encore éclairées. Il reconnut la maison
forestière du Val-Clavin. Le garde venait sans
doute de rentrer de sa tournée et soupait dans
sa cuisine. A travers les vitres, on distinguait
le flamboiement de l'âtre, et on entendait les
voix des enfants.

Antoine, le front dans ses mains, rassemblait peu à peu ses idées et songeait combien
peu de temps avait suffi pour faire de son paradis un enfer de désespoir. Plus il réfléchis-
sait, et plus la conduite de Raymonde lui
semblait odieuse ; elle l'avait méchamment
trompé, elle s'était jouée à la fois de lui et de
Préfontaine. Ce qu'il avait pris pour de la

15.

naïveté n'était qu'un raffinement de coquetterie. Tout était fini ; il ne lui restait plus qu'à
arracher de son cœur ce misérable amour, et
il résolut de procéder sur-le-champ à cette
douloureuse opération. Il se leva, traversa la
route et alla frapper à la porte du garde, qui
poussa une exclamation de surprise en le reconnaissant. Sans s'inquiéter de la curiosité
de la ménagère ni des regards effarés des enfants, il demanda de quoi écrire, et, sur une
feuille de papier jauni, arrachée à un vieux
registre, il traça d'une main fiévreuse quelques
lignes, plia sa lettre, l'enferma dans une gros-
sière enveloppe fabriquée à la hâte ; puis,
après avoir murmuré quelques mots d'excuse
et de remercîment à ses hôtes, qui le crurent
fou, il sortit et s'élança de nouveau à travers
bois.

La fraîche et vaporeuse nuit d'automne
plana encore pendant de longues heures sur
les massifs de la forêt, sur les chemins déserts
et les clairières marécageuses. Enfin le ciel
blanchit du côté de Maigrefontaine, des flocons de nuées roses se montrèrent sur le ciel
d'un gris de perle, les feuillages roux des hêtres chargés de faînes frissonnèrent, et dans les
cours de Vivey les coqs se mirent à chanter.

Une batteuse commença de ronfler sourde-
ment sous le porche d'une grange. Le meunier
leva ses vannes, et l'eau se précipita sur la
roue qui tourna lentement dans un éparpille-
ment de gouttelettes blanches. Les neuf coups
de l'*Angelus* tintèrent dans le clocher pointu
de la petite église ; une bande de canards descendit en se dandinant gravement vers le ruisseau, et tout d'un coup, avec des cris de béati-
tude, tous se lancèrent dans l'eau, qui rejaillit
sous le choc de leurs ailes et de leurs pattes
palmées. Puis le soleil, se montrant à travers
les arbres, acheva de réveiller le village. Devant les fenêtres de la Maison Verte un jardi-
nier allait et venait, ratissant le sable des
allées ; les sabots des servantes résonnaient
sur le pavé de la cour. Les jalousies des fenêtres de Raymonde se replièrent, laissant le
clair soleil entrer violemment dans la chambre
de la jeune fille. Elle était déjà levée et ha-
billée, ayant à peine dormi de la nuit. Ses yeux
étaient cernés, et sa figure pâle et anxieuse.
Profitant de ce que le reste de la maison sommeillait encore, elle descendit lestement à
l'écurie, fit seller Jannic, et, s'élançant sur
son dos, elle prit le trot dans la direction de
la Vieille-Réserve.

Il lui tardait d'arriver à la *vente* des charbonniers et d'y retrouver Antoine. Sa conscience n'était nullement en repos. Bien
qu'elle ne fût pas trop embarrassée de congédier Préfontaine, elle ne laissait pas d'être
inquiète en songeant à la façon dont Antoine
envisagerait son manque de franchise. Il lui
avait exprimé tant de fois son horreur pour la
dissimulation !... Elle se reprochait maintenant
amèrement de n'avoir pas cédé à ses instances
de la veille. Comment n'avait-elle pas eu le
courage de tout lui dire, alors qu'il semblait
si bien disposé à l'écouter ?.. Du moins elle
n'attendrait pas plus longtemps, et ce matin
même il recevrait sa confession tout entière.
Elle lui expliquerait les raisons pour lesquelles
la demi-promesse arrachée par Osmin ne lui
avait jamais paru sérieuse ; — et il la croirait,
parce qu'elle parlerait avec tout son cœur. Elle
l'aimait trop pour qu'il ne fût pas convaincu.
Elle se sentait passionnément entraînée vers
lui, et maintenant qu'elle savait son amour
partagé, l'idée de perdre Antoine lui faisait
courir un froid de glace dans les veines.

Cependant elle avait atteint la Vieille-Réserve, et déjà dans les vapeurs du matin elle
voyait fumer les fourneaux au milieu de la

coupe. A l'entrée de la hutte, la charbonnière
avait posé la marmite sur le feu ; le maître et
les apprentis allaient et venaient autour des
fournaises, et au loin on entendait retentir les
cognées des bûcherons. Raymonde mit pied à
terre, attacha Jannic à un baliveau, et, le cœur
palpitant, s'avança parmi les cépées en cher-
chant Antoine des yeux. Quand elle fut arrivée
près d'un fourneau éventré d'où l'on retirait
le charbon, elle demanda au maître charbon-
nier s'il n'avait pas revu le jeune homme qui
l'accompagnait la veille. — Si fait bien, répondit le patron en déposant son rateau, il
est venu ici avant le jour, et il m'a remis pour
vous un mot d'écrit. — Il fouilla dans la poche de son gilet et tendit à Raymonde une
lettre noircie par la poussière de charbon.

Elle la prit d'une main tremblante, et alla
s'asseoir sur un tas de fagots, tournant le dos
aux charbonniers pour leur cacher son agitation. Ses yeux voyaient trouble, et elle fut
quelque temps sans pouvoir rien déchiffrer.
Enfin elle lut ces lignes brèves, griffonnées
avec rage sur le papier jauni :

« Préfontaine m'a tout appris. Ainsi, au
moment où je vous ouvrais mon cœur, le
vôtre me trompait !... Vous mentiez, vous !...

Vous que j'aimais tant !.. Je ne vous reverrai plus, j'oublierai tout comme un mauvais rêve... Adieu ! »

Elle reçut un violent coup au cœur, ses lèvres devinrent blanches, ses jambes se raidirent, sa tête lourde alla donner contre les fagots.

— Eh ! patron! cria un apprenti qui l'avait épiée curieusement de derrière un arbre, arrivez donc, voilà la demoiselle qui tombe en faiblesse!

X

— Dans quel état te voilà, mon pauvre garçon !.. D'où sors-tu ? Qu'est-il arrivé ?

Ces questions jaillirent coup sur coup des
lèvres de Sœurette au moment où Antoine,
vers neuf heures du matin, entrait dans la
cuisine, les pieds boueux, les vêtements frois-
sés, ayant la mine hâve et les yeux battus
d'un homme qui a passé un nuit blanche. Verdier, occupé à écrire sur un bout de table,
laissa tomber ses lunettes, et stupéfait, mordant sa moustache, répéta à son tour : — Où
as-tu été, mon camarade ? comme tu es pâle !

— J'ai couché à la belle étoile, répondit laconiquement Antoine, et j'ai mal dormi...
Voilà tout.

— Je vais te faire une rôtie au vin chaud !
s'écria Sœurette.

— Merci, ma mère, je n'ai besoin de rien.
— Il alla vers la pompe, emplit d'eau le *bassin*

de cuivre jaune, but avidement deux ou trois
gorgées, puis se retournant vers la bonne
femme, qui le suivait des yeux avec inquiétude : — Mère, reprit-il d'une voix calme, je
repartirai demain pour Paris ; tu me prépare-
ras ma malle, n'est-ce pas ?

L'éboulement de la vieille forêt d'Auberive
descendant tout à coup dans la rivière n'aurait
pas produit une stupeur plus profonde que
l'annonce de ce départ. Verdier n'en croyait
pas ses oreilles ; le plat que Sœurette essuyait
lui glissait des mains et se brisa sur le pavé.
— Comment, partir? balbutia-t-elle en s'asseyant, c'est pour plaisanter ?.. Ton congé va
jusqu'au 15 novembre.

— J'ai reçu contre-ordre, répliqua-t-il, en
évitant de regarder sa mère... Il faut que je
parte demain matin, et je viens de retenir ma
place.

Sœurette ne dit plus rien ; elle posa son
front dans ses mains, et, accoudée à la table,
elle se mit à pleurer tout bas. Verdier s'était
levé d'un air vexé et se grattait violemment la
tête. — Allons, voilà qu'elle pleure maintenant ! murmura-t-il, en lançant un timide regard vers Antoine, a-t-on jamais vu femme si
peu raisonnable ?.. Puisque le petit s'en va

avant le terme de sa permission, tu comprends
bien qu'il y est forcé. Il nous aime trop pour
nous peiner volontairement... Il sait bien que
nous n'avons que lui, que c'est court un mois
sur sept années, et que ce sera dur quand
nous nous retrouverons seuls à la maison... Il
sait tout cela mieux que nous ! — Entre chaque phrase, Verdier faisait une pause et regardait son fils d'un air suppliant, de sorte
que ses paroles semblaient adressées à Antoine plutôt encore qu'à Sœurette. Le jeune
homme restait immobile, les bras croisés, les
yeux fixes et les dents serrées. — Enfin que
veux-tu ? continua le forestier, si le ministre
le rappelle pourtant ; la discipline, je ne connais que ça... Obéissance passive, voilà !..
C'est égal, M. Noël va être bien étonné, et il ne
sera pas content non plus, lui !

— J'irai ce soir lui expliquer mes raisons,
interrompit Antoine, et il les approuvera. —
Il craignait de se laisser attendrir, et, quittant
brusquement la cuisine, il monta dans sa
chambre.

En l'entendant s'éloigner, Sœurette se couvrit la figure de son tablier et ses sanglots écla-
tèrent. — Quand tu *crieras*, dit Verdier, tu
vois bien qu'il est décidé à partir... Voilà les

enfants! Ils ressemblent aux oiseaux : sitôt
emplumés, ils ne pensent qu'à quitter le nid!
— Tout en parlant, il essayait de boucler ses
guêtres. Étaient-ce ses doigts qui tremblaient
ou ses yeux qui voyaient trouble ?... il ne pouvait venir à bout de faire entrer les ardillons
dans les trous des courroies. A la fin, il sortit
en jurant d'une voix étranglée, et monta au
Chânois pour tout conter à M. Noël. Il espérait encore que le bonhomme userait de son
influence pour retenir Antoine, mais contre
son attente M. Noël donna raison à son élève,
en déclarant que ce départ était l'acte d'un
homme sensé, et que, dans toute cette affaire,
le seul fou, c'était lui, Verdier. Là-dessus il
lui tourna le dos et s'enferma dans sa bibliothèque.

Vers le soir, Sœurette monta dans la chambre d'Antoine pour procéder à l'arrangement
de la malle. Le jeune homme était debout près
de la fenêtre, contemplant la forêt, dont les
cimes ondulaient au vent d'ouest avec un
bruit semblable à celui de la mer. Sœurette
avait traîné la malle vide jusqu'au milieu de
la chambre. — Ainsi, c'est bien décidé, soupira-t-elle d'une voix timide, tu veux donc
nous quitter, mon fils?

— Oui, mère, il le faut, répondit-il sans se
retourner, comme s'il eût craint de se laisser
toucher par ce moite et anxieux regard qu'il
sentait posé sur lui.

Sœurette hocha la tête, puis elle fouilla les
placards, vida les tiroirs et se mit à ranger les
effets dans la malle, tout en essuyant de temps
à autre une larme qui s'obstinait à rouler sur
sa joue. Quand elle se sentait plus calme, et
quand elle supposait que sa voix ne serait pas
étouffée par un sanglot, elle hasardait une recommandation. — Vois-tu, disait-elle à Antoine, j'ai tout rangé par douzaines, tu n'auras qu'à prendre tes affaires et à les serrer à
mesure dans ton armoire... Surtout, je t'en
prie, place en dessous de chaque pile les che-
mises qui reviennent du blanchissage, sans
quoi ce seront toujours les mêmes qui servi-
ront... Rien n'use le linge comme ces éternels
lavages... Je t'aurais bien donné à emporter
deux ou trois pots de mes confitures de quoi-
ches, mais elles sont trop fraîches... Ah! si
seulement tu avais voulu attendre jusqu'à la
fin de la semaine?

Antoine, sans répondre, s'assit à son bureau, et empaqueta quelques livres. Tout en
pliant les vêtements, Sœurette épiait du coin

de l'œil la figure contractée de l'enfant qui
allait lui être enlevé. Elle l'apercevait de
profil, le front penché vers la table, la paupière abaissée. Elle crut voir ses lèvres frémir
comme si elles avaient voulu fermer le passage
à un sanglot, alors elle n'y tint plus, et, laissant tomber le paquet de hardes, elle s'élança
vers Antoine, l'étreignit dans ses bras et le
mangea de baisers. — Tu souffres! s'écriait-
elle, et tu te forces pour ne pas pleurer...
Pourquoi me fais-tu des cachotteries? Pourquoi veux-tu partir?... Est-ce que tu crois que
je m'opposerai à ton mariage avec cette demoiselle de la Maison Verte?... Je veux tout
ce que tu veux, tu le sais bien... Si elle te plaît,
amène-la chez nous, et nous l'aimerons...
mais ne t'en va pas, ne t'en va pas si vite!

— Ne me retiens pas, ma bonne mère, dit
Antoine en l'embrassant, il faut que je parte;
crois-moi... Ne me demande pas pourquoi en
ce moment. Plus tard je t'expliquerai tout.

La douceur calme de sa voix indiquait une
résolution si bien arrêtée que Sœurette n'insista plus; mais, comme ses yeux se mouil-
laient de nouveau, elle alla s'appuyer au
barreau de la fenêtre. Le soir tombait, le ciel
s'était couvert de gros nuages bas, et le vent

avait encore augmenté. Il courait le long des
lisières de la forêt, secouait rudement les
branches et en détachait les feuilles jaunies.
A travers l'eau qui lui noyait les yeux, Sœurette voyait cette pluie de feuilles mortes s'a-
battre sur le revers de la colline. Chaque
rafale en emportait une nuée. Elles tourbil-
lonnaient, s'amassaient par tas au creux des
fossés ou s'éparpillaient sur l'herbe rase des
prés. Cette fuite désordonnée et mélancolique
sentait aussi le départ, elle annonçait l'arrière-saison et la disparition des claires journées de soleil. Sœurette songeait, le cœur
navré, aux longues veillées d'hiver qu'elle
passerait seule près de son feu mourant, tandis
que l'enfant bien-aimé serait exposé à tous les
dangers de Paris. — Pauvres mères, que
d'heures d'angoisse leur font les dures néces-
sités de la vie! Jeunes, elles se sont dit : — Si
seulememt j'étais mariée à un homme qui
m'aimerait! — Le mari est venu, souvent
peu af'ectueux, parfois rude ou indifférent ;
alors elles souhaitent un enfant comme consolation. L'enfant naît, et avec lui de nouvelles
transes. — Il me récompensera de toutes mes
peines quand il sera grand, pensent-elles à
travers leurs tristesses. — Le fils grandit, et,

16.

quand il a vingt ans, il s'en va bien loin, et la
mère reste seule avec un redoublement d'inquiétude. Elle n'a pas d'enfant, c'est son enfant qui l'a, qui lui tient le cœur par une
chaîne qui s'allonge toujours et s'appesantit
à mesure...

Sœurette se disait cela vaguement tandis
que les feuilles s'envolaient là-bas, déjà loin
de la forêt. Parfois le vent les prenait toutes
en un tas, les roulait en spirale et les lançait
affolées par les champs ; tantôt il les berçait
doucement une à une et les faisait planer lentement comme des papillons dans l'air gris du
soir. Un souffle violent passa tout à coup sur
le jardin, emporta d'une haleine tout un paquet de feuilles de platanes et les jeta dans la
chambre. L'une d'elles, une large feuille,
bien déchiquetée et encore verte, alla tomber
sur les vêtements. Sœurette, qui l'avait suivie
du regard, revint s'agenouiller près de la
caisse, et, abaissant le couvercle, enferma
précieusement cette feuille que le vieux jardin
semblait envoyer comme une relique à l'enfant qui partait. Puis elle s'assit sur la malle
et resta immobile. L'obscurité devint plus
grande, et bientôt, dans la chambrette silencieuse, on ne distingua plus que la vague sil-

houette d'Antoine et les deux points lumineux
des yeux mouillés de sa mère.

Tandis que la petite maison d'Auberive hé-
bergeait le découragement et la désolation, à
la Maison Verte les choses se passaient plus
tristement encore. Raymonde était rentrée dé-
sespérée. Son évanouissement chez les charbonniers n'avait pas duré longtemps. Quelques gouttes d'eau jetées sur le visage l'avaient
fait revenir à elle, et, sans écouter les instances
de la charbonnière, elle s'était élancée sur
Jannic, qui avait pris le trot à travers la
coupe. Elle froissait dans sa main crispée le
billet où Antoine l'avait si impitoyablement
jugée, et elle se révoltait contre la dureté de
cet arrêt. Elle ne voulait pas croire que tout fût
irrévocablement fini ; son amour passionné et
vivace protestait. Elle avait hâte de se retrouver en face d'Osmin pour rompre d'une façon
éclatante avec lui. Après, elle irait se jeter
aux pieds de la mère d'Antoine et la supplier
d'intercéder auprès de son fils. Rien ne lui
coûterait pour sauver son amour en détresse...
Elle précipitait l'allure de Jannic, et le petit
cheval, stimulé par les coups de cravache,
galopait furieusement dans les sentiers étroits
du bois des Ronces. Les branches frôlées par

la jupe de Raymonde regimbaient sur la
croupe de Jannic et activaient encore sa
course rageuse ; des deux côtés du chemin les
arbres semblaient fuir à la débandade sous le
ciel gris. Raymonde éprouvait une sorte de
soulagement dans cette folle chevauchée dont
la fougue était en rapport avec le train désor-
donné de ses pensées. Quand l'amazone et sa
monture arrivèrent à bride abattue devant la
Maison Verte, Jannic était quasi fourbu, et la
jeune fille était brisée. Elle ne se sentait pas
capable de parler. Pour échapper aux questions et aux explications, elle monta dans sa
chambre et s'y enferma.

Alors seulement, dans cette haute pièce, où
même en plein jour le ton brun des boiseries
de chêne jetait une ombre mélancolique sur
les meubles, elle comprit bien toute l'étendue
du désastre. Jusque-là les rumeurs du dehors
et la rapidité de sa course enragée l'avaient
étourdie ; maintenant il régnait autour d'elle
un calme et une solitude qui l'effrayaient. Le
long miroir lui renvoyait le reflet désolé de
ses joues pâlies et de ses yeux creux ; le berger du trumeau semblait jouer sur sa flûte le
chant funèbre des amours perdues. Le vent
qui s'engouffrait dans la vieille cheminée

avait des soupirs d'une tristesse navrante.
Raymonde ne s'était jamais sentie si seule et
si abandonnée. Tandis qu'elle se débarrassait
de sa jupe d'amazone, une servante vint heurter à la porte et avertir sa maîtresse qu'on
l'attendait pour déjeuner. Elle répondit en
priant qu'on la laissât en repos. La servante
s'éloigna, l'appartement redevint silencieux.
Raymonde, s'agenouillant devant son lit, en-
fouit son visage dans les couvertures et put
pleurer à son aise. On ne voyait plus que la
ligne onduleuse de son dos et de ses hanches,
et la masse dorée de ses cheveux roux, tran-
chant sur la blancheur des draps. Les larmes
qui l'étouffaient depuis le matin avaient fini
par jaillir abondamment; elle pleurait comme
un enfant qui éprouve son premier grand chagrin et s'y abandonne avec une violence sauvage. Elle était là depuis longtemps déjà,
quand un pas fit de nouveau craquer le parquet du corridor, — un pas bref, décidé, et
dont l'allure impatiente trahissait à elle seule
le caractère impérieux de la personne qui
marchait. — Raymonde! cria du dehors
madame Clotilde.

Pas de réponse, mais un mouvement dépité
des épaules et un plongeon plus désespéré de

la tête dans les couvertures. — Raymonde!
répéta la dame avec un accent plus âpre, ouvre!... Je sais que tu es là. Assez d'enfantillages!

La masse des cheveux roux s'agita un moment, un bout de profil se montra, et, d'une
voix maussade, la jeune fille murmura : —
J'ai la migraine!

— Simagrées! tu n'avais pas la migraine
pour courir les champs ce matin... Descends,
M. de Préfontaine est en bas.

— Ah! — D'un bond elle fut sur ses pieds.
Ses yeux vifs et gonflés brillaient d'un éclat
farouche, ses lèvres hautaines avaient une
expression de colère et de défi.

— Allons, dépêche-toi; il veut te parler.

— C'est bien, je descends! répondit-elle
d'un ton résolu.

Elle baigna sa figure dans l'eau fraîche,
acheva sommairement sa toilette et descendit
ou plutôt bondit dans l'escalier.

Quand elle ouvrit la porte du salon, madame
Clotilde avait déjà repris sa place sur le cana-
pé où Osmin, assis, croisait et décroisait d'un
air inquiet ses longues jambes. M. La Tremblaie, étendu dans son fauteuil, suivait d'un
œil somnolent les efforts que tentait le géant

pour ramener son pantalon noir, trop court,
sur ses grosses bottes de sept lieues. — Ah! dit
Préfontaine en tendant la main à Raymonde,
bonjour, mademoiselle, étiez-vous réellement souffrante?... On ne s'en douterait pas
à voir vos joues vermeilles! Vous allez mieux?

— Oui, merci! répliqua-t-elle en effleurant
de ses doigts glacés la main du colosse. —
Elle alla s'appuyer contre le fauteuil de son
père, comme si, là seulement, elle pensait
trouver aide et protection dans le combat
qu'elle se proposait d'engager.

— Mademoiselle Raymonde, reprit Préfontaine après avoir toussé pour s'éclaircir la
voix, nous causions de vous. Je disais à
madame La Tremblaie que les travaux de ré-
paration sont enfin terminés à Lamargelle. Les
ouvriers ont déguerpi, et j'espère que vous
voudrez bien venir voir si tout y est à votre
convenance... Maintenant que le nid est prêt,
ajouta-t-il plus timidement, j'espère aussi
que vous consentirez à fixer le jour où nous
irons demander à M. le curé et à M. le maire
la permission de l'habiter ensemble.

— Monsieur de Préfontaine, répondit Raymonde d'une voix très-décidée, bien que légèrement tremblante, je ne veux pas que vous

vous abusiez plus longtemps sur mes inten-
tions... Je n'habiterai jamais Lamargelle.

— Comment ! s'écria Osmin, qui ne comprenait pas encore, voulez-vous dire par là que
vous désirez rester à la Maison Verte après
que nous serons mariés ?.. Je sais bien qu'il
est pénible pour une jeune fille de quitter ses
parents, mais songez que Lamargelle est à
une petite heure de Vivey.

— Il ne s'agit pas de cela, repartit Raymonde en le regardant bien en face ; Vivey et
Lamargelle me sont indifférents... Je ne veux
pas me marier.

M. La Tremblaie stupéfait avait redressé la
tête, et madame Clotilde s'était levée en haussant les épaules. Elle allait parler, mais d'un
geste Préfontaine la supplia de garder le silence, et il reprit d'un air consterné : — Mon
Dieu, mademoiselle Raymonde, je reconnais
que, lorsque je vous ai demandé de vouloir
bien m'accepter pour mari, vous ne m'avez pas
donné de réponse positive ; de mon côté, je
vous avais promis d'être patient et de ne point
vous presser... Pourtant il m'avait semblé
depuis... Certaines circonstances m'avaient
fait supposer... Bref, quand je suis parti pour
le Morvan, j'étais persuadé que vous aviez

jugé l'épreuve suffisante, et que nous nous épouserions au retour.

— Vous vous êtes trompé, dit-elle d'un ton bref, et si mon langage ou ma conduite vous a induit en erreur, je vous en demande pardon.

La tête du géant s'abaissa tristement vers sa poitrine. — Enfin, soupira-t-il, si vous ne vous sentez pas disposée à m'écouter aujourd'hui, laissez-moi espérer que plus tard...

— Ni aujourd'hui ni plus tard, interrompit-elle en secouant la tête, renoncez à moi, je ne me marierai pas.

M. La Tremblaie s'agitait sur son fauteuil et se retournait à demi pour regarder sa fille avec une sorte de respectueuse frayeur... La manifestation énergique d'une volonté lui imposait toujours.

— Ces grimaces sont-elles bientôt finies ? s'écria madame Clotilde, que la colère suffoquait et qui ne pouvait plus se contenir ; depuis quand les petites filles osent-elles contrecarrer les désirs de leurs parents ?... M. de Préfontaine a notre parole, ce mariage est arrêté et il se fera.

— Il ne se fera pas, répliqua Raymonde, qui était devenue très-pâle et s'était avancée

17

de quelques pas vers sa mère, il ne se fera pas, je vous en réponds !

— Raymonde ! murmura La Tremblaie d'une voix suppliante et effarée.

— Laissez donc, je saurai la mettre à la raison ! reprit madame Clotilde : elle choisira entre M. de Préfontaine et un couvent, et nous verrons, quand elle sera claquemurée, si elle ne chante pas une autre antienne.

Le pauvre Osmin, qui ne s'attendait guère à cette algarade, ouvrait des yeux ronds et demeurait ébaubi. Raymonde, droite en face de sa mère, la regardait entre ses cils et secouait le menton d'un air de révolte et de bravade.

— Cependant, ma chère amie, hasarda La Tremblaie, humilié du rôle passif qu'il jouait dans cette affaire, si Raymonde, qui connaît nos désirs, avait de là répugnance pour le mariage, je ne voudrais pas la violenter.

— A merveille ! interrompit la dame aiguillonnée par cette résistance, soutenez-la, obéissez à ses caprices !

— A ses caprices, non ; mais si elle a des raisons sérieuses...

— Qu'elle ose donc les avouer, ses raisons ! riposta madame Clotilde, en défiant du regard sa fille, qui restait impassible ; elle s'en gardera

bien, car elle joint l'hypocrisie à la désobéis-
sance... Je vais vous les dire, moi, puisque
vous êtes assez aveugle pour ne pas les voir :
elle s'est amourachée de ce monsieur Verdier
que vous avez eu l'imprudence de recevoir
ici... un pédant, un cuistre venu je ne sais
d'où, qui mangeait vos dîners et courtisait
votre fille...

Le rouge était monté aux joues de Raymonde, la colère gonflait ses narines palpi-
tantes. Elle bondit jusqu'auprès de sa mère,
et la regardant droit dans les yeux : — Je ne
souffrirai pas qu'on injurie M. Verdier devant
moi, dit-elle, il vaut mieux que nous tous !

— Vous voyez, ricana madame Clotilde,
furieuse et ne se possédant plus, elle ose s'en
vanter !

— Oui, je l'aime ! s'écria la jeune fille, sans
baisser les yeux.

— Effrontée !

La main de la dame s'était levée ; en moins
de temps qu'il n'en faut pour le dire, elle s'a-
battit sur la joue de Raymonde, et le bruit sec
d'un soufflet retentit aux oreilles des deux
hommes abasourdis.

— Clotilde ! balbutia La Tremblaie. — Raymonde était devenue blanche comme un mar-

bre, et ses yeux avaient des regards terribles.

— Mademoiselle ! s'exclama Osmin en se jetant entre la mère et la fille. — Il redoutait quelque coup de tête de cette dernière, et il essayait de saisir ses mains qu'elle tordait convulsivement l'une dans l'autre. — Mademoiselle Raymonde !

—Laissez-moi, vous ! murmura-t-elle d'une voix sourde.

Elle écarta vivement le géant, s'élança vers la porte du jardin, qu'elle ouvrit violemment, et disparut.

Elle traversa les pelouses en courant, poussa la grille et gagna le bois par le sentier le plus court. Elle s'enfuyait à toutes jambes, comme si elle eût craint d'être poursuivie. C'était une course effarée comme celle d'un cerf chassé par les chiens. Elle coupait les fourrés les plus épais, sans se soucier de sa robe que les ronces mettaient en lambeaux, ni de l'obscurité qui commençait à emplir la forêt, car le ciel s'était couvert et le crépuscule arrivait promptement. — Elle voulait fuir, s'en aller bien loin de cette maison où l'on venait de l'humilier devant un étranger. Elle sentait sur sa joue, comme une brûlure, la marque du soufflet appliqué par sa mère,

et cette impression cuisante lui faisait venir
aux yeux des larmes de colère.

Elle s'assit un moment au revers d'un fossé,
pour reprendre haleine. Les résolutions les
plus désespérées se croisaient dans sa tête : la
pensée de revoir Antoine et de se disculper
l'obsédait surtout. Elle voulait lui parler à
tout prix, dès ce soir ; dût-elle aller frapper
en suppliante à la porte de ce farouche
M. Noël, qui la détestait, mais qui avait un si
grand pouvoir sur le cœur de son ancien
élève. — Si je parviens à me faire écouter,
pensait-elle, du moins Antoine ne partira pas
en me croyant menteuse et déloyale. — Elle
n'avait plus qu'un désir : se justifier ; le reste
lui importait peu. Si elle perdait Antoine, le
monde n'était plus qu'un désert et la vie n'a-
vait plus de valeur. Elle se disait qu'elle trouverait toujours dans un coin de la forêt un
étang assez profond pour y disparaître. Elle
était à un âge où la mort semble facile, et elle
vivait dans un temps où l'on n'a plus assez de
foi pour répugner à l'idée du suicide...

Elle restait immobile, le front dans ses
mains, tandis que la nuit envahissait les bois.
Tout à coup un bruit de gouttes d'eau roulant
sur les feuilles sèches la fit tressaillir. Elle se

17.

leva et se remit en marche. Les gros nuages
amoncelés par le vent d'ouest commençaient
à se dissoudre, et des rafales pluvieuses s'abat-
taient sur les collines boisées. Ce fut d'abord
un murmure frais, rasant timidement la mobile toiture des ramées, puis les feuilles pliè-
rent et laissèrent passer çà et là les froides
larmes de l'ondée ; peu à peu, les rafales devenant plus violentes, toute la forêt fut péné-
trée, l'averse y descendit par larges nappes,
et Raymonde la sentit ruisseler sur son cou.
Elle n'en poursuivit pas moins courageuse-
ment sa route à travers les sentes pierreuses,
transformées en rigoles. Enfin, à un détour
du sentier, le taillis s'ouvrit devant elle, et à
ses pieds, au creux de la vallée, elle vit à travers les sombres hachures de la pluie les lumières d'Auberive trembloter dans la nuit.

XI

M. Noël venait de souper. Il était remonté
dans le réduit qui lui servait de bibliothèque ;
il avait posé la lampe sur sa table de travail,
et, la tête appuyée au dossier de son fauteuil
de cuir, les pieds garantis de l'humidité par la
douce chaleur de *Vagabonde*, il lisait Lucrèce,
son poëte favori. Un étroit cercle de clarté
blanche sur les pages du livre, et en haut,
dans les solives du plafond, deux ou trois
lueurs voltigeantes, c'était toute la lumière
que la lampe sous son abat-jour dispensait
chichement au vieux cabinet ; le reste du réduit demeurait plongé dans une quasi-obscu-
rité où l'on entrevoyait vaguement les rayons
ployant sous le poids des bouquins et les poutres frangées de toiles d'araignée. — A travers
les plaintes du vent et le ruissellement de la
pluie contre les vitres, trois coups nettement
frappés à la porte du logis réveillèrent *Vaga-*

bonde, qui jeta un aboiement sec. — Ah !
murmura M. Noël, c'est Antoine ; je reconnais sa façon de frapper. Taisez-vous, *Vagabonde*, la bien nommée, vous devriez avoir
honte de vous montrer après vos déporte-
ments !...

Ayant ainsi rabroué sa chienne, il se leva
et alla ouvrir. Antoine traversa rapidement la
cuisine et monta avec son vieux professeur
dans la bibliothèque où il enleva son pardes-
sus mouillé, tandis que M. Noël débarrassait
un escabeau encombré de livres pour l'offrir
à son élève. — Un mauvais temps ! mon camarade, fit le bonhomme, qui avait déjà remarqué le visage altéré de son visiteur, mais
qui ne voulait pas avoir l'air de s'en apercevoir ; la bise grondait si fort ce soir que je
me suis réfugié dans mon *capharnaüm*... On y
est plus chez soi que dans ce grand galetas de
cuisine.

— Monsieur Noël, interrompit Antoine, je
viens vous dire adieu, je pars demain.

— Je le savais, mon garçon ; ton père me
l'a appris tantôt ; je lui ai répondu que tu
avais raison, et, que si tu m'avais consulté, je
t'aurais conseillé de t'en aller depuis long
temps... En certains cas, il y a plus de

courage à fuir qu'à tenir tête au danger.

Antoine boutonnait et déboutonnait nerveusement sa redingote ; il soupira profondément et resta silencieux.

— Je sais bien que c'est dur, poursuivit M. Noël, crois-tu que ça ne me grève pas de te voir t'éloigner si vite, toi, mon seul intérêt au monde, quand nous avons à peine eu le temps de causer?.. Je m'étais fait une fête de ces trois mois de vacances ; mais ton avenir m'est plus cher que tout le reste... Souviens-toi de ce que je t'ai dit un soir dans le bois de la Charbonnière !

— Vous aviez raison ! répliqua Antoine avec un accent amer. — Il s'accouda sur la table, et M. Noël put examiner à loisir ses traits contractés, ses joues pâlies et ses yeux gros de larmes. La contrainte que le jeune homme s'imposait pour ne pas laisser éclater son chagrin donnait à son visage une expression encore plus poignante, et le bonhomme, constatant cette douleur muette, se sentit remué d'une pitié toute paternelle. — Tu souffres, mon pauvre enfant, dit-il en se rapprochant de lui, va, ne te gêne pas, parle-moi de tes chagrins, si cela peut te soulager.

Antoine secouait la tête d'une façon néga-

tive. — Va donc, ouvre ton cœur, tes plaintes
ne tomberont pas dans l'oreille d'un indifférent... Je sais tout ce que les femmes peuvent
inventer pour torturer les naïfs qui se laissent
prendre à leurs mines enjôleuses... Voyons,
parle! Elle t'a donc repoussé, cette mijaurée ;
elle n'a pas voulu de toi ?

— Cela eût mieux valu ! s'écria Antoine,
mais non, elle a préféré mentir. Les mêmes
mots de tendresse qu'elle me disait, les mêmes
aveux que je recevais avaient été déjà prodigués à un autre, et elle nous trompait tous
deux !

— Je les reconnais bien là, les perfides fe-
melles ! grommela M. Noël en montrant le
poing, cela leur semblerait trop uni de faire le
mal franchement ; elles empoisonnent le trait
avec un mensonge pour que la blessure reste
plus longtemps envenimée.

— Et pourtant, murmura le jeune homme,
si jamais figure respira la franchise et la
loyauté, c'était la sienne... Jamais deux yeux
plus limpides n'avaient semblé mieux refléter
la sincérité d'un cœur droit, jamais lèvres
n'avaient paru exprimer avec plus de spon-
tanéité les sentiments d'une nature aimante.

— Pures grimaces !..Elles savent si bien

mentir ! mais au fond elles se ressemblent
toutes... Sournoises et perverses !.. Vois
Vagabonde, j'ai constamment l'œil sur elle et
je connais tous ses tours ; eh bien ! elle a
profité d'un soir où j'avais le dos tourné pour
courir avec les chiens de la ferme, et me voilà
forcé d'héberger un de ces jours une portée
de roquets vicieux comme leur mère... Toutes
les mêmes, mon camarade, toutes les mêmes !

Antoine était trop absorbé par son chagrin
pour prendre garde à la sortie de M. Noël.

— Pourquoi m'a-t-elle laissé croire qu'elle
m'aimait? poursuivit-il, comme s'il se fût répondu à lui-même, quel besoin avait-elle de
mentir? Il était si simple de m'avouer qu'elle
avait déjà donné sa parole.

— Justement, c'était trop simple ! Les
femmes sont comme les chats, qui se plaisent
aux manœuvres tortueuses et ne vont jamais
droit au but.

— Elle ne ressemblait pas aux autres...
Tenez, s'écria le jeune homme en saisissant
le bras de M. Noël, je sens, malgré tout, que
je l'aime encore, que je l'aimerai toujours...
Je me demande si je ne l'ai pas jugée trop
vite, si ce sot de Préfontaine ne s'est pas
vanté, et si ce n'est pas lui qui a menti?

— Peuh ! dit le bonhomme en sifflant entre ses dents, illusion d'amour-propre malade.

— Si je m'étais trompé pourtant ? répéta Antoine en lançant à son vieux maître un regard anxieux qui pénétra jusqu'au cœur de M. Noël.

— Tu me fais pitié, reprit ce dernier, tellement pitié que, si cette fille était innocente, et si elle avait vraiment pour toi la moitié de la tendresse que tu lui gardes encore, malgré mon aversion pour le mariage, je te dirais : Retourne là-bas et épouse-la, puisque tu ne peux t'en passer !.. Mais je jurerais qu'elle a chanté à Préfontaine la même romance qu'elle te roucoulait. Pourquoi ce garçon, qui est un sot, j'en conviens, mais qui a réputation d'honnête homme, se serait-il abaissé à jouer une pareille comédie ?.. Quelle preuve as-tu contre lui qui ne puisse se retourner contre elle ?

Antoine laissa retomber sa tête dans ses mains. — Vous avez raison, soupira-t-il, mais votre raison me fait froid au cœur. Je sens en moi quelque chose de mort que rien ne ressuscitera plus : la foi dans la parole des autres. J'ai là une plaie qui sera éternellement saignante...

— Ta plaie se fermera, mon pauvre garçon !

répondit M. Noël, qui s'était levé et lui serrait
tendrement les deux mains.

Antoine hochait la tête. — Tu guériras,
sacrebleu, s'écria le bonhomme, tu n'es pas
d'une autre pâte que tes semblables!... Re-
garde-moi, j'ai cruellement souffert dans un
temps, et d'une blessure plus envenimée que
la tienne. J'avais, comme toi, le sang chaud,
le cœur tendre et des nerfs de sensitive... J'ai
oublié pourtant. C'est la loi de nature ; elle
nous donne l'oubli pour assoupir nos peines,
comme le sommeil pour défatiguer nos corps.
Il étend petit à petit sur nos blessures ses
minces toiles d'araignée, puis un jour le sang
ne coule plus, la déchirure est cicatrisée. On
se demande : qu'est devenue ma jalousie ? où
est ma colère ? où est ma rancune ? Il n'y a
plus rien, l'oubli a tout endormi.

Il y eut un moment de silence. La pluie
fouettait toujours les carreaux avec rage, et
le vent geignait dans l'escalier. Entre deux
rafales on entendit des coups précipités résonner à la porte de la maison.

— On a frappé ! dit Antoine en prêtant
l'oreille.

— Bon ! c'est le vent qui fait battre les
volets.

18

Un nouveau coup plus distinct leur arriva, répercuté par les parois sonores de la cuisine, et *Vagabonde*, réveillée en sursaut, se mit à aboyer furieusement.

— Je vous assure qu'on a heurté à la porte! reprit le jeune homme, qui s'était levé.

— Sans doute quelque *camp-volant* qui prend ma maison pour une auberge ! grommela M. Noël en allumant sa lanterne, sois tranquille, je vais l'expédier...

Il laissa Antoine en tête-à-tête avec *Vagabonde*, et descendit lestement le petit escalier qui menait à la cuisine. — Qui est là? cria-t-il avant de tirer les verrous.

Pas de réponse, ou du moins, s'il y en eut une, elle était si faible qu'elle se confondit avec la plainte du vent. Impatienté, M. Noël déverrouilla la porte, qui s'ouvrit toute grande sous la pression d'une rafale humide, et fit vaciller la lumière de la lanterne ; en même temps, le vent poussa dans la cuisine une femme aux vêtements ruisselants, et le vieux professeur, soulevant son falot, reconnut Raymonde.

Une idée traversa tout d'abord le cerveau du bonhomme et accrut sa mauvaise humeur.

— Elle sait qu'Antoine est au Chânois, pensa-t-il, et elle a l'audace de l'y venir relancer...

— Celui que vous cherchez n'est pas ici !
cria-t-il en repoussant la jeune fille, passez
votre chemin !

— Je ne cherche personne que vous, monsieur Noël. C'est à vous que je veux parler.

— Qu'avez-vous à me dire? continua-t-il
sur le même ton bourru, en persistant à lui
barrer la porte, parlez donc;... j'écoute.

— Me laisserez-vous dehors par un temps
pareil? répliqua Raymonde d'une voix si triste
que le bonhomme sentit sa rudesse s'amollir.

Il souleva de nouveau sa lanterne et considéra ce joli visage battu par le vent et la pluie ;
la jeune fille grelottait, sa robe mouillée lui
collait au corps, et ses cheveux, à peine pro-
tégés par un fichu noué en fanchon, étaient
tout ébouriffés. M. Noël recula peu à peu et
laissa l'importune visiteuse franchir le seuil
du Chânois. — Au fait, murmurait-il, elle est
trempée comme si elle sortait de la rivière...
Hum !... Et ses dents claquent de froid...
Entrez donc, puisque vous voilà... Surtout
pas de cris, j'ai horreur de ces simagrées-là !
Entrez et fermez la porte.

Pendant ce temps, on entendait *Vagabonde*
aboyer et se démener comme une possédée.

Tout en bougonnant, le vieillard avait empoigné dans un coin une bourrée de ramilles
et l'avait jetée sur les landiers de la cheminée.
Il l'alluma, et en un clin d'œil une belle
flamme vive petilla dans l'âtre. — Voilà le feu
qui *claire*, poursuivit-il sans regarder Raymonde ; il faut avoir le diable au corps pour
courir les champs par ce vent déchaîné ! Enfin,
bien rusé qui empêchera une femme de faire
des folies. — Il poussa une chaise devant le
foyer. —Asseyez-vous et séchez-vous !

— Merci, murmura-t-elle.

Il haussa les épaules d'un air dépité : — Ne
me remerciez pas ; j'agis comme contraint et
forcé... Cette chienne maudite ne se taira donc
pas ? Attendez-moi, je vais revenir.

Il entrebâilla la porte de l'escalier et gagna
à tâtons la bibliothèque où Antoine se promenait, inquiet. — Ce n'est rien, balbutia le vieux
professeur, essoufflé, c'est la fermière qui vient
pour les provisions... Ne t'impatiente pas.

— Je vais descendre avec vous, dit le jeune
homme, intrigué des façons mystérieuses de
M. Noël.

— A d'autres ! pensa le bonhomme aux
abois, il ne manquerait plus qu'ils se rencon-
trassent. — Non, non, s'écria-t-il, tu ne me

déranges **pas** et j'ai à te parler. Prends un livre, j'aurai tôt fait.

Il ouvrit un placard, en tira une bouteille poudreuse qu'il cacha sous sa redingote, puis, donnant une rebuffade à *Vagabonde*, qui voulait le suivre, il s'esquiva tandis qu'Antoine l'examinait d'un œil soupçonneux.

Quand il rentra dans la cuisine, Raymonde, les coudes sur ses genoux, la tête dans ses mains, regardait fixement la flamme. Elle avait dénoué sa fanchon ; ses cheveux en désordre, baignés par la clarté dorée du foyer, formaient comme une auréole autour de sa tête, ses vêtements fumaient. M. Noël prit un verre dans la huche, l'emplit à demi du vieux vin qu'il avait apporté et le tendit à la jeune fille. — Tenez, fit-il de son même ton bourru, buvez cela pour vous réchauffer le sang.

Elle porta le verre à ses lèvres et but une gorgée, tandis que le vieillard jetait une nouvelle bourrée dans l'âtre. — Dites-moi votre histoire, reprit-il, et soyez brève, je n'ai pas de temps à perdre.

Il continuait à arpenter la salle d'un pas nerveux. Un grillon, réveillé par la chaleur du brasier, poussait son petit cri derrière la *platine*. Raymonde, peu encouragée par l'attitude de son hôte, remuait les lèvres sans trouver une parole. — Vous vous imaginiez qu'Antoine était au Chânois ? Soyez franche ! murmura-t-il avec humeur.

— Non, répondit elle, j'étais partie dans l'intention de lui parler, c'est vrai; mais quand j'ai été devant sa maison et que j'ai vu de la lumière aux vitres, je n'ai plus osé entrer... Alors j'ai pensé à vous, et l'idée m'est venue d'aller frapper à votre porte.

— Hum ! singulière idée !.. Et pourquoi avez-vous pensé à moi, s'il vous plaît?

— Parce que je sais qu'Antoine vous aime et vous respecte comme un père... Si je parviens à vous convaincre que je ne suis pas coupable, vous le lui redirez, et il vous croira.

— Savoir ! grogna-t-il, un peu apaisé néanmoins ; — supposez-vous que je sois si facile à embobeliner? Ce n'est pas moi qu'on prend avec des comédies de sentiment et des faussetés enveloppées de câlineries !

— Je ne suis pas fausse, s'écria Raymonde, jamais je n'ai parlé autrement que je ne pense.

— Ne criez pas si haut, répliqua rudement M. Noël, qui tremblait qu'Antoine ne reconnût la voix de Raymonde.

— Je n'ai jamais joué la comédie! répéta-
t-elle en le regardant droit dans les yeux.

— Pas même avec Antoine?

— Est-ce que c'était possible?..... Je l'aimais.

— Et avec M. de Préfontaine?

— Pas même avec M. de Préfontaine!.. —
Elle s'arrêta, il lui semblait avoir entendu un
bruit de pas et un soupir derrière une cloison;
mais c'était sans doute une hallucination de
ses oreilles, où bourdonnaient encore le ruissellement de la pluie et les rumeurs du vent.
Dans la salle, le grillon accompagnait seul de
son cri régulier le va-et-vient du bonhomme,
qui arpentait la cuisine. — Est-ce tout? demanda celui-ci en s'arrêtant tout à coup devant Raymonde.

— Non, répondit-elle avec un accent de
prière, soyez patient avec moi. Antoine m'a
souvent dit que vos façons sévères cachaient
un bon cœur. Montrez-vous bon pour moi et
écoutez-moi sans me rudoyer. Vous avez
nommé M. de Préfontaine; eh bien! oui, on a
voulu me marier avec lui. Ma mère désirait ce
mariage, et mon père pensait comme elle. Je
n'avais pas rencontré Antoine, je ne savais
pas ce que c'était qu'aimer, et M. de Préfon-

taine m'était indifférent; mais on prétendait
que c'était le seul parti qui s'offrît pour moi,
et ma mère employa toute son influence pour
me pousser à ce mariage...

M. Noël lança une sourde imprécation ;
puis, voyant que la jeune fille s'arrêtait, interdite : — Allez, allez, murmura-t-il, j'écoute.

— Et puis, continua-t-elle, j'étais si lasse
de la vie que je menais ! Je ne sais si tous les
intérieurs ressemblent au nôtre ; il y a chez
nous je ne sais quelle contrainte mystérieuse
qui glace le cœur et empêche toute intimité.
Dans ses rares moments de bonne santé, mon
père me gâte et se laisse câliner, mais il a l'air
parfois si ennuyé, il semble traîner sa vie
comme un boulet... Je vous dis toutes ces
choses pour que vous compreniez bien ma situation. Ma mère ne m'a jamais aimée, on dirait qu'elle m'en veut d'être venue au monde,
et moi-même, quand je descends au fond de
mon cœur, je n'y trouve pas cette tendresse
que les autres enfants ont pour leur mère... Je
dois vous paraître un monstre ?

— Non, fit-il avec un soupir de soulagement... Ainsi vous n'étiez pas heureuse chez
vous ?

— J'y étais tantôt triste, tantôt folle, ja-

mais je n'y étais à l'aise. Cela vous explique
comment l'idée d'épouser un homme que je
n'aimais pas ne m'a point effrayée tout d'a-
bord... M. de Préfontaine m'a offert sa main ;
je ne l'ai ni acceptée ni repoussée, et ç'a été
mon tort, car il a pris mon indifférence pour
de la timidité et il s'est imaginé que j'avais du
goût pour lui. Il s'est absenté, et Antoine est
venu à la maison. Dès le premier jour, il a eu
mon cœur, et M. de Préfontaine n'a plus existé
pour moi.

— Mais pourquoi avez-vous caché à Antoine ce qui s'était passé? Pourquoi n'avez-
vous pas rompu tout net avec Préfontaine?
s'écria le bonhomme, dont la pétulance trahissait un intérêt croissant.

— Pourquoi?.. Ah ! je ne sais pas si vous
allez me comprendre, mais il me semble que
je comprendrais si bien ce scrupule-là, si on
me le confiait... J'étais tellement heureuse
d'aimer, tellement fière d'être aimée par Antoine, je l'estimais si haut, que mon bonheur
m'effrayait. A chaque instant j'avais peur de
le voir s'évanouir comme dans un rêve. Je me
disais : Si je parle, Antoine ne m'aimera peut-
être plus, et si je le perds, adieu la joie de ma
vie!.. Et alors, voyez-vous, j'étais lâche, j'a-

journais mes confidences au lendemain en
songeant qu'après tout c'était encore un jour
heureux de gagné. J'en ai été cruellement pu-
nie. Le soir même où je me promettais de tout
avorer et où j'étais décidée à rompre avec
M. de Préfontaine, il est revenu, et avant que
j'aie pu rien expliquer, c'est lui qui s'est chargé
de tout révéler à Antoine. Voilà comment
je me suis rendue malheureuse pour toujours.

M. Noël, debout devant l'âtre, une main
posée en abat-jour sur ses yeux, regardait Raymonde avec une attention mélangée de surprise et d'attendrissement. Une magique influence avait encore une fois fait jouer la serrure rétive de la mystérieuse cachette en-
fermée dans son cœur. Les souvenirs de sa
jeunesse lui envoyaient au cerveau leurs
odeurs pénétrantes. Il songeait : — J'ai été
ainsi, j'ai senti de même, au temps où j'aimais. — Et toutes ses méfiances, toutes ses
préventions, étaient comme neutralisées par
ce parfum de l'amour vrai que rien ne dé-
truit dans les âmes qu'il a une fois imprégnées.

— Je vous ai tout dit, reprit Raymonde en
se levant, me croyez-vous sincère ?

— Je vous crois, murmura-t-il d'une voix
qui n'avait plus rien d'acerbe. — Il lui prit
les mains, et, tandis qu'il les lui serrait fortement, elle sentit quelque chose de chaud et
d'humide rouler sur ses doigts. Elle releva la
tête et, à la clarté du brasier, elle vit scintiller les yeux mouillés de M. Noël. — Pardon, fit-il en bredouillant, je suis nerveux, je
suis bête !

— Ah ! s'écria Raymonde, vous êtes bon.
Antoine me l'avait bien dit !.. Pourquoi n'est-
il pas là pour m'entendre, comme vous?

— Il y est, balbutia le bonhomme.

— Oui, et il vous a entendue ! répéta derrière eux une voix vibrante.

La porte de la bibliothèque était ouverte, et
Antoine s'était précipité au milieu de la
salle. Raymonde poussa un cri et devint
pâle.

— M'en voulez-vous d'avoir écouté aux
portes? dit le jeune homme en lui envoyant
son regard le plus caressant ; dès que j'ai dis-
tingué votre voix, j'ai enfermé *Vagabonde* dans
le *capharnaüm* où l'on m'avait relégué, et je
me suis glissé jusqu'au bas de l'escalier.

La jeune fille était si tremblante qu'elle
pouvait à peine parler.

— Vous me pardonnez ? dit-elle enfin, vous m'aimez toujours ?

— Je vous aimais quand même... Demandez à M. Noël ! Il a vu combien j'étais misérable tantôt.

— Et maintenant ?

— Maintenant je suis heureux comme un roi et léger comme une plume, s'écria-t-il en sautant au cou de M. Noël,... heureux, bien heureux ! balbutiait-il en le serrant à l'étouffer.

— Lâche-moi ! grommela le bonhomme ; parce que tu es fou, ce n'est pas une raison pour asphyxier ton prochain. — Ne sachant plus comment cacher son émotion, M. Noël plongea tout à coup dans l'escalier, grimpa au *capharnaüm* et alla délivrer *Vagabonde* qui se précipita dans la cuisine en se tortillant et en poussant de petits cris étouffés, tant et si bien qu'elle réveilla le corbeau perché sur la crédence, et qu'à eux deux ils souhaitèrent à leur façon la bienvenue aux amoureux. M. Noël, ne pouvant tenir en place, jetait sur le brasier des brassées de menu bois, et cette flambée libérale donnait un air de fête à la vieille salle enfumée. La clarté courait des flancs de la huche aux épis de maïs des so-

lives ; elle dansait au fond des assiettes, lançait des éclairs aux casseroles de cuivre, aux
vitres poudreuses, et enveloppait d'un nimbe
radieux la jolie tête échevelée de Raymonde.
Antoine, qui avait repris un peu de sang-froid,
remarqua tout à coup le désordre de la toilette de la jeune fille. — Dans quel état cette
pluie vous a mise, s'écria-t-il, et comment
avez-vous pu quitter la Maison Verte à une pareille heure ?

Elle tressaillit, et sa figure reprit une expression inquiète. Elle leur raconta sa rupture avec Osmin, sa querelle avec sa mère et
la violence qui avait précipité le dénoûment.
M. Noël ouvrait de grands yeux et reniflait
bruyamment. Antoine était redevenu pensif,
son front se plissait et son regard s'était as-
sombri.

— J'irai, dit-il, trouver demain votre père
et le supplier... Peut-être se laissera-t-il
toucher ?

Raymonde secoua la tête. — Mon père n'est
pas le maître, répondit-elle, et de sa vie il n'a
eu une volonté. Il est dominé par ma mère et
il lui obéira. Dieu sait ce qu'elle lui conseil-
lera, car elle vous déteste et ne m'aime guère !
Mon obstination l'a exaspérée, elle parlait de

19

m'enfermer dans un couvent, et il est certain
qu'elle tentera tout pour m'intimider... Mais
j'ai une volonté, moi, et rien ne me fera
plier.

— Vous êtes mineure et par conséquent
sous sa dépendance... Elle peut vous cloîtrer
dans un couvent jusqu'à votre majorité.

— Oh! s'exclama-t-elle avec un accent de
révolte, j'aimerais mieux me jeter au fond de
l'eau !

— Raymonde !.. — Antoine allait et venait
d'un air agité. — Eh quoi ! s'écria-t-il avec
une rage passionnée, ne vous aurai-je retrou-
vée que pour vous perdre ?.. Demain, ce soir
peut-être, ils viendront vous arracher d'ici et
nous séparer pour des années... Ils le peuvent,
la loi est pour eux.

Pendant cet entretien, M. Noël était resté
concentré en lui-même, il piétinait avec impatience et marquait son émotion par de for-
midables grimaces. Aux derniers mots d'Antoine, il éclata.

— La loi?.. murmura-t-il, hum ! c'est à savoir, et si on parlait... Eh bien, oui, sacrebleu !
je parlerai... Vous vous marierez, c'est moi
qui m'en charge.

— Vous, monsieur Noël? — Antoine restait

interdit, Raymonde regardait le bonhomme
gesticuler et se demandait s'il ne devenait
pas fou.

— Moi-même... Il y a eu un temps où le
silence était bon, maintenant il faut parler...
Je te dis que tout ira bien, continua-t-il en
prenant Antoine par le bras, tu ne comprends
pas, hein?... Bah ! tu n'as pas besoin de comprendre. Tu vas redescendre à Auberive et
t'y tenir coi jusqu'à demain soir. Quant à mademoiselle?...

Il s'arrêta et regarda Raymonde d'un air
embarrassé. L'idée d'héberger une femme au
Chânois le contrariait visiblement. — Diantre !
grommela-t-il. — Il ouvrit la porte d'entrée,
jeta un coup d'œil sur le ciel : — Elle ne peut
pourtant pas coucher à la belle étoile, reprit-
il comme en réponse à une objection inté-
rieure; d'ailleurs, il faut qu'elle reste ici jusqu'à demain... Il se retourna vers Antoine :
— Vois, étourneau, à quelles extrémités me
poussent tes folies ! Où vais-je loger mademoiselle ?

— Je puis dormir sur un fauteuil, hasarda
Raymonde en souriant.

— Allons donc ! grogna le bonhomme d'un

air incrédule, est-ce que vous êtes habituée à dormir sur un fauteuil ?

Il alla jusqu'à sa chambre à coucher, entrebâilla la porte, resta un moment sur le seuil, la mine perplexe : — Enfin, le vin est tiré !.. murmura-t-il ; — puis, revenant vers Antoine : — En descendant, tu passeras à la ferme, on ne doit pas y être encore couché, et tu diras à la fermière que j'ai besoin d'elle pour cette nuit... Et maintenant décampe ! 'écria-t-il en poussant le jeune homme dehors.

— Mais, monsieur Noël...

— Va-t'en, et n'oublie pas ma commission !

Lorsque Antoine eut disparu, le vieillard se retourna vers Raymonde, qui restait immobile et l'examinait curieusement.

— Je vous donnerai mon lit, reprit-il d'un ton moitié grognon, moitié plaisant ; honni soit qui mal y pense !

Il fouilla au fond d'un placard, en tira des draps blancs, garnit le lit et borda les couvertures. Sur ces entrefaites, la fermière arriva tout essoufflée. Sans tenir compte de ses effarements et de ses exclamations, le bonhomme se contenta de murmurer : — Mademoiselle couchera ici cette nuit, je compte sur vous

pour lui servir de chambrière... Vous éten-
drez un matelas au pied du lit... Quant à
moi, je dormirai dans mon fauteuil.

Une heure après, tout était rentré dans l'ordre. On n'entendait plus que la clameur du
vent dans l'escalier et le cri du grillon derrière la platine. M. Noël s'installa dans son
fauteuil, tandis que *Vagabonde*, postée en face
de lui, la queue en mouvement et les oreilles
couchées, semblait lui poser une muette in-
terrogation. — Eh bien ! quand tu me regarderas avec des yeux ronds? grogna le bonhomme impatienté. Oui, il y a une femme
ici... Il y en a même deux... C'est comme
cela !

Laissez-leur prendre un pied chez vous,
Ils en auront bientôt pris quatre.

Suffit, dormons! — Et il souffla sa lanterne.

XII

A la Maison Verte, on avait d'abord cru
Raymonde réfugiée dans sa chambre, et l'on
resta quelque temps sans s'apercevoir de sa
disparition. Madame Clotilde avait accaparé
Osmin, et, le poussant dans une encoignure,
elle tentait un dernier effort pour repêcher ce
gendre de ses rêves, qui menaçait de se déro-
ber comme une truite qu'on croyait déjà dans
la nasse et qui, d'un brusque tour de queue,
remonte prestement entre deux eaux. Pour
ramener Préfontaine, la dame employait ses
plus subtiles manœuvres et ses plus attirantes
amorces. A l'entendre, la résistance de Raymonde n'était pas sérieuse ; c'était un coup de
tête d'enfant gâtée et taquine, il n'y fallait pas
prendre garde, et elle reviendrait elle-même
à résipiscence le lendemain ; mais madame
Clotilde avait beau se démener, le poisson

ne mordait plus ; Osmin, pensif et méfiant, se
tenait sur la réserve. Il hochait la tête, avançait sa lèvre inférieure, faisait craquer ses
doigts, croisait et décroisait ses jambes, le
tout sans souffler mot. Pourtant il n'avait pas
le courage de s'en aller. Un reste d'affection
pour la jeune fille et une secrète peur d'irriter
de nouveau madame La Tremblaie le clouaient
sur sa chaise. Il se bornait à articuler de vagues monosyllabes, à pousser des soupirs et à
lancer des regards de compassion sur M. La
Tremblaie, que toutes ces émotions avaient
anéanti, et qui, étendu dans son fauteuil, le
menton sur la poitrine et les yeux mi-clos,
semblait être tombé en catalepsie.

A l'heure du dîner, on chercha vainement
Raymonde, sa chambre était vide ; un domestique prétendait l'avoir vue sortir tête nue, et
l'on finit par se convaincre qu'elle avait effec-
tivement quitté la Maison Verte. — Où peut-
elle être allée par une nuit pareille ? se demandait le pauvre La Tremblaie, cette enfant
me fera mourir !

— Bah ! répliquait madame Clotilde, dé-
guisant son agacement sous une feinte indifférence, elle aura été se cacher chez ses bons
amis du village. Elle veut nous inquiéter et

se faire chercher ; c'est un de ses tours et vous
devriez y être habitué !

Mais les heures se passèrent, et Raymonde
ne reparut pas. Il ne s'agissait plus d'une sim·
ple escapade, et l'inquiétude devint plus sérieuse. Le bon Osmin, voyant la consternation
de ses hôtes, s'était offert pour fouiller le village et les bois environnants. Il sortit avec le
petit domestique, frappa vainement à toutes
les portes, s'enfonça dans la forêt, hucha en
tout sens d'une voix formidable, et revint vers
minuit, trempé, crotté, rompu, mais n'ayant
pas trouvé trace de la fugitive.

La nuit, comme on pense, s'acheva tristement. Préfontaine la passa étendu sur le ca-
napé du salon. Dès le matin, tout le monde
fut sur pied. Il avait été convenu qu'on com-
mencerait par s'enquérir de Raymonde à Auberive, et qu'on pousserait même jusqu'à Langres, suivant les indications qu'on recevrait.
Madame Clotilde, selon son habitude, rejetait
sur M. La Tremblaie toute la responsabilité de
cet esclandre. — C'était, disait-elle, son défaut
d'énergie qui encourageait Raymonde à de
semblables fredaines. Cette enfant avait une
mauvaise nature, et il était nécessaire de la
emettre au joug. On avait eu tort de la faire

sortir de pension, mais patience ! elle lui ap-
prendrait à vivre, et un bon couvent bien
muré aurait raison de ses incartades. — A
travers ses récriminations, elle achevait sa
toilette à la hâte, passant à chaque instant du
salon dans une pièce voisine, d'où on l'entendait ouvrir et fermer violemment les tiroirs,
tout en poursuivant ses menaces à l'adresse
de Raymonde.

Sur ces entrefaites, le petit domestique annonça qu'un homme demandait à parler à
M. La Tremblaie ; avant que ce dernier eût
desserré les lèvres pour répondre, la porte
du salon se rouvrit, et M. Noël, vêtu de sa redingote verte, guêtré jusqu'aux genoux, s'a-
vança d'un pas nerveux. Il dévisagea au passage Osmin de Préfontaine et vint se planter
en face de M. La Tremblaie. Le salon était
mal éclairé; le père de Raymonde, qui avait
la vue faible, clignait des yeux et cherchait à
reconnaître ce visiteur, dont la figure étrange
et le regard fixe lui semblaient inquiétants.

— Que désirez-vous, monsieur ? demanda-
t-il enfin.

— Vous parler de mademoiselle Raymonde,
répondit l'autre d'un ton bref.

— Il ne lui est rien arrivé, n'est-ce

pas? balbutia La Tremblaie, où est-elle?

— Chez moi.

— Où çà, chez vous? cria de sa chambre madame Clotilde, qui avait entendu et qui accourait. — Mais quand elle eut soulevé la portière et examiné le nouveau venu, elle pâlit et poussa une sourde exclamation.

— Ah! ah! dit le vieux professeur en se retournant vers elle, vous avez meilleure mémoire que lui, et vous avez reconnu Noël Heurtevent.

— Heurtevent! mumura La Tremblaie, dont les lèvres étaient devenues blanches, et dont les mains se crispèrent sur les bras du fauteuil.

Osmin écarquillait les yeux et regardait alternativement les acteurs de cette scène. Prompte comme l'éclair, madame Clotilde s'approcha du jeune homme et lui chuchota deux mots à l'oreille. Préfontaine comprit qu'il était de trop et se hâta de s'esquiver. Quand la porte se fut refermée sur lui, M. Noël Heurtevent s'avança vers La Tremblaie, qui semblait paralysé par la terreur. — Vous ne vous attendiez pas à me retrouver dans ce pays perdu, dit-il, et vous comptiez bien être débarrassé à tout jamais du mari gênant

dont vous aviez pris la femme?.. C'est un de ces
hasards qui ferait presque croire à une Providence, n'est-ce pas ?

— Que voulez-vous ? articula enfin La
Tremblaie, qu'exigez-vous ?

— Oui, ajouta madame Clotilde, qui avait
la première retrouvé son sang-froid et qui essayait de payer d'audace, que voulez-vous ?...
Après être resté muet pendant vingt ans, je
ne suppose pas que vous ayez l'intention de
vous livrer à de sottes récriminations... Il y
a prescription, mon cher !

— Hum ! riposta M. Noël sans daigner la
regarder, vous pourriez vous tromper... Si
mal agencée que soit la société, il y a toujours
une heure où elle rattrape ses droits et se
venge.... Vous le voyez bien, puis que je suis ici.

— Vous voulez me forcer à retourner chez
vous ? Allons donc ! s'exclama-t-elle en haussant les épaules.

— Rassurez-vous, répliqua-t-il vertement,
il y a six semaines que je connais votre présence dans le pays, et je n'ai pas bougé. Non.
Monsieur vous a prise, qu'il vous garde... Il
ne s'agit ni de vous ni de moi, Dieu merci !

— De quoi s'agit-il alors ?

— De votre fille.

— Raymonde?

— Oui, je viens simplement vous demander de consentir à son mariage avec Antoine Verdier.

M. La Tremblaie s'agitait pour parler, mais madame Clotilde ne lui en laissa pas le temps.

— Jamais! s'écria-t-elle avec violence, j'aimerais mieux la jeter à l'eau que de la donner à ce vagabond... Jamais, entendez-vous!

— Ce mariage se fera pourtant.

— Malgré moi?

— Malgré vous.

— C'est ce que nous verrons; Raymonde est mineure et elle m'appartient.

— Savoir!

— Elle est ma fille, et je la ferai bien céder.

— Vous voulez dire *notre* fille, répondit-il gravement. — Et comme elle le regardait d'un air stupéfait : — A chacun son tour ! reprit-il ; je vous aimais et vous m'avez abandonné, je me fiais à vous et vous m'avez trompé ; vous avez vécu vingt ans tranquille avec votre amant, tandis que je me morfondais seul dans mon trou, et que j'étais ridicule par-dessus le marché... Aujourd'hui, non contente d'avoir gâté ma vie, vous vous attaquez au bonheur du seul être qui me soit cher,

d'Antoine, mon enfant adoptif; vous lui re-
fusez Raymonde qu'il adore, et après m'avoir
fait souffrir comme un réprouvé, vous voulez
le rendre misérable à son tour... Halte-là ! Je
reprends mes armes : la loi est pour moi, j'en
use. L'enfant né pendant le mariage a pour
père le mari ; or notre mariage n'a pas été dis-
sous, Raymonde est ma fille, je la prends, je
l'emmène, je la marie à qui bon me semble,
entendez-vous !... Du même coup, je me
venge et je fais deux heureux... Vous voyez
bien que vous vous trompiez, et qu'il n'y a pas
prescription, ma chère !

Pendant un moment, madame Clotilde resta
étourdie de ce coup droit auquel elle ne s'attendait pas ; mais, si elle plia tout d'abord,
elle n'en regimba que plus violemment après
avoir reçu en pleine figure le dernier sar-
casme de Noël Heurtevent. — Eh bien, répliqua-t-elle furibonde, je me laisserai traîner
devant les tribunaux, et mon avocat vous dra-
pera de la belle façon. Vous voulez du scandale, vous en aurez !

— Le scandale retombera sur vous... Dans
l'intérêt de votre fille et d'Antoine, je désirais
ne pas ébruiter cette affaire ; mais vous préférez laver votre linge sale sur la place publique !

— Je préfère tout à l'humiliation de vous obéir !

— Vous avez été mauvaise épouse, vous êtes mauvaise mère, cela ne m'étonne pas.

— Je suis ce que je suis, s'écria-t-elle enragée, mais vous, vous êtes chez moi, et vous l'oubliez... Sortez !

Au moment où d'un geste irrité elle montrait la porte, son bras fut saisi par une main frémissante. et La Tremblaie se dressa près d'elle. Il était très-pâle, mais ses traits altérés exprimaient à la fois la fierté indignée et le dégoût, et il y avait presque de l'énergie dans ses yeux brillants. — Restez, monsieur, dit-il d'une voix ferme, vous êtes ici chez moi.

Il écarta rudement madame Clotilde, qui alla choir dans un fauteuil. Elle se sentait vaincue, et, comme la plupart des femmes qui sont à bout d'arguments, sa rage nerveuse se termina par une crise de larmes.

— Vous avez raison, reprit La Tremblaie sans se préoccuper des sanglots de la dame, Raymonde doit ignorer toute cette honte, c'est à ceux qui ont commis la faute à en supporter le poids... Qu'exigez-vous ?

— Votre consentement par acte en forme au mariage de mademoiselle Raymonde avec

Antoine, répondit M. Noël; je vous attendrai
à midi chez le notaire d'Auberive.

— Nous y serons.

— Vous viendrez ensuite reprendre la jeune
fille, qui est chez moi. Les publications auront lieu immédiatement, et le mariage devra
suivre dans le plus court délai... Je suppose
que vos précautions sont prises et que vous
vous êtes arrangé pour que tout marche sans
encombre?

— Oui, murmura La Tremblaie, et je suis
prêt à vous remettre la dot que je constituerai
à Raymonde.

— C'est inutile, riposta fièrement M. Noël,
nous ne voulons pas de votre argent... Nous
n'en voulons pas ! répéta-t-il impérieusement
en voyant que La Tremblaie essayait d'insister.

Celui-ci courba la tête. — Est-ce tout? bal-
butia-t il.

— Non, reprit M. Noël impitoyablement;
aussitôt après le mariage les deux jeunes gens
iront s'installer à Paris... Raymonde va commencer une nouvelle vie, et il faut qu'elle se
détache complétement du milieu dans lequel
elle a vécu jusqu'ici.

M. La Tremblaie comprit, et ses yeux s'em-
plirent de larmes. — Vous êtes cruel, mon-

sieur, répondit-il, mais je me résigne... Convenez que, si j'ai été coupable, je suis rudement puni !

Il alla se rasseoir accablé, songeant avec terreur à l'existence qui l'attendait après le départ de Raymonde. Le vieux professeur considéra un moment madame Clotilde, qui suffoquait dans son fauteuil, et La Tremblaie affaissé sur une chaise. — Oui, Noël Heurtevent était bien vengé, et la punition était complète. — Il se couvrit de son feutre recroquevillé, boutonna sa redingote. — A midi ! répéta-t-il à La Tremblaie, — et il sortit.

Il traversa lentement l'allée des tilleuls, satisfait de sa matinée, mais grave et presque mélancolique. La pluie avait cessé, un rayon de soleil argentait les feuillages déjà plus clair-semés, et le vent faisait rouler sur le chemin de petits tourbillons de feuilles jaunies. M. Noël hâta le pas, et il apercevait déjà le calvaire qui s'élève à la bifurcation des routes de Lamargelle et d'Auberive, quand un spectacle inattendu attira son attention.

Le lourd cabriolet de M. de Préfontaine venait d'atteindre le sommet de la rampe, et Osmin, après l'avoir gravie à pied à côté de son cheval pie, était remonté sur le siége et

avait fouetté sa bête. Celle-ci, lasse sans doute
des efforts de la montée, jugea à propos de re-
commencer le manége qui lui était familier.
Elle rua sous le fouet et se coucha bellement
dans le sable du chemin. Osmin descendit,
fouilla dans sa veste, mais il eut beau retourner
ses poches; les événements qui s'étaient suc-
cédé depuis la veille lui avaient fait oublier
son morceau de sucre, et *Pigeau*, ne voyant
rien venir, s'obstinait à rester vautré entre les
brancards. Le triste Préfontaine, accablé de
toute façon par la mauvaise fortune, se rési-
gna de guerre lasse à attendre le bon plaisir
de *Pigeau* et alla s'asseoir piteusement sur un
tas de pierres, en face de son équipage. C'est
dans cette posture qu'il fut rejoint par
M. Noël.

— Est-ce que votre cheval est blessé? demanda le bonhomme.

— Non, non, dit le géant, c'est une habitude qu'il a de temps à autre. La montée l'a
fatigué. *Pigeau* est une bonne bête, monsieur,
mais il a le garrot sensible. — Et il expliqua
ingénument les boutades de son cheval ainsi
que la méthode qu'il employait pour l'en-
traîner.

— Du sucre! s'écria le vieux professeur;

20

vous ne savez pas vous y prendre avec les bê-
tes capricieuses, et je ne vous conseille pas de
vous marier!... Montez sur votre siége, je vais
vous donner un coup de main.

Il alla cueillir une belle houssine de coudrier dans un buisson, releva vertement *Pigeau*, qui ne s'attendait guère à ce changement de méthode, et le fit trotter gaillardement sur la route.

— Voilà comme on s'y prend! cria-t-il à
Préfontaine.

— Merci, monsieur, répondit Osmin, —
puis, rougissant tandis que le vieillard continuait à conduire le cheval par la bride : —
Je voudrais, hasarda-t-il, vous demander une
chose... Vous avez vu mademoiselle Raymonde? Il ne lui est rien arrivé de fâcheux,
n'est-ce pas?

— Elle se porte à merveille, repartit
M. Noël.

— Et croyez-vous qu'elle épouse M. Verdier?

— Parbleu! grogna le bonhomme, puis-
qu'ils se sont mis en tête de s'adorer, il faut
bien qu'on les marie!

Osmin poussa un long soupir. — Monsieur,
reprit-il, vous allez la revoir... Dites-lui
bien que je ne lui en veux pas, et que... je

souhaite qu'elle soit plus heureuse que moi.

Il appliqua un coup de fouet à *Pigeau*, et le cabriolet fila sur la route de Lamargelle.

— Brave garçon, tout de même! grommela M. Noël, décidément les hommes valent mieux que les femmes.

Le mariage d'Antoine et de Raymonde eut lieu quinze jours après dans les conditions imposées par M. Noël. Les La Tremblaie quittèrent la Maison Verte, et un mois plus tard un écriteau attaché à la grille annonça que la propriété était à vendre. — Jusqu'à présent il ne s'est pas présenté d'amateurs, et elle reste inhabitée. Les deux jeunes gens vivent à Paris et passent leurs vacances dans la maison de Sœurette. Quant à madame Clotilde et à son compagnon, ils ont repris leur vie nomade à travers les stations thermales et les villes de jeux. Depuis qu'il est séparé de sa fille, le malheureux La Tremblaie n'est plus reconnaissable, sa maladie nerveuse a empiré, et il n'aura plus longtemps à traîner la chaîne à laquelle il est rivé. Selon la prédiction du berger Trinquesse, Osmin de Préfontaine est resté garçon; il voisine fréquemment avec M. Noël, qui l'a pris en affection; *Vagabonde*

et *Pigeau* sont devenus une paire d'amis. —
L'automne dernier, je les ai rencontrés tous
quatre à la lisière d'un bois. M. Noël venait de
ramasser un cep rebondi et appétissant, et il
essayait d'inculquer à Osmin son amour pour
les cryptogames. — Admirable végétal ! lui disait-il, il a toutes les vertus, même celle de se
passer de femme et d'ignorer les ennuis du
mariage ; il se reproduit de lui-même comme
le phénix... Otez votre chapeau, mon camarade, et saluez le modèle des célibataires !

LE

DON JUAN DE VIRELOUP

MŒURS FORESTIÈRES

A MON AMI CAMILLE FISTIÉ.

LE

DON JUAN DE VIRELOUP

I

Une claire matinée de juin. — Du fond des grands bois qui entourent Auberive, la vagabonde chanson du coucou arrivait jusque dans les maisons du village. Ce refrain printanier et mystérieux pénétrait par bouffées dans le sombre bureau du receveur des domaines, et donnait de notables distractions à un petit commis de douze ans, aux cheveux blonds ébouriffés, au teint semé de taches de rousseur et à la blouse bleue trop courte. Ce *gachenet*, occupé à transcrire sur un in-folio à couverture verte les renseignements contenus dans un registre du même format à couverture rouge, mordillait sa plume et ba-

lançait nonchalamment ses jambes en suivant
le rhythme lointain de la chanson du coucou,
qui lui suggérait des rêves d'école buissonnière
et de nids dénichés au fond des combes.

Tout en musant, il épiait du coin de l'œil
le receveur, enfoncé dans son fauteuil de cuir
et absorbé par la lecture d'un acte difficile.
Au moindre mouvement de dos de son patron, le jeune drôle se hâtait de griffonner
deux ou trois lignes, puis se remettait à lorgner la fenêtre ouverte, dans la baie de laquelle s'encadrait un paysage ensoleillé : —
entre deux champs de trèfles en fleur, un chemin fuyant tortueusement vers une lisière
bordée de poiriers sauvages, et, au-dessus, la
fraîche épaisseur de la forêt moutonnante. —
Sur ce fond lumineux et comme pour faire
repoussoir, se détachait le profil dur et sans
lueur de M. Eustache Février : un front plissé
sur lequel des cheveux grisonnants et rebelles
se dressaient en brosse, un regard voilé par
le verre bleu des lunettes, un nez sévère, des
lèvres pincées et un menton orné d'un collier
de barbe poivre et sel. Le reste du personnage
disparaissait dans la profondeur du fauteuil
et de la table encombrée de paperasses. Les
mains seules étaient visibles, tournant les

feuillets de l'acte et les maintenant à hauteur
de l'œil ; deux mains sèches, aux phalanges
noueuses, aux doigts courts, aux ongles coupés à fleur de peau ; deux mains froides et
sans grâce, indiquant un caractère méthodique, inflexible, absolu.

La physionomie du bureau était en harmonie avec la figure du receveur. Des rayons
noircis revêtant les murs du haut en bas
étaient chargés de vieux volumes à mine maussade ; sommiers, tables, registres, soigneusement étiquetés et symétriquement alignés.
Pour tout mobilier, des casiers enfumés,
une armoire peinte à la détrempe et cinq
ou six chaises dépaillées. Sur l'une d'elles
un griffon hors d'âge sommeillait paisiblement, rivé à son siége par une ficelle nouée
aux barreaux, et dans une encoignure une petite horloge sans sonnerie battait les secondes
avec un bruit sec. Ce balancement régulier,
un soupir du chien, un grincement de plume
rompaient seuls le silence endormant de cette
pièce qui exhalait une vague odeur de vieux
papier et de sciure de bois. — Au dehors, en
revanche, des gloussements de poules, un
meuglement de vache, le marteau d'un ferblantier du voisinage, le roulement d'une

charret e sur la route, et surtout la lointaine
musique du coucou formaient un concert de
notes gaies qui disaient le beau temps revenu,
la joie de la vie en plein air, et faisaient bâil-
ler de désir le petit commis attelé à son ennuyeuse besogne de copiste.

Tout à coup la porte du bureau s'ouvrit
bruyamment, donnant accès à un personnage
dont la brusque apparition arracha un sourd
grognement au griffon, écarquilla les yeux
bleus du *gachenet*, et fit pivoter M. Février sur
son fauteuil.

C'était un grand beau garçon de vingt-huit
à vingt-neuf ans, brun, large d'épaules, svelte
de taille, supérieurement musclé et râblé. Le
carnier au dos, guêtré jusqu'aux genoux,
coiffé d'un feutre mou aux cassures pittores-
ques, vêtu d'une veste de chasse dont le velours côtelé avait pris à la pluie et au soleil de
jolis tons feuille-morte, il ne laissait pas d'a-
voir fière mine en dépit de son rustique accou-
trement. Son nez d'aigle et ses mains hâlées,
fines et nerveuses, étaient de race ; ses yeux
couleur café dardaient droit devant eux un
regard clair, franc et hardi ; une expression
demi-railleuse entr'ouvrait ses lèvres sensuel-
les et montrait deux rangées de dents blanches

et gourmandes ; sa barbe châtaine, mal taillée, mais touffue et frisée, s'harmonisait à merveille avec son teint bistré.

Il souleva négligemment son feutre en entrant, tira de son carnier un papier timbré, roulé en chiffon, et s'adressant à M. Février :

— Vous êtes le *contrôleur ?* demanda-t-il d'une voix chaude et sonore.

— Oui, répondit le receveur du ton rogue d'un bureaucrate qu'on dérange.

— Alors c'est vous qui m'avez envoyé ceci ? reprit le nouveau venu en jetant dédaigneusement le chiffon de papier sur le bureau.

Le receveur déplia soigneusement le papier timbré, regarda l'un des angles de la feuille et interpellant le petit commis :

— N° 165 du sommier des amendes ! fit-il d'une voix brève.

Le gachenet empoigna un des volumes à couverture verte, le feuilleta rapidement et tout à coup se mit à bredouiller d'un ton d'écolier :

« N° 165. Jugement du tribunal correction-
« nel de Langres, rendu par défaut le 20 jan-
« vier 1852, contre le sieur Jean Santenoge,
« sans profession, à Vireloup, commune de
« Praslay, portant condamnation, pour délit

« de chasse dans la forêt domaniale de Mai-
« grefontaine, à cent francs d'amende et aux
« frais, plus la confiscation du fusil ou cin-
« quante francs pour en tenir lieu. Total : —
« 210 fr. 25. »

— Il y a signification et commandement,
ajouta le commis.

Le jeune homme avait écouté cette lecture
sans sourciller. Quand elle fut finie :

— Je vous ferai remarquer, dit-il au receveur
d'un ton à la fois bon enfant et goguenard,
que je m'appelle Jean *de* Santenoge... Mon
nom étant à peu près tout ce que je possède,
je tiens singulièrement à ce qu'on ne m'en en-
lève pas la moindre parcelle.

— Possible qu'on se soit trompé en copiant,
repartit laconiquement le receveur ; du reste
cette erreur ne se reproduira plus, car j'espère
que vous venez vous acquitter.

— Nenni, monsieur le contrôleur !... Je suis
monté, en passant, tout simplement pour
vous prier de ne plus m'envoyer de papier
timbré ; c'est peine inutile et je n'ai pas le premier liard de ce qu'on me réclame.

— C'est bon, répliqua aigrement M. Février, tous les délinquants chantent la même
chanson, mais nous avons pris des renseigne-

ments ; vous possédez une maison et du mobilier à Vireloup.

— On vous a mal renseigné ; je n'habite Vireloup que comme locataire, ayant tout vendu il y a plus de cinq ans à mes créanciers... Le notaire de Longeau vous montrera l'acte quand vous voudrez... Où il n'y a rien, le roi perd ses droits ; le fisc aussi, je suppose ?

M. Février mordilla un moment ses ongles d'un air déconfit. Le peu de déférence de ce singulier débiteur et le ton narquois qu'il mettait à ses réponses commençaient à agacer le flegmatique receveur.

— Pourtant, monsieur, reprit-il sèchement, vous ne ferez croire à personne que vous êtes insolvable !

— Plus insolvable que Job, poursuivit imperturbablement Jean de Santenoge.

— Mais enfin à votre âge et bâti comme vous l'êtes, on peut se procurer des ressources en travaillant... Comment vivez-vous ?

Une vive rougeur courut sur les joues bistrées du jeune homme.

— Monsieur, s'écria-t-il d'un air hautain, je n'ai pas de comptes à vous rendre !

— Fort bien ! répondit l'autre en s'animant

21.

de plus en plus, j'en suis désolé, mais nous
irons jusqu'au bout... Vous êtes un délinquant d'habitude, et puisque les avertissements amiables n'ont pu vous convaincre,
nous essayerons de la contrainte par corps...
La prison vous fera réfléchir.

Le jeune homme rejeta vivement son carnier sur ses reins et releva la tête en regardant
M. Février droit dans les yeux.

— Monsieur le contrôleur! dit-il de sa voix
vibrante.

— Monsieur Jean de Santenoge!

— Je suis un oiseau difficile à prendre...
Prévenez vos gendarmes qu'ils rentreront
bredouille... Et là-dessus, adieu.

— Non... au revoir! cria méchamment le
receveur, tandis que la porte se refermait sur
le jeune homme.

Dans le vestibule Jean de Santenoge faillit
se heurter contre un grand vieillard qui entrait en fredonnant et dans lequel il reconnut
le médecin d'Auberive, M. Brocard. Les deux
hommes s'examinèrent un moment avec une
sorte de curiosité bienveillante, puis tirèrent
chacun de leur côté.

— Mazette! murmura Denis Brocard, voilà
un beau brin de garçon.

Et il contempla d'un air admiratif Jean de
Santenoge qui s'éloignait d'un pas délibéré, le
jarret bien tendu, le mollet nerveux et saillant,
la taille cambrée, la tête haute et le feutre in-
cliné sur l'oreille.

Le docteur s'y connaissait, étant lui-même
un beau brin de vieillard.

Droit comme un peuplier, vert comme un
houx, l'œil vif et émerillonné, le nez proémi-
nent, la bouche largement fendue, spirituelle
et souriante, le menton rasé de frais, l'oreille
rouge, il avait conservé tous ses cheveux, toutes ses dents, et portait gaillardement ses
soixante-douze années. Il était né vers 1780,
au crépuscule du dix-huitième siècle, à cette
heure encore illuminée et embrasée des feux
qu'avaient jetés Voltaire, Diderot et Rous-
seau. Elevé dans les idées philosophiques d'a-
lors, Denis Brocard était resté sensualiste jusqu'aux moelles. L'*Encyclopédie* était son Évan-
gile, et Diderot était son homme. Né dans la
montagne langroise, le docteur avait tous les
défauts et toutes les qualités de ce peuple mi-
champenois et mi-bourguignon, froid à la surface et incandescent à l'intérieur, dont Diderot
disait : — « Les gens de ce pays ont beaucoup
« d'esprit, trop de vivacité, une inconstance

« de girouettes... Avec une rapidité surpre-
« nante dans les désirs, dans les projets, dans
« les fantaisies, ils ont le parler lent... » —
Race raisonneuse et artiste, étourdie et entê-
tée, enthousiaste et incrédule, dont Denis
Brocard était un des plus purs échantillons.

— Bonjour, mon oncle! murmura M. Février en voyant le docteur entrer dans son
bureau.

— Serviteur, monsieur ! répondit Brocard,
quel est donc ce superbe gaillard que j'ai rencontré à votre porte ?

— Vous ne le connaissez pas ? voilà qui m'é-
tonne ! dit malignement M. Février, c'est pourtant un des plus signalés garnements du pays,
le sieur Jean de Santenoge.

— Ah !... Il me semblait en effet l'avoir déjà
vu quelque part... Je m'explique qu'on l'ait
surnommé le *don Juan* de Vireloup. Avec cette
figure-là il doit tourner la tête à toutes les
filles.

— Il ne la leur tournera pas cet été, je vous
en réponds ! nous allons le loger quelques
mois dans la prison de Langres, cela lui ra-
fraîchira le sang.

— Et pourquoi diantre tourmentez-vous ce
pauvre garçon ?

— Apitoyez-vous, je vous le conseille!...
Un braconnier, ravageur de bois et coureur
de guilledou, qui scandalise le canton et ne
paye pas ses amendes !

— Après?... Que gagnerez-vous à traîner
en prison le dernier représentant d'une des
vieilles familles du pays?.. Son père, l'ancien
maître de forges de Vireloup, était la meilleure
pâte d'homme !...

— Cette bonne pâte d'homme savait mal
élever les enfants, à en juger par son fils.

— Quels grands crimes a donc commis ce
garçon?... Il a le sang vif et le coup d'œil juste ;
il aime les femmes et le gibier... Voilà-t-il
pas de quoi crier au scandale ?

— Oh ! nous savons que vous avez la manche large, docteur Brocard !

— Cela vaut mieux que d'avoir l'esprit
étroit, monsieur Février !

— Monsieur ! s'écria le receveur vexé.

Il se serait fâché volontiers ; mais, remar-
quant la curiosité croissante du petit commis
qui épiait les deux interlocuteurs en écarquil-
lant démesurément les yeux, il l'envoya prudemment dehors, puis reprit d'un ton ra-
douci :

— Brisons là, mon oncle. Je ne suppose pas

que vous soyez venu ici pour me quereller?

— Non, monsieur, je suis venu vous parler de ma petite-nièce et filleule, de Marianne votre fille, qu'il serait grand temps de rappeler à Auberive.

— Mais rien ne presse, répondit le receveur, dont la figure se rembrunit, elle n'est pas mal chez ces dames dominicaines de Langres.

— Elle s'y ennuie à périr, et sa santé s'en ressent, riposta le docteur...

Il passa rapidement la main sur sa bouche, geste qui lui était familier lorsqu'il allait entamer une longue discussion.

— Monsieur, commença-t-il, quand, il y a vingt ans, vous êtes venu à Auberive, je n'ai pas hésité à vous donner la main de ma nièce, bien que vous n'eussiez que vos maigres appointements de receveur, et bien que Claudine possédât une dot assez rondelette.

— Il ne vous sied guère de vous plaindre de la modicité de mes appointements, insinua M. Février avec humeur ; n'est-ce pas d'après votre désir que j'ai renoncé à tout avancement pour me fixer à Auberive ?

— La main de ma nièce était à ce prix, continua M. Brocard, et vous nous deviez bien cette compensation.

— Compensation ! grommela M. Février ; à vous entendre, on croirait que j'ai rendu ma femme malheureuse !

— Hum ! fit le docteur. Enfin elle est morte, la pauvre enfant !... et je n'ai guère profité de la condition que je vous avais imposée.

Il passa de nouveau la main sur sa bouche et poursuivit :

— Mais du moins elle a laissé une fille que j'aime ; je tiens à ce qu'elle remplace sa mère près de moi et je ne veux pas qu'on la laisse s'embéguiner dans ce couvent.

— Elle y complète son instruction.

— Jolie instruction ! chanter des cantiques et dire des chapelets...

— Préféreriez-vous qu'elle lût vos mauvais livres, monsieur l'esprit fort ?... Vous savez bien que mes occupations m'empêchent de surveiller une jeune fille, et Mariahne n'est pas, d'âge à rester seule au logis...

— A dix-huit ans !... Mordieu ! voulez-vous qu'elle marche encore avec des lisières ? Je suis seul au logis, moi aussi, et ne suis pas comme vous, d'humeur à me passer de compagnie... Faites revenir Marianne.

Cette injonction heurtait trop l'esprit absolu de M. Février pour ne pas le surexciter vio-

lemment. Il se mordit les lèvres, fronça le sourcil, et se tournant vivement vers le vieillard :

— Permettez, s'écria-t-il avec aigreur, suis-
je ou non le père de Marianne ?

— Vous le prenez sur ce ton? répliqua l'o-
rageux Brocard ; eh bien, moi, je vous déclare
net que j'ai besoin sur mes vieux jours d'avoir
devant les yeux un visage jeune, frais et avenant, que je suis las de vivre à l'Abbatiale en
tête-à-tête avec la figure parcheminée de mon
antique servante, et que si vous persistez à me
priver de la société de ma filleule, je me marierai, mordieu! en dépit de mes soixante-dix
ans ; j'épouserai une jeune femme dodue et
appétissante, j'aurai des enfants... à mon âge
on en a toujours !... et vous pourrez faire votre
deuil de ma succession... Ainsi tenez-le pour
dit : ou Marianne sera ici avant huit jours, ou
je me marierai, foi de Denis Brocard !... Je
vous jure que je ne plaisante pas et que je suis
homme de parole !

M. Février, déconcerté, regardait la figure
du docteur à travers ses lunettes.

Il lui trouva un air sérieux qui lui fit froid
dans le dos.

— Ce diable d'homme, songea-t-il, est capable d'exécuter sa menace... Il est entêté, il

a toujours eu un faible pour les jupes de femmes, et de plus il ne serait pas fâché de me jouer un mauvais tour... Il faut s'attendre à tout avec ces cervelles langroises.

De tous les arguments lancés par le docteur, le dernier était le seul qui pût entamer la dure écorce de Février. Le père de Marianne avait la réputation d'être très-serré, très-*regardant*, selon le mot du pays ; à force de manier l'argent du Trésor, il s'était épris d'un fervent amour pour les clairs écus sonnants et les fines pièces d'or bien trébuchantes. L'héritage du docteur Brocard avait toujours été considéré par le receveur comme une sûre aubaine. Dans ses rêves il voyait verdoyer les beaux prés que Brocard possédait entre Arbot et Rouvres, et reluire la massive argenterie douillettement empaquetée au fond des armoires de l'Abbatiale. La menace du docteur le rendit soudain plus traitable et amollit sa résistance. Il se gratta le front, enleva ses lunettes bleues dont il nettoya les verres avec un pan de sa redingote ; puis, levant vers son interlocuteur ses paupières rougies par la lecture des actes :

— Je suis accablé d'affaires, grogna-t-il, j'attends mon inspecteur, et ne puis pour-

22

tant tout planter là pour courir à Langres...

— Vous avez raison, répondit le docteur en tournant le bouton de la porte, mieux vaut que je me marie.

— Un moment donc, diable d'homme !.. Au lieu de vous emporter comme une soupe au lait, si vous m'aidiez seulement à trouver quelqu'un qui chaperonnerait Marianne, car enfin elle ne peut revenir seule...

— Avez-vous peur qu'elle ne s'envole? Angélique Diderot, devenue depuis Mme de Vandeul, et dont j'ai eu l'honneur d'être le médecin, me contait souvent qu'à dix-huit ans elle avait fait seule le voyage de Paris à Langres... En ce temps-là les jeunes filles étaient autrement exposées qu'à présent. A quoi sert donc la pieuse éducation de vos couvents, si une fille qui en sort ne peut, sans se compromettre, voyager seule pendant six lieues ? Écrivez aux sœurs que tel jour elles devront la faire conduire par une béguine à la voiture de Bernard... Celui-ci sera prévenu, et en trois heures Marianne sera ici.

M. Février poussa encore pour la forme trois ou quatre objections, puis finit par consentir, et le docteur, enchanté de son succès, se retira en fredonnant un air de ses jeunes années,

dont il scandait les paroles en heurtant sa
canne contre les dalles du vestibule :

> Vous savez donc bien mon dessein,
>   Petite bergeronnette,
> Et quelles sont sur votre sein,
>   Les fleurs que je souhaite.
>   Allons aux bois, brunette.
>   Allons cueillir la violette...

Le petit commis rentra, se percha sur son
tabouret, reprit son registre vert et continua
ses écritures en bâillant. M. Février se ren-
fonça dans son fauteuil et se remit à débrouiller
les clauses de son acte. Le noir bureau, peuplé
de registres, redevint le temple du silence et
du recueillement; et de nouveau le vent tiède
apporta par la fenêtre ouverte la chanson des
alouettes, mêlée à la voix profonde du coucou
dans les combes de la forêt.

Huit jours après, la veille de la Fête-Dieu, tandis que le conducteur Bernard, ayant copieusement déjeuné au *Soleil d'or*, mettait son cheval à la voiture, une sœur converse, portant la robe de laine blanche des dominicaines, et une jeune fille d'environ dix-hui ans, vêtue de l'uniforme noir des pensionnaires, tournèrent l'angle de la rue Saint-Amâtre et se dirigèrent vers l'antique véhicule qui faisait en ce temps-là le service de Langres à Auberive.

— Êtes-vous prêt, Bernard? demanda la jeune fiile avec un joli son de voix.

Le conducteur tourna vers elle sa rougeaude figure bourgeonnée :

— Montez vite, mamselle Février, répondit-il, votre caisse est déjà bâchée et je n'ai que vous de voyageur... La *Blonde* ne sera pas

chargée et nous ne chômerons pas en route,
j'en réponds !

— Allons, ma fille, bon voyage, soupira la
sœur en dénouant ses mains qu'elle tenait
croisées dans ses larges manches, et en effleurant du bout des lèvres la joue de la jeune
fille, pensez à Dieu et à nous, qui ne vous ou-
blierons pas dans nos prières. Vous avez bien
tous vos effets, n'est-ce pas ?... votre chapelet et le livre de madame la supérieure ?

— Oui, ma sœur, merci et adieu ; rentrez
vite, voici qu'il pleut...

Mlle Février était déjà sous la capote. Elle
fit un dernier signe amical à la sœur qui s'é-
loignait ; Bernard grimpa sur son siége, secoua les guides :

— Hue ! la Blonde, cria-t-il.

Et le courrier partit avec un bruit de vieille
ferraille.

Ce courrier, que les gens d'Auberive s'obs-
tinaient on ne sait pourquoi à appeler le
briska, était un vulgaire char-à-bancs, dont
l'un des siéges se trouvait encapuchonné sous
une capote poudreuse. Dès que Marianne
Février se fut installée sur la banquette, elle
suspendit à la capote son chapeau de paille à
grands bords, puis tirant de sa poche une

22.

petite glace ronde, elle se mit à rajuster sa
coiffure; et le modeste miroir de pensionnaire refléta pendant cinq minutes le plus
charmant visage d'ingénue qu'on puisse imaginer. Sur le front blanc semé de quelques
taches de rousseur, des cheveux châtains rele-
vés à la chinoise, suivant la règle du couvent,
étaient rattachés derrière la nuque en deux
grosses nattes nouées d'un bout de ruban ;
les yeux d'un bleu de pervenche humide, allongés et frangés de cils épais, étaient cernés
d'un tour bleuâtre qui leur donnait quelque
chose de languissant et de plus profond ; un
nez fin aux ailes mobiles, des joues conservant
encore la rondeur veloutée de l'enfance, et sur
l'une d'elles un petit signe brun; une bouche
un peu grande aux coins retroussés et malicieux, un menton spirituel, complétaient l'ensemble de cette figure dont l'expression était
à la fois très-virginale et très-piquante.

Quand elle eut réparé le désordre de sa
coiffure, Mlle Février examina le volume que
lui avait donné la supérieure, et qui était in-
titulé.: *Fleurs et boutons du rosier de Marie.* Elle
en feuilleta d'un doigt distrait les premières
pages, fit la moue, puis, déposant sans façon
le mystique in-douze dans son sac de voyage,

elle tira du fond de sa poche un petit livre qui
n'était autre que *Paul et Virginie*. Cette fois
elle ne le quitta plus, ses yeux en dévorèrent
les pages, et le courrier, la grand'route, le
plateau de Langres, disparurent ; elle se crut
transportée sur le chemin des Pamplemousses,
au pied des Mornes de l'Ile de France.

Cependant le briska, ayant traversé les
ponts-levis de la citadelle, roulait lourdement
sur la route de Dijon. Après avoir appliqué
deux ou trois coups de fouet préventifs à son
cheval, Bernard s'était comme de coutume
endormi sur son siége. La Blonde y était faite
du reste ; l'intelligente bête, non-seulement
prenait prudemment la droite quand elle rencontrait une voiture de roulier, mais encore
elle connaissait l'endroit où le chemin d'Auberive s'embranchait à la route, et elle savait
s'y engager à propos, tout en respectant le
sommeil de son maître. Malheureusement
cette fois le temps était orageux, les mouches
donnaient des distractions à la Blonde, et
Bernard, ayant trop fêté le vin blanc de
Soyers, avait le sommeil plus lourd que d'habitude ; pour comble de malchance, la fatalité
voulut qu'une longue banne à charbon barrât
l'entrée de l'embranchement, de sorte que le

cheval, au lieu de tourner à droite, continua
de trotter sagement sur la grand'route bien
large et bien ferrée...

Tout à coup Marianne fut arrachée à son
absorbante lecture par un épouvantable juron
de Bernard. Elle leva le nez : le cheval s'était
arrêté court sur la place d'un village qu'elle
ne reconnut pas, et Bernard, descendu de son
siége, se démenait au milieu d'un groupe de
paysans qui riaient à se tenir les côtes.

— Riez, riez ! s'écriait-il en se grattant la
tête, je ne ris pas, moi ; je porte les dépêches,
et si la poste me flanque une amende, ce n'est
pas vous qui la payerez.

— Mais où sommes-nous donc ? demanda
la jeune fille.

— A Longeau, mademoiselle, quand nous
devrions être à Auberive... Ça ne m'était jamais arrivé... Ah ! gredin de sort !

Enfin, après force lamentations, il fut décidé
qu'on prendrait la traverse par Baissey et Aujeures et qu'on regagnerait la route d'Auberive en coupant la forêt de Maigrefontaine.

— Surtout gardez-vous des faux chemins,
cria un paysan à Bernard, quand vous serez
sous bois, appuyez toujours sur votre gauche
entre Vireloup et Praslay !

— N'ayez peur, répondit ce dernier, le briska est solide... Hue ! la Blonde !

Et la voiture suivit en cahotant le chemin de la Vingeanne. Jusqu'à Aujeures tout alla bien ; la perspective d'une amende à payer tenait Bernard en éveil ; Marianne elle-même, songeant aux inquiétudes de ceux qui l'attendaient, avait abandonné *Paul et Virginie*, et regardait vaguement les grises ondulations du terrain pierreux ; mais quand, à la sortie du village, la voiture gagna la forêt, les véritables difficultés commencèrent.

La route forestière était coupée d'ornières profondes traîtreusement dissimulées sous les grandes herbes ; à chaque instant la voiture s'y enfonçait avec de brusques secousses qui compromettaient gravement ses antiques ressorts et sa caisse vermoulue. Le cheval butait, Bernard injuriait l'administration forestière, les pierres, les arbres ; mais ses jurons étaient prodigués en pure perte ; les loriots seuls, à travers la brume, y répondaient par des trilles ironiques et flûtés.

A un certain tournant, un cahot plus violent précipita le briska dans une ornière invisible et un formidable craquement arracha un cri de terreur à Marianne.

— Sorcière de forêt! grogna le conducteur en sautant à terre, voilà mon essieu cassé... mais c'est donc le guignon des guignons qui s'en mêle !...

Il resta un moment immobile sous la feuillée, regardant d'un air abruti la pluie tomber sur son briska détraqué. Tout à coup un joyeux coquerico lancé à plein gosier dans le voisinage lui fit relever la tête :

— Ga! dit-il en apercevant la figure effrayée de Marianne, ne vous tracassez pas, mamselle, il y a encore de la ressource... Voilà un *gargan* qui chante et nous devons être tout près de Vireloup. Je vais quérir M. de Santenoge, et, s'il est dans son *châtelot*, il ne refusera pas de me donner un coup de main.

— Est-ce que vous allez me laisser seule ici ? s'écria Marianne inquiète.

— Au fait, reprit le conducteur en aidant la jeune fille à quitter la voiture, vous pouvez venir avec moi chez le maître de Vireloup.

— Non, non... Je n'oserai jamais, répondit-elle en secouant la tête...

Elle se souvenait d'avoir entendu les dames d'Auberive s'entretenir à mi-voix des prouesses du « don Juan de Vireloup » ; elle était

partagée entre une sorte de fausse honte, et
une secrète curiosité de fille d'Eve, qui la
poussait à voir de près ce singulier garçon,
moitié paysan et moitié gentilhomme, dont
les dévotes ne parlaient qu'en se signant.

— Parbleu ! Jean de Santenoge ne vous
mangera pas !... Au surplus, continua Bernard
impatienté, restez si le cœur vous en dit.

Il s'éloigna d'un pas rapide. Elle se tint un
moment encore immobile et indécise, puis la
peur de demeurer seule triomphant de sa timidité, elle suivit son compagnon avec un léger
battement de cœur, et descendit derrière lui
une étroite sente qui aboutissait à une prairie
encaissée entre les bois et une chaussée de ma-
çonnerie. Au sommet de la chaussée, une
forge abandonnée dressait sa toiture effondrée
et ses murs lézardés, au-dessus desquels
un vol de jeunes buses planait avec des cris
aigus.

— C'est la vieille forge de Vireloup, dit le
conducteur, et voici l'allée du *châtelot*.

Ils franchirent une barrière à clairevoie
qu'on ne se donnait plus la peine de refermer,
et pénétrèrent sous une ombreuse avenue
tournante qui semblait conduire au château
de la Belle au bois dormant. L'herbe y avait

poussé si dru qu'on y entrait jusqu à mi-
jambes : les chèvrefeuilles sauvages, les églan-
tiers et la bourdaine avaient étouffé les rosiers
et les lilas qui jadis y avaient été plantés, et
l'allée s'était transformée en un fouillis inex-
tricable; çà et là cependant quelques roses à
cent feuilles avaient persisté et jetaient en
avant leurs tiges fleuries et mouillées. Tout
en marchant, Marianne cueillit une de ces
roses humides et la piqua dans son corsage.

— Nous y voici, fit Bernard en traversant
une pelouse de folles herbes où gloussaient
deux ou trois poules demi-sauvages, et en es-
caladant le perron verdoyant du *châtelot*.

Il essaya de pousser la porte qui était ver-
rouillée en dedans, et prit le parti de cogner
ferme contre les panneaux en hêlant Monsieur de Santenoge. Marianne confuse de ce
vacarme, s'était dissimulée de son mieux derrière un bouquet de buis. A la fin un volet
s'entrebaîlla et une voix sonore cria :

— Qui diable fait tout ce tapage ?

Bernard se nomma.

— C'est bien, reprit la voix, j'arrive.

En effet les verrous glissèrent brusquement et la porte béante laissa voir Jean de
Santenoge en petite tenue, c'est-à-dire la

veste déboutonnée, la chemise ouverte et le cou nu.

— Bonjour, vieux, s'écria-t-il en riant, ah ça ! le briska dessert donc maintenant les bois de Maigrefontaine ? M'amèneriez-vous une voyageuse par hasard ?...

Ses yeux venaient de tomber sur Mlle Février que cachaient mal les touffes de buis. La jeune fille, se voyant découverte, quitta sa retraite, salua timidement Jean de Santenoge, et tous deux se regardèrent un moment d'un air intrigué et curieux.

— C'est Mlle Février, la fille de notre contrôleur d'Auberive, dit Bernard, je la ramène de son couvent, mais en route il nous est arrivé toutes les avanies possibles.

Et il conta longuement sa mésaventure.

Pendant qu'il parlait, les clairs yeux bruns de Jean de Santenoge ne quittaient pas Mlle Février, et de son côté, la jeune fille, à travers ses cils baissés, lorgnait à la dérobée ce beau garçon à la mine franchement épanouie, tout en dehors, et qui gardait dans ses façons quelque chose du gentilhomme, malgré la négligence de sa toilette campagnarde.

— Entrez chez moi, mademoiselle, s'écria M. de Santenoge de sa bonne voix sonore,

23

vous vous y reposerez tandis que j'irai visiter
la voiture de ce brave homme.

Il la conduisit dans une pièce du rez-de-
chaussée qui servait de cuisine et de salle à
manger ; puis, s'excusant encore de la laisser
seule, il suivit Bernard jusqu'au sentier où
s'était fourvoyé le briska.

Un examen attentif des roues et de l'essieu
démontra que le secours d'un charron était
indispensable et que Bernard devait sans tarder aller quérir celui du Praslay. On dételia
le cheval, le conducteur partit dans la direction du village et Jean de Santenoge regagna
son *châtelot* à travers prés.

Tout en foulant l'herbe haute, il souriait
dans sa barbe, en pensant à la visiteuse qui
l'attendait au logis.

— Voilà une aubaine ! se disait-il, c'est
qu'elle est jolie à croquer, avec ses yeux baissés et sa bouche friponne !... Comment ce
gratte-papier hargneux peut-il être le père de
cette mignonne créature ?

Il sourit de nouveau en songeant aux mer-
veilleux hasards de la vie, et à la singulière
grimace que ferait M. Février lorsqu'il saurait
que sa fille avait reçu l'hospitalité au châtelot
de Vireloup.

— Ah ! murmurait-il entre ses dents, ah !
vilain soupe-tout-seul, tu mets les gendarmes
à mes trousses !... Que dirais-tu si pour me
venger je contais fleurette à ta jolie échappée
de couvent ?... Après tout, quand je cueille-
rais deux ou trois baisers sur ce petit signe
noir qu'elle a au coin de la joue, je ne ferais
que me payer des impertinences du père...
Il s'agit de savoir comment elle prendrait la
chose ?... Bah ! ces jeunes bourgeoises dévotes
ont le cœur fait comme les paysannes, et elles
ne sont peut-être pas plus fâchées que les autres de mordre au fruit défendu !...

Tandis que Jean de Santenoge se livrait à
ce galant monologue, Marianne s'était peu à
peu familiarisée avec la demi-obscurité de la
salle où elle se trouvait. L'air frais de cette
pièce était imprégné d'un savoureux parfum
de fraise qui chatouilla délicieusement l'odo-
rat de la jeune fille : elle s'approcha d'une
table carrée qui occupait le milieu de la cuisine, et aperçut en effet à côté d'une miche de
pain de ménage un saladier plein de fraises
des bois. Marianne mourait de soif, et la ten-
tation était trop forte pour une pensionnaire
de dix-huit ans dont la gourmandise était le
péché mignon. Elle fit un pas de plus vers la

table, en songeant que ces fraises étaient bien appétissantes, et qu'elle n'en avait pas mangé depuis l'autre année.

— Si j'osais ! se disait-elle... Non, il n'aurait qu'à s'en apercevoir... Bah ! il ne les a pas comptées, et je l'entendrai bien venir !

Elle étendit la main vers le saladier, picora une fraise, puis deux ; au moment où elle tenait la troisième entre ses doigts, bien délicatement, Jean de Santenoge, qui était rentré en tapinois, poussa brusquement la porte et surprit la gourmande en flagrant délit.

— Ah ! fit-elle toute saisie et devenant plus rouge que les fraises du saladier.

— Sont-elles à votre goût ? s'écria M. de Santenoge avec un rire si franc et si bon enfant, que, tout à travers sa confusion, la jeune fille se sentit presque rassurée.

En entendant ce rire éclatant et joyeux, elle prit elle-même le parti de sourire.

— Elles avaient si bonne mine et je suis si gourmande, reprit-elle en retroussant le coin de ses lèvres ; vraiment je suis honteuse !...

— Il n'y a pas de quoi ! répliqua-t-il d'un ton bonhomme.

Et il ajouta en se rapprochant de la table :

— Je suis sûr qu'on ne vous en sert pas
comme celles-là à votre couvent?

— On ne nous en sert même pas du tout!
fit-elle avec une légère moue et en continuant
de tenir les yeux baissés. Puis elle murmura
en souriant :

— Mais je me rattrape quand je vais chez
mon grand-oncle Brocard... Le docteur Brocard d'Auberive, vous le connaissez, sans
doute?

— De nom seulement... Il passe pour un
bon vivant et un brave homme.

— C'est le meilleur homme du monde, reprit Marianne s'enhardissant peu à peu ; il est
gourmand, lui aussi, et nous faisons ensemble
de grands régals de fraises qu'il accommode
avec de la crème.

— Attendez! s'écria joyeusement Santenoge, j'en ai aussi moi, de la crème... et
toute fraîche levée de ce matin !

Il courut à la huche et revint avec des cuil-
lers, deux écuelles de faïence et une jatte
pleine de crème épaisse, onctueuse. Il déposa
le tout sur la table et se mit en devoir d'éplucher les fraises; mais il s'y prenait si mala-
droitement qu'elle rit à son tour et s'empara
du saladier.

— Ceci me regarde, dit-elle, je vais tout éplucher pendant que vous râperez le sucre.

Il ouvrit de grands yeux et sa mine s'allongea.

— Du sucre? répéta-t-il tout penaud, ah ! misère de misère, je n'en ai pas !

Il avait l'air si désolé que Marianne en redevint confuse.

— Non, non, s'écria-t-elle en maudissant son indiscrétion, nous nous en passerons !

Mais il s'obstinait à fureter avec rage dans sa crédence et à mettre sens dessus dessous son garde-manger. A la fin, il poussa un cri de triomphe et brandit dans sa main une poudreuse bouteille.

— Ah! s'exclama-t-il, voilà qui fera passer le froid des fraises !... C'est un vieux vin d'Espagne...

Marianne, habituée à *l'abondance* de son couvent, regarda son hôte d'un air à la fois tenté et effarouché :

— Du vin pur ! balbutia-t-elle, oh ! non... Je n'en bois jamais.

— Bah ! il est doux comme du lait, répartit Jean de Santenoge. Avec une joie d'enfant, il apporta la bouteille et des verres, força Marianne à s'asseoir et versa la crème dans les écuelles. Il y avait tant de rondeur et de bonne humeur dans ses façons que la jeune fille se sentait maintenant tout à fait à son aise. Il s'était attablé en face d'elle et remplissait les verres.

Au dehors, le temps s'était éclairci, on entendait les fauvettes gazouiller, et par les losanges des volets, le soleil couchant glissait d'obliques rayons qui coloraient en rose la figure de Marianne et faisaient pétiller ses yeux bleus. Quand elle eut mangé une cuillerée de fraises écrasées, et siroté quelques gouttes de ce vieux vin couleur de topaze, elle passa comme une chatte sa langue sur ses lèvres humides.

— Elles sont bonnes! dit-elle avec conviction.

Santenoge éclata de rire. Il contemplait avec admiration les grands yeux et les jolies mines friandes de la jeune fille, et le diable de la galanterie recommençait à lui souffler de mauvaises pensées à l'oreille.

— Vous me trouvez gourmande? reprit-elle naïvement.., c'est mon défaut.

— Il faut en avoir un ou deux; moi, j'en suis cousu.

— C'est bien ce que tout le monde dit! s'é-

cria Marianne à laquelle le vin d'Espagne
avait délié la langue.

— Ha! ha! vous avez entendu parler de
moi, demanda-t-il d'un ton goguenard, et par
qui donc?

— Oh! répondit-elle en rougissant, la sœur
de M. le curé et la femme du notaire ont
causé de vous une ou deux fois devant moi,
mais si bas que je n'ai rien compris, sinon que
vous étiez un grand pécheur.

— Et je parie, poursuivit-il en riant, que
lorsque vous êtes entrée ici, vous avez été tout
étonnée de ne pas sentir le roussi?... Eh bien,
avouez que je n'ai pas l'air si méchant diable
qu'on le prétend!

— Oui, répliqua-t-elle en retroussant malicieusement le coin de ses lèvres, mais on prétend aussi que c'est lorsqu'il prend des airs
bon enfant que le diable est le plus dangereux.

Il releva la tête et resta un moment déconcerté. Cette jeune fille, dans laquelle il avait
cru trouver une petite pensionnaire prude et
un peu niaise, l'embarrassait par sa franchise
et son ingénuité. Le don Juan de Vireloup
se sentait considérablement intimidé. Les
moyens de séduction qui lui réussissaient au-

près des filles de Praslay n'étaient plus de
mise avec cette enfant dont l'innocente hardiesse le troublait. Il ne songeait même plus
à les employer, il était sous le charme et se
laissait aller bonnement au plaisir de ce tête-
à-tête familier.

Marianne s'était remise à déguster ses fraises, sans se douter des idées qui trottaient
dans la tête de son hôte.

— Je voudrais, reprit-elle, vous demander
une chose, mais je ne sais si j'oserai...

— Demandez toujours, pour voir...

— Eh bien, pourquoi vous appelle-t-on?...

Elle s'arrêta un peu effrayée de sa question,
rougit, baissa les yeux, joua un moment avec
le bout de ses doigts, puis ses lèvres ébauchèrent de nouveau un sourire espiègle.

— Qu'est-ce que c'était que don Juan? dit-
elle en le regardant en dessous.

Il se mit à rire et parut aussi embarrassé
qu'elle.

— Ma foi, répliqua-t-il, je n'en sais trop
rien... Je suppose que c'était un bon diable
comme moi, aimant le plein air, la liberté et
le plaisir...

— Jusque-là, il n'y a pas grand mal, fit Marianne en retournant à ses fraises.

— Je m'imagine aussi, continua Santenoge, qu'il ne détestait pas les jolis visages
et qu'il s'oubliait parfois à regarder les beaux
yeux bleus qu'il avait devant lui.

— Ce n'est pas encore un grand crime, murmura Marianne en maintenant néanmoins ses
yeux baissés, Paul aimait aussi à regarder
ceux de Virginie...

— Oui, mais, poursuivit Jean de Santenoge,
— tandis que ses claires prunelles couleur café
souriaient, — je crois que don Juan avait le
tort de ne pas se contenter des yeux bleus...
Il regardait aussi les yeux noirs lorsqu'il en
rencontrait.

— Ah! voilà qui est mauvais! s'écria Marianne d'un air très-sérieux, et s'il en est
ainsi, je suis de l'avis de la femme du notaire...
ce don Juan était très-coupable... On ne doit
pas changer.

— Hum! repartit Santenoge, ce n'est pas si
facile... Il y a des gens qui ne changent que
parce qu'ils ne peuvent pas avoir ce qu'ils dé-
sireraient.

— On peut tout ce qu'on veut, répliqua-
t-elle d'un ton décidé.

— Croyez-vous?... c'est une rude besogne
de vouloir, et c'est si bon de paresser!

— La paresse est un péché capital ! fit sentencieusement Marianne, et tenez, M. de Santenoge, vous demandiez ce que disaient de vous la femme du notaire et la sœur du curé?... Eh bien, elles vous accusaient de passer votre vie à ne rien faire.

— A ne rien faire ! s'écria plaisamment le jeune homme; appelez-vous ne rien faire passer ses nuits à l'affût, et employer ses matinées à cueillir ces bonnes fraises que vous savourez si gentiment?

— Ce n'est pas une profession cela, répondit Marianne en hochant la tête; vous allez trouver que je me mêle de ce qui ne me regarde pas... Mais il me semble que si j'étais un homme, je voudrais faire autre chose que tuer des lièvres et cueillir des fraises...

Jean de Santenoge se mordit les lèvres et resta pensif. Ce mélange d'enthousiasme naïf et de ferme bon sens le stupéfiait et l'enchantait. Il était maintenant à cent lieues de ses idées de vengeance et de galanterie. Comment avait-il pu être assez sot et assez grossier pour concevoir un seul moment la pensée d'abuser de la fraîcheur d'âme et de l'innocence de cette enfant?... Comment même avait-il osé

lui laisser franchir le seuil de son *châtelot* mal
famé ?

— Vous ai-je fâché ? demanda tout à coup
Marianne ; vous ne parlez plus.

— Non, non, reprit-il en relevant la tête,
au contraire, mademoiselle... Quel est votre
nom de baptême ?

— Marianne.

— Eh bien, mademoiselle Marianne, voulez-
vous me donner une poignée de main ?

— Volontiers, dit-elle très-simplement.

Et elle lui tendit une mignonne main que
Jean de Santenoge serra un instant dans la
sienne. Il tourna les yeux vers la fenêtre, vit
le jour qui baissait, poussa un soupir et se
levant :

— Voici la brune, s'écria-t-il, et Bernard ne
revient pas ; il faut que vous partiez, mademoiselle Marianne.

— Oh !... Pourquoi ?... Je n'ai pas fini de
manger mes fraises !

— C'est égal, répliqua-t-il d'un ton plus
sérieux et avec un peu plus d'insistance, il
faut que vous partiez avant que le jour soit
tombé... Venez !

Il l'emmena dehors et descendit vers la
prairie. Elle le suivait sans parler et sans trop

bien comprendre la raison de ce brusque changement. Quand ils furent dans le pré, ils aperçurent un petit garçon qui rentrait avec sa vache.

— Voici mon *pâtureau*, reprit Santenoge, il vous servira de guide jusqu'à Praslay… Vous direz à Bernard que vous n'avez pas voulu l'attendre plus longtemps, et vous trouverez certainement là-bas une voiture qui vous conduira à Auberive. A la rigueur, vous coucheriez à l'auberge de Justin, qui est un brave homme; cela vaudrait encore mieux que de rester à Vireloup… Si vous m'en croyez, ajouta-t-il avec un certain embarras, vous ne conterez à personne que vous y avez passé une heure.

Il appela le petit pâtre et lui donna ses instructions, puis, tendant la main à la jeune fille :

— Adieu, mademoiselle Marianne, murmura-t-il en riant, quand vous mangerez des fraises, pensez un peu à celles du Châtelot.

Elle le regarda à son tour avec ses beaux yeux souriants :

— Merci, monsieur de Santenoge, je me souviendrai de tout.

Et elle suivit le pâtureau qui marchait devant elle en tortillant le manche de son fouet.

Jean de Santenoge alla s'asseoir près de la vache, sur un tronc d'arbre, tandis que la jeune fille et son compagnon s'éloignaient dans la direction de Praslay. L'ombre fraîche du crépuscule veloutait les flancs de la gorge de Vireloup, où l'on entendait encore les trois notes mystérieuses de la huppe, cette amie des sentes humides. Lorsque Santenoge n'aperçut plus le chapeau de paille aux rubans flottants dans la brume du soir, il bourra mélancoliquement sa pipe et l'alluma.

— Cette jolie Marianne est bien mignonne! soupira-t-il; allons, Jean, mon ami, voilà un bon mouvement de vertu, espérons qu'on nous en tiendra compte au jour du jugement dernier.

III

— Oncle Brocard, connaissez-vous M. Jean de Santenoge ?

— Très-peu... Je l'ai aperçu une fois... A quel propos t'inquiètes-tu de lui, fillette ?

Sans répondre à la question de son grand oncle, Marianne continua :

— Les Santenoge, est-ce une famille du pays ?

— Je crois bien, et des meilleures !... Avant la Révolution, le grand-père de celui-ci était seigneur de Praslay et propriétaire de toutes ces forêts que tu vois à droite et à gauche.

Cette conversation avait lieu en plein bois, sous la capote d'un modeste cabriolet qui servait au docteur Brocard pour ses visites lointaines, dans les fermes éparses au milieu de la forêt. Marianne l'avait accompagné chez un de ses malades, et ils s'en revenaient tous deux par le chemin de Maigrefontaine ; — un joli chemin forestier, bordé de tilleuls dont les branches fleuries frôlaient à chaque instant le cabriolet.

— Un maître homme, ce vieux Santenoge, reprit Denis Brocard ; je me souviens de l'avoir vu dans ma première jeunesse. Il aimait à bien vivre et menait grand train.

— Puisqu'il avait si grand train, demanda Marianne, comment se fait-il que son petit-fils soit devenu si pauvre ?

— C'est que, vois-tu, Marion, il en est des familles comme de la lune ; elles s'arrondissent petit à petit, se montrent dans leur plein un beau soir, puis décroissent et disparaissent. Les Santenoge n'en sont même plus au dernier quartier. L'aïeul ayant émigré, ses biens furent vendus par la nation. A la Restauration, le père de Jean toucha une petite part d'indemnité dans le fameux milliard, et il s'en servit pour monter la forge de Vireloup. Mais c'était encore un original que ce Jacques de Santenoge. Au lieu de chercher à se remettre en état par un bon mariage, il s'amouracha de la fille d'un garde, nommée Simonette. Le beau de l'affaire, c'est que le forestier, bien qu'il n'eût pas un sou vaillant, ne se souciait pas de donner sa fille au maître de Vireloup.

Les deux jeunes gens ne pouvaient se voir qu'en fraude, et Jacques faisait trois lieues, la nuit, à travers bois pour causer avec sa bonne amie. Enfin il l'épousa malgré vents et marée ; mais l'amour fit tort à la forge ; un jour, faute d'argent, l'usine chôma... Et voilà comme le fils de Jacques et de la belle Simonette, Jean de Santenoge, ne possède pas aujourd'hui un rouge liard.

Marianne avait écouté attentivement cette histoire, et maintenant elle restait pensive. Ses beaux yeux bleus suivaient rêveusement les ondulations des feuillées qui descendaient par nappes verdoyantes jusqu'au creux de la combe de Maigrefontaine. Ses narines roses, aux ailes mobiles, aspiraient l'air imprégné de l'odeur suave des tilleuls, et elle songeait à Jacques de Santenoge traversant la nuit cette même forêt pour aller causer avec Simonette. Tout à coup elle ramena ses regards vers son grand-oncle, et encore à demi plongée dans son rêve, elle demanda :

— Oncle Brocard, vous l'avez connue cette Simonette ?

— Parbleu !

— Avait-elle les yeux bruns ?

— Tu m'en demandes trop ! s'écria Denis

Brocard en riant ; que diantre cela peut-il te
faire, qu'elle ait eu les yeux bruns ou bleus ?

— C'est pour savoir si son fils lui ressemble... Il les a bruns, lui.

— Ah ça ! tu as donc vu Jean de Santenoge ?
s'exclama M. Brocard stupéfait.

— Mais... oui.

Elle conta alors l'aventure du *briska*, l'hospitalité reçue à Vireloup, et la façon étrange
dont M. de Santenoge avait insisté pour la
congédier avant la nuit.

Au commencement, le docteur avait écouté
cette confidence avec une certaine inquiétude ; sa physionomie ne s'épanouit que lorsqu'il eut appris l'heureux dénoûment de cette
aventure.

— Ce Santenoge, murmura-t-il en respirant
plus à l'aise, vaut mieux que sa réputation...
C'est égal, fillette, son conseil était sage, et je
t'engage à ne jamais parler de ta visite à Vireloup.

— Pourquoi ?

— Parce que... Bah ! je t'expliquerai cela
plus tard.

Le cabriolet suivait une route herbeuse qui
descendait au fond de la gorge. De chaque
côté les versants boisés se rapprochaient et

jetaient une ombre plus épaisse sur le chemin ;
l'air était devenu plus frais, grâce au voisinage du ruisseau qui sautait bruyamment sur
les pierres. A travers ce bruit d'eau, le vent
apportait par bouffées les sons sautillants
d'un violon.

— Hein ! fit Denis Brocard en prêtant l'o-
reille, d'où vient cette musique ?... Est-ce
qu'on donne un bal dans la combe de Maigrefontaine ?

Il chatouilla de son fouet le dos de sa jument Clairette, qui se mit à trotter plus allègrement. A chaque tour de roue, les notes du
violon arrivaient plus distinctes, et lorsque le
cabriolet eut contourné un bouquet d'aulnes
et de noisetiers, un joyeux spectacle attira
l'attention de l'oncle et de la nièce.

Au fond de la combe, à l'endroit où le ruisseau courait plus librement sur un terrain
plat et gazonneux, s'élevait une hutte de sabotiers. L'un des versants boisés avait été ex-
ploité récemment, et de longues piles de rondins étaient alignées, en plein soleil, sur les
pentes fleuries d'eupatoires et de millepertuis ;
l'autre versant relevait en face sa verte muraille de hêtres et de chênes, et projetait une
ombre bleuâtre sur le ruisseau ainsi que sur

la hutte, au seuil de laquelle le maître sabotier évidait attentivement une paire de sabots.

Il travaillait seul, et le reste de l'atelier était
en liesse. Deux ouvriers et un apprenti, auxquels faisaient vis-à-vis trois jeunes paysannes à la jupe déchirée et au chignon en désordre, battaient des entrechats sur la pelouse,
tandis que, perché au sommet d'une pile de
fagots, le chapeau sur la nuque et le cou nu,
Jean de Santenoge en personne râclait son
violon avec une verve enragée, ne s'interrompant que pour interpeller les danseurs et leur
lancer de gaillardes plaisanteries.

— Chaîne des dames ! criait-il de sa belle
voix sonore. Allons en mesure, sacrebleu !...
Manchin, serre-moi franchement la taille de
ta danseuse, Catherinette n'en sera pas fâ-
chée... Et toi, Manette, saute, ma fille, sans
craindre de montrer ton mollet... nous le
connaissons !... Ce n'est pas tout que d'avoir
une jolie jambe, il faut savoir s'en servir... En
mesure, mes enfants, en mesure !

Et violon de chanter, et filles de se trémous-
ser. Les jupons volaient en l'air, les bras ser-
raient les tailles, les chignons se dénouaient à
travers de grands éclats de rire qui faisaient

étinceler toutes ces dents blanches et tous ces jeunes yeux.

— Sont-ils heureux, ces gueux-là ! grommela Denis Brocard en passant sa main sur sa bouche... Descendons pour les voir de plus près.

L'oncle et la nièce mirent pied à terre et s'avancèrent vers les sabotiers, mais ils avaient à peine fait quelques pas sur la pelouse que le violon s'arrêta brusquement et les danseurs restèrent la jambe en l'air.

Jean de Santenoge venait de reconnaître Marianne Février ; honteux d'être surpris par elle en semblable compagnie, il avait sauté à bas de son estrade de fagots, et, déposant son violon, il se tenait immobile derrière un hêtre et rougissait, penaud comme un écolier qui serait pris, la main dans un sac de noix.

— Bonjour, mes enfants, cria le docteur, ne vous dérangez pas, mordieu ! je ne suis pas un rabat-joie.

Il alla d'abord vers le maître sabotier, lui tapa sur l'épaule en lui demandant des nouvelles de ses rhumatismes ; puis faisant un crochet, il se dirigea seul vers Jean de Santenoge, qui ne bougeait de derrrière son arbre.

— Monsieur de Santenoge, lui dit-il cordia-

lement, ma nièce m'a conté le service que
vous lui avez rendu. Vous êtes un brave
cœur et un galant homme, permettez-moi de
vous serrer la main... Si jamais vous avez besoin de Denis Brocard, ne vous gênez pas.
Maintenant remontez sur vos fagots et ne
faites pas languir cette jeunesse-là. Ça ré-
chauffe le sang de voir tricoter ces jambes de
vingt ans... Il y a surtout là-bas une luronne
toute décoiffée et dont les appas font craquer
le casaquin rouge... Mazette, monsieur de
Santenoge, c'est un friand morceau... Comment la nommez-vous ?

— Ha ! ha ! Manette Bordet, répondit en
riant Santenoge, que le bon accueil de Brocard avait remis à l'aise ; vous n'avez pas
mauvais goût, docteur, c'est la plus fringante
et la plus appétissante des filles de Praslay...
Elle est vive comme une anguille, et sa langue vire aussi lestement que ses jambes...
Allez lui parler, vous verrez ; elle n'est point
farouche et ne hait point les compliments.

Denis Brocard ne se le fit pas répéter. Ce
brave docteur n'avait qu'un défaut. Il ne pouvait pas se figurer qu'il était septuagénaire.
La vue d'un cotillon lui donnait la berlue ; il
lui affluait alors au cerveau des remontées de

séve. On le voyait soudain épanoui et vert,
comme ces vieux pommiers qui ont en octo-
bre des repousses de feuilles et de fleurs. En
un clin d'œil il fut auprès de Manette. Il bourdonnait autour de l'alerte bûcheronne, comme
un grand papillon de nuit autour d'une mé-
lisse sauvage, battant des ailes, murmurant
d'antiques gaillardises, et oubliant totalement
sa nièce.

Celle-ci était restée près du sabotier. Elle
avait du premier regard reconnu Jean de Santenoge, mais du même coup elle s'était sentie
indisposée contre lui. Elle lui en voulait de la
société qu'il fréquentait et du plaisir qu'il
semblait y prendre. Aussi ne fit-elle pas mine
de l'avoir aperçu. Les yeux baissés, la lèvre
dédaigneuse, elle lui tournait le dos, tortillant une branche entre ses doigts, et fort absorbée en apparence dans la contemplation
du travail du maître sabotier. Jean de Santenoge, qui avait repris son aplomb, ouvrait au
contraire ses yeux tout grands pour la mieux
admirer. Elle lui semblait plus charmante encore qu'à la première rencontre, et il mourait
d'envie de lui parler. A la fin il quitta son
arbre, vint droit à Marianne et ôtant son
grand chapeau de feutre recroquevillé :

— Je vous salue, mademoiselle, dit-il, ne
me reconnaissez-vous point?

Elle retroussa l'un des coins de sa bouche,
et conservant toujours ses yeux sournoisement baissés vers la branchette que ses doigts
déchiraient :

— Si fait, monsieur, répondit-elle, mais
vous étiez si occupé que je me serais reproché
de vous donner des distractions.

Il se mit à rire.

— Voyons, mademoiselle, reprit-il, votre
oncle vient de me faire un accueil si amical!...
serez-vous moins indulgente que lui et me
tiendrez-vous rigueur parce que je passe mon
temps à jouer du violon?

— Je ne vous tiens pas rigueur... ce serait,
de ma part, très-déplacé, et puis avouez que
cela ne servirait à rien.

— C'est-à-dire que vous me jugez incorri-
gible et incapable de m'occuper de besognes
sérieuses... Vous n'avez peut-être pas tort,
je ne suis pas bon à grand'chose et je gâte
l'ouvrage rien qu'en le regardant.

Les lèvres de Marianne ébauchèrent un
sourire ironique.

— Je crois, murmura-t-elle, que vous vous
bornez souvent à le regarder.

— Ma foi, oui ! répliqua-t-il, je suis paresseux de naissance. C'est la faute de la forêt,
elle me gâte ; elle me donne ses fruits et son
gibier en automne, son bois mort en hiver
pour faire de belles flambées, ses fleurs et ses
oiseaux en avril... J'y trouve en toute saison
de l'air, du soleil et de la liberté ; que faut-il
davantage ?... Quand je me retournerais les
ongles pour amasser quelques sous, en serais-
je plus avancé ?

— Je ne sais pas, moi, riposta Marianne en
haussant les épaules, consultez plutôt ce vieux
sabotier... Il doit s'être fait une opinion là-
dessus, tandis qu'il se retourne les ongles à
creuser son bois, en écoutant M. de Santenoge
jouer du violon.

Le don Juan de Vireloup rougit légèrement
et regarda Marianne sans trop savoir que répondre. Elle avait un petit air indigné qui la
rendait encore plus jolie, et qui redoubla la
confusion de son interlocuteur.

— Ce sabotier, reprit-il enfin, a une femme
et des enfants à nourrir ; c'est une raison que
je n'ai pas, et vous conviendrez qu'on ne fait
pas une pareille besogne comme on fait la
charité, pour l'amour de Dieu.

— Vous vous trompez, repartit vertement

25

Marianne scandalisée, on travaille aussi pour
l'amour de Dieu.

— J'aimerais mieux travailler pour l'amour
de vous ! dit-il étourdiment.

En entendant cette irrévérencieuse réponse,
la jeune fille devint vermeille comme une
guigne, et, tournant le dos à Santenoge, elle
marcha vers le docteur Brocard, qui ne se
lassait plus de couler des galanteries salées
dans l'oreille de cette belle dégourdie de Manette.

— Oncle Brocard, insinua Marianne en le
tirant doucement par le bras, voici qu'il fait
brun et je crois qu'il faudrait rentrer.

— C'est ma foi vrai, s'écria le docteur,
comme le temps passe !... Voici la nuit.

Il souhaita le bonsoir à la compagnie, Marianne fit un vague salut à tout le monde, et
l'oncle et la nièce remontèrent dans le cabriolet qui se remit à rouler péniblement dans
le chemin forestier.

Il faisait déjà sombre sous les arbres, et,
avant qu'ils eussent atteint la Thuilière, les
premières étoiles commencèrent à poindre
entre les branches. Parmi la mousse des talus
quelques vers luisants allumaient dans la nuit
leurs petites lampes d'un vert phosphorescent,

et l'odeur des tilleuls embaumait la route. Le docteur se pourléchait en son par-dedans au souvenir des charmes robustes de Manette Bordet ; les *brunettes* galantes et les petits airs tendres de sa première jeunesse lui revenaient à la mémoire, et il les fredonnait tout en fouettant sa jument. Marianne restait silencieuse. La senteur pénétrante des tilleuls la grisait, et, pour la première fois, son cœur se sentait remué par un trouble inconnu. Elle avait la poitrine gonflée et elle suivait avec des yeux charmés les lumières verdâtres des vers luisants épars dans l'herbe. Puis elle pensait aux clairs regards de Jean de Santenoge, elle se rappelait ses dernières paroles, et une subite rougeur lui montait aux joues, tandis que sa poitrine devenait oppressée.

Était-ce donc là l'amour, cet amour si dangereux et si doux dont lui avait parlé son livre de *Paul et Virginie* ? Elle éprouvait une joie sourde à se le demander, et en même temps de terribles scrupules de dévote l'effarouchaient... L'amour n'était-il pas un péché ?...

Et, pendant ce temps, le docteur chantonnait de sa voix légèrement chevrotante :

> Que fais-tu dans ce beau séjour ?
> Tu perds le temps, Sylvie.

Sans goûter les plaisirs d'amour,
  Peux-tu passer la vie ?
  Ne dois-tu pas songer
  A choisir un berger ?...

Les vers luisants continuaient à égrener
leurs perles phosphorescentes, l'odeur amoureuse des tilleuls semblait suivre la voiture,
Marianne se sentait de plus en plus troublée,
et ce fut ainsi jusqu'à Auberive.

Quand elle rentra chez elle, il était plus de
neuf heures ; M. Février s'était déjà couché.
Marianne grignota à la hâte son souper, et se
sauva dans sa chambre où elle resta des heures à regarder les étoiles qui se miraient dans
l'Aube. Le lendemain matin, quand elle s'é-
veilla, le soleil était déjà haut à l'horizon,
elle avait les yeux cernés et se sentait languissante.

A l'heure du déjeuner elle entra dans le
bureau où M. Février avait le nez dans ses paperasses.

— Comme tu es rentrée tard, Marion ! dit-
il à sa fille qui l'embrassait ; il paraît que tu
ne trouves pas le temps long quand tu cours
les champs avec monsieur ton oncle !...

Il essuya ses lunettes, les replaça sur son
front, se frotta les mains et ajouta :

— Je n'ai pas non plus perdu ma journée, moi, et j'ai obtenu l'incarcération d'un délinquant dont je vais débarrasser le pays.

— Quoi, vous allez faire emprisonner quelqu'un ! s'écria Marianne, quel crime a donc commis ce pauvre homme ?

— Et toi aussi tu vas le plaindre?... Un garnement qui a fait plus de tours que de miracles !... Mais il a mangé son pain blanc le premier, et demain, au petit jour, les gendarmes empoigneront monsieur Jean de Santenoge...

IV

Le docteur Brocard venait d'achever son dîner. — Il dînait à une heure, à l'ancienne mode. — Après ce repas, qui était long et copieux, il se faisait servir le café dans sa chambre à coucher et couronnait cette importante opération par une légère sieste.

Donc ce jour-là, bien au frais dans une veste de toile, bien mollement étendu dans sa bergère en velours d'Utrecht, et feuilletant la *Guerre des Dieux*, le docteur surveillait du coin de l'œil les apprêts de sa gouvernante Angélique. De temps à autre, il envoyait une plaisanterie à l'adresse de cette dévote vierge de quarante-huit ans, dont la tournure sans grâce, la figure moutonnière et le vêtement presque monastique juraient singulièrement au milieu de cette pièce encore imprégnée de je ne sais quel parfum libertin du xviiie siècle.

Aux panneaux des boiseries étaient accro-

chées des gravures d'après Baudoin et Frago-
nard : — le *Coucher de la mariée*, le *Verrou*,
l'*Escarpolette*. — La bibliothèque renfermait
toutes les œuvres hardies ou licencieuses des
philosophes et des romanciers d'avant 1789 : —
les *Liaisons dangereuses* à côté de l'*Encyclopédie*, les *Bijoux indiscrets* non loin du *Contrat
social*. — Au-dessus du bureau se dressait
une copie en plâtre du buste de Diderot par
Houdon.

Les volets mi-clos laissaient voir toutes ces
choses dans une pénombre veloutée et entre-
tenaient une fraîcheur relative dans cette
pièce haute de plafond, tandis que le soleil
baignait le jardin, d'où montait un bourdonnement d'insectes.

— On est bien ici ! dit le docteur en tournant lentement la petite cuiller dans son café
chaud et parfumé, et ce serait grand dommage d'y être dérangé... Angélique, toi qui
as de saintes correspondances avec le ciel,
prie-le un peu, ma fille, de ne m'envoyer aucun malade cette après-midi.

Angélique, scandalisée, continua d'essuyer
avec son tablier les moulures de la bibliothèque, et se contenta de marmotter entre ses
dents :

— Le bon Dieu ne s'occupe pas de ces choses-là, monsieur Brocard.

— Et de quoi diantre s'occupe-t-il alors ?
s'exclama le docteur en humant son café ;
voyons, que lui demandes-tu dans tes pate-
nôtres ?

— Votre salut, monsieur ! riposta Angélique en se tournant vers lui et en le regardant
bravement avec ses gros yeux humides.

— Peste, il ne t'écoute guère, ma fille, ou
tu le pries bien mal... Je gage que tu as des
distractions et que tu penses à tes amours ?

— Seigneur ! s'écria Angélique en joignant
les mains, pouvez-vous croire que je m'occupe de pareilles sottises ?... A mon âge ?

— Parbleu ! on y pense à tout âge... Hé !
hé ! j'y pense bien encore, moi.

— Ce n'est pas ce que vous faites de mieux,
monsieur Brocard, et pour ce qui est de moi,
je puis bien jurer que ces lubies-là ne me tour-
mentent guère.

— Voyons, Angélique, continua le docteur,
que ces taquineries sans cesse renouvelées
amusaient toujours, — de toi à moi, pendant que ton confesseur ne t'entend pas,
avoue qu'une fois ou deux, par-ci, par-là, tu
as mordu à la pomme.

— Seigneur Jésus! fit la pauvre fille, ouvrant sa bouche fendue jusqu'aux oreilles, pour qui me prenez-vous ? Je n'ai jamais péché, Dieu merci!

— Comment, jamais ?... Pas une malheureuse petite fois ?

— Jamais, au grand jamais ! soupira-t-elle indignée.

— Pauvre fille ! dit le docteur, je te plains !

Il acheva de vider sa tasse et fredonna :

Que craignons-nous de l'amour qui nous blesse?
Que craignons-nous
Des traits d'un dieu si doux ?
Nos cœurs sont faits pour suivre la tendresse...

Il fut interrompu au milieu de son couplet par la porte qui s'ouvrit brusquement et livra passage à Marianne, essoufflée et les cheveux au vent.

— Oncle Brocard, s'écria impétueusement la jeune fille, il faut que je vous parle en particulier !...

Le docteur surpris fit signe à sa gouvernante de s'esquiver, puis attirant Marianne près de lui, il lui donna une tape sur la joue :

— Holà! mignonne, demanda-t-il, te voilà toute pâle, qu'est-il arrivé?

— Ah! mon oncle, si vous saviez !...

— Quoi?... gageons que c'est encore un vilain tour de ton père.

Marianne hocha la tête affirmativement.

— Sacrebleu ! grommela Brocard, voudrait-il par hasard te renvoyer au couvent ?

— Non, répondit-elle en rougissant, il ne s'agit pas de moi, mais de M. de Santenoge... Mon père a obtenu contre lui un mandat d'arrêt, et, demain matin, on doit le conduire en prison.

— Ah! murmura le docteur un peu rassuré, pauvre garçon !... C'est grand dommage !... Voilà bien les vilenies de ton père. Mais quoi? fillette, nous n'y pouvons rien.

— Pourtant, hasarda Marianne, il me semble que s'il était prévenu à temps, il trouverait moyen d'échapper aux gendarmes.

— C'est vrai, et puis ce serait une bonne niche à faire à M. Février... Je cherche qui on pourrait bien envoyer à Vireloup.

— Ne cherchez pas, mon oncle, interrompit Marianne avec un petit ton décidé, il ne faut nous fier à personne, et il n'y a que vous qui puissiez aller à Vireloup.

— Plaisantes-tu? s'exclama le docteur en lançant un regard vers le jardin plein de so-

leil, je ne peux pourtant pas attraper une in-
solation pour les beaux yeux de Jean de Santenoge !

— Rien ne presse, répliqua Marianne en
s'emparant des mains de son grand-oncle,
vous partirez à la brune, avec Clairette.

— Clairette est sortie ce matin et elle est
sur les dents.

— Elle sera reposée ce soir, riposta Marianne d'un air câlin.

Puis, sautant sur les genoux de Brocard et
le prenant par le cou :

— Voyons, mon oncle mignon, vous pouvez bien faire cette course pour ce pauvre
M. de Santenoge, qui a été si honnête avec
moi... C'est presque une dette que nous avons
contractée envers lui... Et puis, songez à la
mine de mon père quand les gendarmes re-
viendront bredouille !

— Oui, oui, murmura le docteur, que cette
dernière perspective fit sourire ; mais deux
heures pour aller et deux heures pour revenir... Je ne serai pas de retour avant minuit,
en supposant que je trouve Santenoge au
Châtelot.

— Oh ! il faudra le trouver. D'ailleurs, poursuivit la jeune fille avec une nuance d'em-

barras, pour se cacher et vivre quelque temps
hors de chez lui, il aura sans doute besoin
d'argent, et vous savez qu'il est pauvre. Peut-
être lui rendrait-on service en lui offrant une
petite provision pour son voyage, et vous seul
pouvez le faire.

— Mazette! comme tu y vas! s'écria Denis Brocard, qui n'aimait pas plus qu'un autre
à jeter son argent par les fenêtres. Moi, non
plus, je ne suis pas riche, mes malades ne
me payent pas, et je n'ai pas le moyen de
jouer le rôle de la Providence au bénéfice de
Jean de Santenoge.

— Vous ne m'avez pas comprise, mon oncle, murmura Marianne qui rougissait de plus
en plus et agitait nerveusement l'une de ses
mains dans la poche de sa robe, je n'entends
pas que vous vous gêniez... J'ai dans ma ti-
relire quelques pièces d'or qui ne me servent
à rien, et je voulais vous prier d'être mon in-
termédiaire...

Elle tira de sa poche une bourse de soie bleue.

— Voilà ma petite bourse, continua-t-elle
en la tendant à Denis Brocard, donnez-la
comme venant de vous à M. de Santenoge...
Je lui dois bien cela pour les bonnes fraises
que j'ai mangées chez lui.

Le docteur regarda un moment la bourse de filet où scintillaient quelques pièces d'or, et il se sentit touché. Ce naïf dévouement de sa nièce pour le dernier des Santenoge était fait pour aller au cœur de cet enthousiaste disciple de Jean-Jacques et de Diderot. C'était un de ces traits comme les aimaient les âmes sensibles des lecteurs de la *Nouvelle Héloïse* et des *Amis de Bourbonne*.

— Tu es une adorable fille ! s'écria-t-il en embrassant sa petite nièce, garde ta bourse ; je me charge de donner le viatique à M. de Santenoge... Ce soir, à la nuit tombante, je filerai à Vireloup.

En effet, à la brune, Angélique reçut l'ordre d'atteler Clairette. Après avoir lesté son gousset de quelques louis et son estomac d'un léger souper, le docteur sauta dans son cabriolet et prit la route de Praslay.

La lune n'était pas levée, et, comme il arrive dans les étroites vallées de la montagne langroise, à la tombée du jour le ciel s'était embrumé, de sorte que la route était obscure, et, lorsque le cabriolet se fut engagé sous bois, ses deux lanternes autour desquelles venaient tournoyer des papillons de nuit, jetaient seules parmi les branches leurs capri-

cieuses lueurs de feu follet. Plus d'une fois
Denis Brocard fut obligé de mettre pied à
terre et de conduire par la bride Clairette,
qui était devenue nerveuse et s'effarait pour
la moindre grenouillette qui lui sautait dans
les jambes. Aussi le brave docteur commen-
çait-il à maugréer quand, vers dix heures, les
pignons de la vieille forge de Vireloup s'accu-
sèrent en noir sur le ciel plus clair.

Encore quelques tours de roue, et le cabriolet déboucha enfin sur la pelouse qui précédait la demeure de Jean de Santenoge. La
façade du Châtelot se dressait, sombre et silencieuse, entre les arbres. Pas un filet de lumière aux fentes des volets. Le docteur attacha
Clairette à un arbre; puis, gravissant le perron, se mit à cogner et à *houpper*. Pas de réponse. Seul, un coq dans la basse-cour, réveillé
par ce vacarme et voyant l'aube prochaine,
lança un coquerico sonore dans la nuit.

— Morbleu! murmura M. Brocard, l'oiseau
serait-il déniché?

Il s'était remis à cogner et à appeler, et
commençait à se lasser, quand, au-dessus des
engrangements, le volet d'une lucarne s'ouvrit,
et une voix ensommeillée d'enfant demanda
qui était là.

Le docteur se nomma et pria le gamin de réveiller son maître.

— Mon maître n'est pas ici, répliqua le petit pâtureau d'un ton méfiant, qu'est-ce que vous lui voulez ?

— Mon *gachenet*, reprit le docteur de sa voix la plus paternelle, il faut que je parle à M. de Santenoge pour une affaire pressante... Descends et ouvre-moi, je ne te mangerai pas.

Soit par condescendance pour le docteur Brocard qui l'avait guéri de la fièvre, l'année d'avant, soit par curiosité, le pâtureau se décida à descendre, et Denis Brocard fut enfin introduit dans la cuisine éclairée par un lumignon fumeux.

— Ah ça, dit-il au jeune drôle qui bâillait et écarquillait ses yeux encore gros de sommeil, Santenoge ne couche donc plus chez lui ?

Le pâtureau leva les épaules :

— Des fois il y couche, et des fois non.

— Une jolie vie ! grommela Brocard en s'asseyant dans un vieux fauteuil de cuir, et où est-il à cette heure?

— Je ne sais pas.

— Et quand rentre-t-il ?

— Au petit jour, monsieur Brocard, quand il rentre...

— Mazette, la sotte aventure !... C'est égal, maintenant que j'y suis, j'attendrai.

Le pâtureau dormait debout ; il s'était appuyé contre la table et dodelinait de la tête. Enfoncé dans son fauteuil, le docteur sentait lui-même ses yeux se clore et le sommeil le prendre. Ils restèrent ainsi un bon quart d'heure sans dire mot, puis tout à coup Denis Brocard, se secouant pour vaincre l'assoupissement qui l'empoignait, héla de nouveau le gamin.

— Tu dors, drôle ? s'écria-t-il.

— Et vous aussi, monsieur Brocard, répondit effrontément le pâtureau en rouvrant un œil.

— Ce n'est pas le moment de dormir, quand ton maître court un danger sérieux... Tu penses bien que je ne suis pas venu d'Auberive pour m'assoupir dans ta cuisine... Mon grand lit de l'Abbatiale aurait mieux fait l'affaire... Voyons, ouvre les yeux et les oreilles ! Au petit jour, si Jean de Santenoge rentre ici, il y trouvera les gendarmes.

Ce dernier mot fit sur le pâtureau l'effet

d'un coup de canon ; il tressauta, se frotta les
yeux et répéta :

— Les gendarmes ! Est-il Dieu possible,
monsieur Brocard ?

— Oui, les gendarmes, pour arrêter ton
maître et l'emmener en prison... Il faut donc
que Santenoge soit prévenu assez à temps
pour ne pas tomber dans le traquenard... Et
maintenant plus de cachotteries... Tu sais où
il gîte ?

Le gamin se grattait la tête d'un air embarrassé.

— Je le sais sans le savoir, répondit-il avec
un demi-sourire ; seulement, vous ne lui direz pas que c'est moi qui vous ai renseigné ?...

— Va toujours !

— Eh bien, j'ai en idée qu'il est chez la Manette Bordet.

— Manette ! la luronne au casaquin rouge,
murmura le docteur en passant sa main sur
sa bouche. Ah ! l'enragé don Juan !... Et où
loge-t-elle, cette Manette ?

— Au Val-des-Frais, à une petite heure
d'ici, la première maison *au rain* de la forêt...
Vous accourcirez un peu en suivant le ruisseau
de Maigrefontaine.

— C'est bon, je connais le chemin, dit

26.

M. Brocard ; tu vas dételer ma jument et la conduire à ton écurie ; moi, j'irai à pied.

Une fois Clairette dételée et mise à l'abri, le docteur prit son fouet en guise de canne et descendit vers le ruisseau dont on entendait la claire voix flûtée dans l'obscurité. Bien qu'il fût encore alerte, M. Brocard n'avait plus ses jambes de vingt ans ; aussi fit-il la route plus lentement qu'il ne l'espérait. Souvent, trompé par le brouillard, il s'engagea dans de faux chemins, et la fine pointe du jour le surprit encore en forêt. Les nuits sont courtes en juillet ; et quand il gagna enfin la lisière, les premiers rayons du soleil levant coloraient en rose la ramure des hêtres.

Les prés bas du Val-des-Frais roulaient dans l'ombre de blanches vagues de rosée, les lisières étaient toutes fumantes, et de légers flocons de vapeur se balançaient aux cimes des arbres. Dans la ferme en plein réveil les coqs chantaient ; un troupeau de vaches traversa le ruisseau en mugissant doucement ; le docteur crut distinguer près de la première maisonnette accroupie à l'orée du bois, un mouvement inusité, et il lui sembla reconnaître de loin les baudriers jaunes des gendarmes.

— Serais-je déjà en retard? murmura-t-il
en hâtant le pas.

Hélas ! oui, il était trop tard. Quand le docteur eut tourné la corne du bois, il vit déboucher du petit clos de Manette Bordet le brigadier d'Auberive, et l'un de ses subalternes,
tenant entre eux le don Juan de Vireloup,
encore tout ahuri de l'aventure. Sur le seuil
de la maison, Manette en jupon court et dans
le *simple appareil*

D'une beauté qu'on vient d'arracher au sommeil,

tordait ses bras nus et se désolait bruyamment.

Jean de Santenoge, pâle, les poings fermés,
ne disait mot et mordait sa moustache. On
sentait qu'il aurait eu bonne envie de résister,
mais les deux gendarmes avaient la poigne
solide, et, malgré la vigueur du jeune homme,
la lutte n'aurait pas tourné à son avantage.

— Ah ! mon pauvre monsieur de Santenoge ! s'écria le docteur essoufflé.

Jean de Santenoge releva la tête et reconnut Denis Brocard.

— Bonjour, docteur, dit-il avec un amer
sourire, notre seconde rencontre ne vaut pas
la première... Vous le voyez, j'ai été pris
comme un renard au sortir de son trou...

C'est honteux ! — Il ajouta en se tournant vers le brigadier :

— Çà, où me conduisez-vous?

— A la maison d'arrêt de Langres, monsieur de Santenoge, à moins que vous ne préfériez payer au receveur d'Auberive deux cent vingt-huit francs vingt-cinq centimes...

— Deux cent vingt-huit malédictions sur la tête de ce gratte-papier! s'écria Santenoge, dont les yeux lançaient des éclairs... Allons, messieurs, partons...Adieu, Manette, adieu, ma fille!

Denis Brocard se mouchait bruyamment et d'un air agité. Ses yeux vifs allaient de Santenoge à Manette Bordet, dont la jupe courte et la chemise mal nouée lui donnaient de notables distractions. A la fin, il mit la main dans son gousset et fit un signe aux gendarmes qui emmenaient déjà leur prisonnier.

— Brigadier Fondreton, cria-t-il, arrêtez !... Il ne sera pas dit que j'aurai laissé traîner un Santenoge en prison... Je vais vous compter deux cent vingt-huit francs vingt-cinq centimes.

Le brigadier, impassible, s'arrêta au port d'armes, fit le salut militaire et dit :

— Il y a en plus les frais de capture, trois francs.

— Je payerai aussi les frais de capture, répondit Denis Brocard, rendez la liberté à M. de Santenoge.

Restait une dernière difficulté ; les gendarmes ne voulaient libérer leur prisonnier qu'après l'avoir conduit devant le recevcur qui, seul, pouvait toucher les deniers.

— Moi, aller faire des génuflexions à ce grimaud de Février, jamais! s'écria Santenoge, je préfère la prison de Langres... Marchons, messieurs !

Il fallut toute l'influence du docteur et sa promesse de tout arranger avec son neveu, pour vaincre les scrupules du brigadier. Enfin l'affaire fut terminée et l'argent compté; les gendarmes saluèrent gravement et s'éloignèrent d'un pas cadencé. Manette, s'apercevant de sa toilette par trop sommaire, s'était retirée à son tour au fond de son logis. Denis Brocard et Jean de Santenoge restèrent seuls dans le sentier.

— Docteur Brocard, commença le jeune homme en serrant vigoureusement la main du médecin, je ne vous ferai pas de longues phrases... Je vous dis seulement merci du fond du cœur, et si je puis jamais vous revaloir ce service-là, comptez sur Jean de Santenoge.

— Je suis enchanté d'avoir obligé un galant

homme, repartit le docteur, mais je suis vexé d'être arrivé trop tard.

— Que voulez-vous? fit Santenoge d'un air bon enfant, je me suis oublié chez cette pauvre Manette.

— Hum!... la friponne mérite qu'on s'oublie avec elle, quels yeux noirs, quelle poitrine étoffée, quels...

— Comment, interrompit le jeune homme en riant, vous faites donc encore attention à ces choses-là?... Oui, je suis parti trop tard, mais il faut que quelque drôle m'ait trahi... A propos, docteur, savez-vous que vous êtes arrivé là comme une Providence?

— Pur hasard, murmura prudemment l'oncle de Marianne.

Ils avaient repris le sentier de Vireloup. Santenoge marchait le premier en sifflotant, et le docteur, un peu las de sa nuit blanche, les yeux à demi clos, lui emboîtait le pas machinalement.

— Ainsi, reprit Jean tout à coup, vous ne saviez pas que j'étais menacé d'une arrestation?

— Comment l'aurais-je su? Mon aimable neveu et moi, nous ne sympathisons guère, et il ne me fait pas ses confidences.

— Expliquez-moi une chose, demanda San-

tenoge, passant brusquement d'une idée à une
autre, comment ce vilain contrôleur peut-il
être le père d'une aussi charmante fille que
mademoiselle Mari anne ?

— Oh ! celle-là, s'écria Bernard, c'est la
mignonne des mignonnes ! Tout le portrait
de sa mère, qui était ma propre nièce ; — fine,
enjouée, généreuse, la tête vive et le cœur
chaud... C'est une Brocard pur sang.

Une fois sur ce chapitre, le docteur ne taris-
sait plus, et on atteignit Vireloup avant qu'il
eût fini de chanter les louanges de Marianne.
En débouchant devant le Châtelot, les premiers objets qu'aperçut Santenoge furent le
cabriolet avec ses brancards en l'air et Clairette que le pâtureau promenait au soleil.

— Ah ! docteur, fit-il en menaçant Brocard
du doigt, vous ne m'avez pas dit la vérité...
Vous étiez prévenu du danger qui me menaçait.

— Diantre, murmura le médecin, me voilà
pris sans vert... Eh bien, oui, j'avais été in-
formé de la chose.

— Voyons, reprit le jeune homme en riant,
soyez moins mystérieux, et nommez-moi la
personne charitable qui a, en même temps
que vous, des droits à ma reconnaissance.

— Après tout, ce n'est pas un gros secret,

repartit Brocard, c'est ma nièce Marianne qui m'a appris par hasard les projets de son père... Alors l'idée m'est venue de jouer un tour à M. Février, j'ai trotté jusqu'à Vireloup, et voïlà !

— Ah ! c'est mademoiselle Marianne ! s'écria Santenoge...

Puis, rougissant, et avec un peu d'embarras, il ajouta :

— Si vous lui contez le résultat de votre voyage, vous glisserez sur les détails, n'est-ce pas, docteur ?

— Comptez sur ma discrétion, répondit Brocard avec un malin clignement d'œil... Et maintenant, mon cher Santenoge, priez votre page d'atteler Clairette ; il est grand temps que je regagne mes pénates...

Quand la jument fut attelée, et qu'après un dernier échange de poignées de mains, le docteur fut remonté sur le siége, Jean de Santenoge, au lieu de rentrer au Châtelot, alla s'asseoir sur le tronc d'arbre d'où il avait vu jadis Marianne partir pour Praslay ; et longtemps après que le cabriolet cahotant eut disparu derrière les branches, le don Juan de Vireloup resta les pieds dans l'herbe, plongé dans une méditation profonde.

V

Un brûlant soleil d'août tombait d'aplomb
sur les prés du Val-des-Frais et sur les toits de
pierre de la ferme. Au long des talus caillouteux
de la forêt, de grandes campanules pendaient
demi-pâmées. Sur les moellons de l'enclos de
Manette Bordet, les lézards gris frétillaient,
et dans le jardinet, derrière trois pieds de fe-
nouil, un rûcher bourdonnait, tandis que du
fond de la maison basse et trapue le ron-ron
d'un rouet se mêlait à la chanson des mouches
à miel.

Manette Bordet était, comme on l'a vu, une
fille d'humeur indépendante et peu farouche.
Orpheline, possédant pour tout bien cette
maisonnette et le clos attenant, elle avait
pris la vie par le bon bout. Comme la plupart
des gens du pays, elle gagnait de modestes
journées à travailler au bois, et quand l'ouvrage chômait dans les coupes, elle filait pour

les tisserands de Praslay. Cette sauvage existence forestière lui avait donné des allures
fort libres, et sa conduite scandalisait grande·
ment la paroisse, mais, en vraie fille de la
nature, elle se souciait peu du qu'en dira-t-on
et arrêtait net les sermonneurs, en leur répondant qu'elle était maîtresse de sa personne et
ne faisait tort qu'à elle-même.

Ce jour-là donc, tandis que la terre se cra-
quelait au soleil, sous une lumière aveuglante,
Manette, dans son logis, filait au rouet, porte
close, bien au frais sur le sol de terre battue,
bien à l'ombre près de la croisée, qu'un
rideau de haricots à fleurs rouges préservait
de la trop grande clarté. Et, à côté de Manette,
devinez qui devisait galamment, campé sur
un escabeau, la bouche épanouie et l'œil petil-
lant ?... Le docteur Denis Brocard, ni plus ni
moins. Depuis quelque temps, les grâces plan-
tureuses de Manette lui trottaient dans l'imagination, et on le voyait passer plus souvent
que de raison devant les maisons du Val-des-
Frais. Cette après-midi, ayant remisé son cabriolet à la ferme, il avait poussé jusqu'à
l'enclos, et, en entendant la chanson du rouet,
il était entré bravement. Depuis une heure,
assis près de la fileuse, il lui débitait de rus·

tiques gaillardises qui la faisaient plus rire
que rougir, et, tout en jasant, il lorgnait de ses
attraits le plus qu'il en pouvait lorgner.

C'était un friand régal, car, pour être à
l'aise par ce temps chaud, Manette n'avait
d'autres atours qu'un jupon de cotonnade
serré à la taille, et sa chemise de grosse toile
négligemment nouée par un cordon. Ses cheveux noirs et drus, à peine retenus par le
peigne, retombaient en désordre sur la nuque,
et frôlant la peau, glissaient par les entre-
bâillements de la toile bise jusqu'à des pro-
fondeurs où l'œil de Denis Brocard cherchait
à les suivre.

Les propos légers, les allusions risquées, les
vertes gaudrioles de l'ancien temps foisonnaient sur les lèvres rabelaisiennes du docteur ; même il se permettait quelques privau-
tés plus audacieuses, comme de pincer un
bout de bras ou un coin d'épaule, et Manette
de rire en montrant ses dents blanches.

Soit insouciance, soit conviction que le
docteur, avec ses soixante-dix ans, ne pouvait
être dangereux, la madrée commère ne faisait
qu'une molle défense, comme si elle eût voulu
voir de quelle façon Denis Brocard viendrait
à bout de sa harangue. Les choses allaient

donc leur train, et le brave docteur commençait à s'inquiéter sérieusement des risques de la péroraison, quand tout à coup une voix sonore retentit dans le jardinet :

— Ho ! Manette, ma fille, es-tu là ?

La rieuse figure de la bûcheronne se rembrunit, et M. Brocard bondit sur son escabeau. Manette s'était élancée vers la porte et en avait lestement poussé le verrou.

— Qu'est-ce donc ? demanda le docteur.

— C'est, répliqua-t-elle, quelqu'un qui n'est pas endurant... Il faut vous sauver ou nous aurons un *raffut* (tapage) terrible... Montez au grenier et tâchez de gagner le clos par la lucarne.

Denis Brocard fit un haut-le-corps. Ce qu'on lui proposait là donnait un fier accroc à sa dignité professionnelle ; plus jeune, il aurait tenu tête à l'orage ; mais à soixante-dix ans, on a les sens rassis et on n'aime pas les scènes. Il n'y avait plus à tergiverser, car le nouveau venu secouait la porte en criant d'un ton irrité :

—Ouvre donc ! tu y es, puisque tu parles !

Le docteur grimpa vivement la raide échelle de meunier qui se trouvait au fond de la pièce,

et, se pliant en deux, rampa sous les poutres
basses de l'obscur grenier, tandis que Manette
se hâtait de déverrouiller la porte, pour livrer
passage à l'irascible visiteur, qui n'était autre
que Jean de Santenoge.

— Peste, ma fille, dit ce dernier de sa
grosse voix, tu mets tes verrous de bonne
heure !... Avec qui donc jasais-tu pendant
que je croquais le marmot?

— Avec personne, répondit Manette; c'est
mon rouet que vous avez entendu.

Mais Santenoge avait déjà remarqué l'escabeau placé près de la chaise de la fileuse :

— Ouais ! reprit-il, et c'est sans doute aussi
ton rouet qui t'a décoiffée... Manon ? s'écria-
t-il en frappant le sol de son bâton de cor-
nouiller, je ne suis pas jaloux et je ne t'empêche pas de me donner un successeur; mais je
n'aime pas qu'on se gausse de moi, et comme
je soupçonne que ce galant que tu caches est
le même drôle qui m'a l'autre nuit dénoncé
aux gendarmes, je veux, avant de partir, lui
bailler une leçon dont il se souviendra !

Tout en parlant, Santenoge avait gravi à
son tour les échelons du grenier.

— Jean, s'écria Manette effrayée, laissez-le
tranquille !... Ce n'est pas ce que vous pen-

27.

sez; c'est un pauvre vieil innocent qui ne
peut plus faire de péchés, je vous en réponds !...

Denis Brocard entendit cette dernière réflexion monter dans le faux grenier, en même
temps que son agresseur inconnu y pénétrait
à tâtons. Il pencha aussitôt la tête à la lucarne, vit que le sol du jardin n'était pas trop
éloigné, et résolut de sauter par cette ouverture. Ses jambes pendaient déjà le long de la
muraille tandis que ses mains se retenaient
encore au rebord de la lucarne, quand un maître coup de gaule lui engourdit les poignets
et le força de lâcher prise ; il tomba comme
un sac dans les herbes des plates-bandes et
poussa un cri de douleur.

Jean de Santenoge avait déjà mis le nez à
la fenêtre. Il aperçut en plein soleil la tête du
docteur émergeant d'une touffe d'orties, et
lança en l'air un juron retentissant :

— Mille potées de diables, est-il possible
que ce soit vous, monsieur Brocard ?

— Eh oui, soupira piteusement le docteur,
plût au ciel que ce fût un autre !

Santenoge dégringola au bas de l'échelle et
gagna lestement la plate-bande où gisait sa
victime.

— Ah ! rustre que je suis ! s'exclama-t-il en s'agenouillant dans le sable, faut-il que j'aie eu la malchance de commettre une pareille bévue ? Je ne me le pardonnerai de ma vie !

Le pauvre garçon était navré, et sa figure bouleversée le disait assez clairement pour que le docteur lui-même en fût convaincu.

— Je crois que ce ne sera rien, murmura ce dernier, je me suis foulé ou luxé un pied, mais le coffre est intact.

— Mille guignons ! répétait Santenoge désolé, que faire ? Je voudrais au moins être bon à quelque chose.

— Clairette et le cabriolet sont à là ferme. Allez les chercher, tandis que la Manette me déchaussera, puis vous me ramènerez à Auberive...

Un quart d'heure après, le cabriolet stationnait près du clos et le docteur s'y installait tant bien que mal. Santenoge prit les guides et on descendit au pas le chemin de Maigrefontaine. Denis Brocard restait consterné, et à part quelques aïe ! arrachés par les cahots de la voiture, il ne soufflait mot. Sa physionomie attristée exprimait moins la douleur physique qu'un profond accablement moral. Don Quichotte devait avoir cet air-là, quand il fut ramené à son village par son voisin le laboureur, après avoir été moulu de coups par le muletier.

Lorsqu'on fut sous bois, Jean de Santenoge, auquel chaque plainte de son compagnon plantait un remords au cœur, s'écria :

— Sacrebleu ! monsieur Brocard, je me veux mal de mort de vous avoir donné ce mauvais coup ! Quelle sotte idée j'ai eue d'entrer chez Manette ?... Je n'y avais que faire, car je ne l'ai pas revue depuis la nuit des gendarmes, et je me soucie d'elle comme d'une feuille sèche... Vous devez avoir une belle opinion de moi ?

— Nenni, mon camarade, répondit le dolent docteur, pouviez-vous deviner que c'était moi qui me trouvais tapi dans ce maudit grenier ? Je n'ai que ce que je mérite... Pour parler franc, voulez-vous savoir ce qui me peine le plus dans cet esclandre ? Ce ne sont ni les horions ni la foulure, c'est le mot cruel échappé à cette fille : « — Un vieil innocent qui ne peut plus pécher... » Voilà ce qu'elle a dit de moi.

— Bah ! fit le jeune homme en riant, la Manette n'en pensait pas un mot.

— Si fait, elle a mis le doigt sur la plaie,

je ne suis qu'un vieux roquentin, et si je me
mêlais d'amourette,

J'allumerais des feux sans pouvoir les éteindre,

comme on chantait dans mon jeune temps.
Ah ! mon jeune temps, où est-il ? Maintenant
il faut dételer, il faut dételer... N'importe :
« un vieil innocent qui ne peut plus pécher... » c'est dur.

— Consolez-vous, reprit Santenoge, il y a
bien des jeunes gens à qui votre verte vieillesse
ferait envie.

— Non, non, poursuivit le docteur, chaque
chose a son temps, et il ne faut pas qu'un
vieillard reste trop longtemps vert ; le raisin
qui fleurit en septembre ne vient jamais à
maturité. Voyez-vous, c'est un tort de s'obsti-
ner dans le célibat. Le mariage a cela de bon
qu'il nous fait perdre nos illusions en temps
opportun... Ne restez pas vieux garçon, Santenoge, mariez-vous !

— Me marier ! s'exclama Jean avec un sourire mélancolique. Y pensez-vous ? Quelle est
la malheureuse qui voudrait d'un garnement
tel que moi ?

— Bah ! qui sait ? Vous avez beau nom,
bonne mine et l'avenir devant vous...

Tout en devisant, on était arrivé à Auberive, devant la maison de l'Abbatiale. Quand
on eut déposé Brocard dans sa chambre et
qu'on eut calmé les alarmes de la gémissante
Angélique, le docteur se tâta le pied et reconnut qu'il en serait quitte pour une simple
foulure. Il envoya quérir sa petite-nièce, qui
seule, disait-il, savait le soigner, et Santenoge,
pendant ce temps, l'aida à se mettre au lit.
Lorsque Marianne arriva tout émue à l'Abbatiale, elle trouva le jeune homme installé
au chevet de son oncle, et en train de lui préparer une infusion d'arnica.

— Ne t'effraye pas, fillette, lui cria Denis
Brocard, ce n'est qu'une foulure !... Figure-
toi qu'au moment où je descendais de cabriolet, Clairette a fait un écart, mon pied a porté
à faux et je me suis sottement laissé choir sur
une pierre... Je ne sais comment je m'en serais tiré sans M. de Santenoge.

— Ah ! monsieur se trouvait là ? dit la jeune
fille en tournant sa figure rose vers Jean,
qui du coup perdit tout son aplomb.

— Oui, balbutia-t-il, je suis arrivé... mal-.
heureusement...

— Vous voulez dire : fort à propos, interrompit le docteur. Le camarade m'est apparu

comme un dieu de l'Olympe au cinquième acte
d'un opéra... Oh ! ç'a été un vrai coup de
théâtre, ajouta-t-il en faisant une grimace...
J'ai encore un peu de fièvre et la tête chaude ;
mais quand j'aurai dormi, il n'y paraîtra plus.

En effet, au bout de quelques instants, il
s'assoupit, et un ronflement sonore et bien
rhythmé avertit les jeunes gens qu'il goûtait
un sommeil calme. Ils se rapprochèrent de la
fenêtre qui donnait sur la terrasse et qui était
restée ouverte, puis ils demeurèrent un moment silencieux, tout étonnés de se trouver
en tête-à-tête.

Le soir était venu et les ombres des maisons
s'allongeaient sur les vieux tilleuls de la promenade, où l'Aube courait avec un bruit clair
et rafraîchissant. Au-dessus des bois de Montavoir, le croissant de la lune se dessinait
comme une mince faucille d'argent.

— Les soirées diminuent déjà, commença
Marianne, qui voulait rompre ce silence embarrassant.

— Oui, répondit Santenoge, cet été m'a
semblé plus rapide que les autres.. Il m'eût
paru autrement long, si j'avais été réduit à le
passer sous les verrous... Et à ce propos, mademoiselle, permettez-moi de vous remercier.

— Me remercier, répéta-t-elle troublée, et de quoi, monsieur ?

— Vous le demandez ?... Sans vous, ne moisirais-je pas d'ennui dans la prison de Langres !

— Ce n'est pas moi qu'il faut remercier, mais mon oncle Brocard, qui a tout fait.

— C'est votre oncle qui a tout fait, mais c'est vous qui avez été son inspiratrice... Ne le niez pas, car le docteur vous a trahie sans le vouloir... Ah ! mademoiselle Marianne, je vous en serai éternellement reconnaissant... Je désirerais que ma reconnaissance pût se montrer autrement que par des mots ; malheureusement Jean de Santenoge ne peut vous offrir que des remercîments, mais je vous jure qu'ils viennent du fond du cœur !

Marianne se sentait fort émue, pourtant elle ne voulait point le laisser paraître ; elle répondit d'un ton bref :

— Je crois que vous exagérez le service que j'ai pu vous rendre.

— Je n'exagère rien ; vous m'avez conservé le seul bien que je possède au monde, ma chère liberté.

Elle retroussa malicieusement le coin de sa bouche :

— A quoi sert la liberté, quand...

— Quand on n'en use pas mieux que moi ! interrompit Santenoge en riant ; j'en conviens, je mène une sotte existence et j'ai fait là-dessus force réflexions depuis une quinzaine... Mais quoi ! pour marcher droit dans la vie, il faut avoir un but, et je n'en ai point.

— Ah ! fit-elle d'un ton attristé.

— Jugez plutôt : je n'ai pas de famille, pas de besoins, pas de désirs...

— Pas de désirs ?... répéta la jeune fille en baissant les yeux, d'après ce que vous disiez tout à l'heure, il me semblait que vous en aviez au moins un...

— Lequel ? demanda Santenoge étonné.

— Celui de prouver votre reconnaissance autrement que par des paroles.

Le cœur du jeune homme commença de battre à grands coups dans sa poitrine.

— Vrai, murmura-t-il, cela vous ferait plaisir de me voir changer de vie ?

— Oui, répliqua-t-elle d'une voix à peine perceptible.

Elle lui tourna le dos, et parut fort affairée à fourrager parmi les clématites qui garnissaient la fenêtre.

Le don Juan de Vireloup se donna un violent coup de poing sur la tête, et il y eut entre eux un long silence, pendant lequel la voix de la rivière monta claire, cristalline et caressante, à travers les tilleuls. En une minute, Santenoge revit les incidents de ces trois mois d'été : le goûter de fraises au Châtelot, la causerie chez les sabotiers, l'intervention providentielle de l'oncle Brocard sur le chemin du Val-des-Frais.

Une lumière douce et fraîche comme celle d'un rayon de lune sembla lui monter du cœur au cerveau et l'illuminer tout entier.

— Ah ! dit-il tout haut d'une voix joyeuse, je me sens maintenant capable de soulever des montagnes.

Elle se retourna, fixa très-tendrement sur lui ses yeux bleus, et mettant un doigt sur ses lèvres :

— Parlez plus bas, murmura-t-elle, vous allez réveiller mon oncle.

— Pardon ! dit-il, je ne savais plus où j'étais... J'ai eu un éblouissement comme si toutes les étoiles du ciel m'étaient passées devant les yeux.

Il respira longuement de toute la force de ses poumons.

— Oui, mademoiselle Marianne, poursuivit-

il, je veux changer de visées. J'en jure par
tous les Santenoge qui dorment dans l'église
de Praslay, je me transformerai si totalement
qu'il ne restera plus une écaille de la peau
du don Juan de Vireloup...

Elle le regardait à la dérobée, tout en
continuant à fourrager parmi les clématites,
et ses yeux, qui scintillaient aux rayons de la
lune, exprimèrent une joie d'enfant.

— Bien sûr ? demanda-t-elle.

— C'est juré ! reprit-il. Je ne reparaîtrai
plus devant vous que quand je serai maître
de moi et maître de mon avenir. Mais, ajouta-
t-il en l'enveloppant tout entière de son franc
regard, ce ne sera pas l'affaire d'un jour ;
cela demandera des mois et des années...
Et quand je reparaîtrai, retrouverai-je encore la fée qui m'a converti? Vous-même
alors, n'aurez-vous pas changé ?

Marianne, les yeux baissés, ne répondais
pas et semblait jouer avec ses doigts, à l'un
desquels brillait une petite bague. A la fin,
elle fit lentement glisser la bague et la tendit à Jean de Santenoge.

— Tenez, dit-elle, gardez ceci... Vous me
le rapporterez quand vous vous sentirez tout
à fait converti.

Il prit la bague, la baisa et la passant à son petit doigt :

— Hum ! soupira-t-il d'une voix mal assurée, ce sera peut être long, et pendant ce temps-là..

— Je vous attendrai ! répliqua Marianne d'un ton ferme.

— Ainsi soit-il ! s'écria du fond de l'alcôve une voix perçante.

Ils se retournèrent ébahis et confus, et virent, au clair de lune, la joviale figure de M. Brocard, qui les regardait assis sur son séant.

— Oncle Brocard, murmura Marianne, vous nous écoutiez !... C'est très-mal !

— Vous m'avez réveillé, repartit le docteur, et c'est tant mieux, ma foi !... Votre conversation m'a ragaillardi ; il me semblait entendre Cécile et Germeuil dans le *Père de Famille*... Ah ! que vous êtes heureux d'être jeunes !

Et comme Marianne s'était hâtée de l'embrasser pour lui couper la parole :

— Sois tranquille, continua le brave homme, je ne te trahirai pas, je suis du parti des jeunes, moi !... Et maintenant, fillette, tu vas aller tranquillement te coucher, tandis que je ferai souper ce grand garçon-là, qui doit tomber de faim.

VI

Jean de Santenoge tint sa parole. Quelques jours plus tard, le petit pâtureau qui lui servait de page fut aperçu rôdant autour du logis de M. Février. Lorsque Marianne traversa la promenade pour se rendre chez son grand-oncle, le pâtureau se leva de dessous un tilleul au pied duquel il était assis, tendit à la jeune fille un petit bouquet auquel était épinglée une lettre, et s'enfuit à toutes jambes.

La lettre contenait les adieux du don Juan de Vireloup. En quelques lignes, Santenoge informait Marianne qu'il avait écrit à un vieil ami de son père, maître de forges dans le Morvan, et qu'il lui avait proposé ses services comme garde-vente ou surveillant de coupes de bois, seules professions que ses connaissances forestières le mettaient à même de remplir. Par le retour du courrier, ses propositions avaient été acceptées, et il devait partir

28.

le soir même. Il était décidé à tenter cette
chance de régénération et ne voulait rentrer
au pays que lorsqu'il aurait conquis par son
travail le droit d'offrir sa main et son nom à
mademoiselle Février.

« La petite bague, disait-il en terminant,
« ne me quittera pas plus que votre pensée,
« et toutes deux me donneront du courage.
« Puissiez-vous ne pas perdre patience en
« m'attendant ! Faites connaître ma résolu-
« tion à M. Brocard, et acceptez en souvenir
« de moi ces fleurettes qui ont poussé autour
« de Vireloup, et que j'ai cueillies ce matin
« dans la rosée. »

Le bouquet était composé de ces belles
plantes qui abondent à la fin de l'été au fond
des gorges fraîches de la montagne langroise,
et qui transforment les prés forestiers en un
véritable jardin. C'étaient des reines des prés
à odeur d'amande, des gentianes aux magnifiques boutons d'un bleu foncé, des parnassies
dont les pétales blancs semblent découpés
dans de l'ivoire... Marianne serra tendrement ce petit bouquet encore tout imprégné
de l'odeur des bois de Maigrefontaine. Quand
il fut fané, elle le joignit à la rose desséchée,
cueillie jadis dans le sentier du Châtelot, lors

de sa première rencontre avec Jean de Santenoge, puis elle enferma les corolles jaunies
dans un sachet de soie qu'elle suspendit à son
cou comme un reliquaire ; les fleurs de Vireloup reposèrent sur sa poitine, et elle ne s'en
sépara plus.

Un mois se passa, puis deux, sans nouvelles de Santenoge. L'arrière-saison était venue
avec ses journées pluvieuses et ses longues soirées. Marianne vivait fort isolée, né sortant du
logis que pour aller à l'église ou à l'Abbatiale,
chez son grand-oncle, le seul confident de son
amour, et le seul ami avec qui elle pût causer
de Jean de Santenoge. Mais, vers le mois de novembre, un incident qu'elle n'avait pas prévu,
bien qu'il fût fort naturel, vint troubler profondément sa solitude paisible et la sérénité de
son attente.

Tant que la fleur sauvage, perdue au fond
des bois, n'a pas encore ouvert ses boutons,
la forêt tout entière semble ignorer son existence ; mais dès que les premiers pétales se
sont épanouis, en un instant on sait la nouvelle aux quatre coins du bois, et voici que les
abeilles, les essaims de petits papillons bleus,
les libellules en robes de gaze s'empressent
et bourdonnent à l'entour.

De même, quand une jeune fille est passée
de l'adolescence à la jeunesse, sa demeure
fût-elle enfouie au fond d'un village solitaire,
les amoureux en ont vite trouvé le chemin, et
on les voit soudain déboucher de tous les car-
refours.

L'hiver est par excellence la saison des
mariages. Un dimanche matin, M. Février présenta à sa fille un jeune homme à la figure
honnête, mais insignifiante ; à la tenue cor-
recte, mais vulgaire, et annonça qu'il resterait
à déjeuner.

Le repas, auquel par extraordinaire le docteur Brocard avait été convié, eut des allures
solennelles qui commencèrent à inquiéter
Marianne. Le nouvel hôte fut placé auprès
d'elle et se montra fort complimenteur. C'était
un jeune percepteur des environs, qui parlait beaucoup de son métier et contait par le
menu les histoires de son village. Quand,
vers la fin de l'après-midi, il eut repris le chemin de sa perception, M. Février retint M. Brocard, et s'adressant à sa fille qui étouffait un
bâillement :

— Un aimable garçon et un bon sujet, dit-il
en assujettissant ses lunettes, comment le
trouves-tu, Marion ?

— Mais... ni bien ni mal, répondit-elle.

— Enfin il ne te déplaît pas?

— Il m'est indifférent.

— Ah ! reprit le receveur vexé, eh bien ! tu ne lui es pas indifférente, toi, et il m'a demandé ta main.

Marianne était devenue pourpre, et le saisissement la rendait muette.

— Comment, poursuivit son père impatienté; voilà tout ce que tu réponds?

— Je n'ai rien à répondre, répliqua Marianne, qui avait repris sa respiration, sinon que je le remercie.

— Tu acceptes !

— Non, je refuse, mon père.

— Et pourquoi, s'il vous plaît?

— Parce que je ne suis pas pressée de me marier.

— A-t-on jamais vu pareille lubie! s'exclama M. Février irrité; je vous en fais juge, oncle Brocard : un parti excellent, bonne famille, bel avenir avec de gros biens au soleil!.... Il n'y a pas une fille du canton, et des plus huppées, qui ne serait enchantée de l'épouser, et cette petite sotte le refuse !... Voyons, qu'en dites-vous?

— Je dis, répondit M. Brocard d'un ton

posé, que Marianne a parfaitement raison. Elle
est jeune, elle a le temps et le droit de choisir, et elle ne doit épouser qu'un homme
qu'elle aimera.

— Ah! voilà de vos phrases de roman !
s'écria le receveur, furieux d'être seul de son
parti, je suis bien fou de vous écouter !

— Pourquoi me consulter alors ?

— Parce que j'espérais que vous donneriez
un bon conseil à cette demoiselle, mais puisque vous préférez déraisonner avec elle, je
me passerai de vos avis.

— C'est ce que nous verrons ! riposta
Denis Brocard avec un accent provocant.

Là-dessus la discussion s'échauffa et devint
si orageuse qu'elle se termina par la brouille
complète de M. Brocard et de son beau-neveu.
Le docteur sortit en jurant qu'il ne remettrait
plus les pieds chez le receveur, et celui-ci
répliqua en défendant à Marianne de voir désormais son grand-oncle.

Dans le courant de l'hiver, un second pré-
tendant se présenta et ne fut pas mieux accueilli. Cette fois, l'irritation du receveur atteignit au paroxysme; mais il était d'un tempérament à colères blanches et froides. Il
enferma son ressentiment au dedans de lui

comme il aurait emprisonné une couleuvre dans une boîte, et se promit de faire désormais bonne garde autour de sa fille.

Sous cette apparente horreur du mariage et sous ces refus réitérés, il flairait quelque romanesque amourette, malicieusement encouragée par « ce vieux fou de Brocard. » Il tint donc autant que possible Marianne en chartre privée, épia ses démarches, entoura la maison d'une sorte de cordon sanitaire et rétablit l'institution du *cabinet noir* à l'usage des rares lettres que recevait la jeune fille.

Pendant plusieurs semaines rien de suspect ne lui fut révélé ; mais un matin le facteur apporta une lettre adressée à Marianne et timbrée de Clamecy. Le timbre de l'enveloppe, la grosse écriture virile de la suscription, tout s'unissait pour inspirer de graves soupçons au méticuleux receveur. Sans vergogne, il rompit le cachet et constata avec une amère satisfaction que son flair inquisiteur ne l'avait pas trompé. La lettre était de Jean de Santenoge.

Le don Juan de Vireloup informait « sa chère fée Marianne » que la chance commençait à lui sourire. Grâce sans doute au talisman qu'il avait emporté, ses efforts avaient déjà produit un résultat appréciable. Son protecteur et patron, étant devenu l'un des administrateurs d'une compagnie formée pour exploiter des forges en Algérie, l'avait fait agréer comme régisseur, avec promesse d'une part dans les bénéfices.

Il comptait s'embarquer sous peu, « mais, « ajoutait-il, avant de traverser la Méditer-« ranée, je veux que ma bonne fée et le doc-« teur Brocard soient instruits de ma nou-« velle fortune. Patience ! avant un mois, je « serai à la forge de Sidi-Oued, et, une fois « là, je battrai le fer jour et nuit pour forger « notre bonheur à venir à tous deux. »

En achevant cette lecture, M. Février fit entendre un sifflement pareil à celui d'un oison en colère.

— Eh quoi, Santenoge ! un vagabond sans feu ni lieu, voilà le mari qu'attendait Marianne et pour lequel elle avait refusé les deux meilleurs partis du canton !

A la seule idée d'avoir un pareil gendre, le receveur éprouvait des nausées aussi amères que s'il eût avalé toute l'encre de son écritoire. S'il ne se fût retenu, il serait allé mettre cette impertinente missive sous le nez de sa

fille, et faire honte à Marianne de sa conduite.
Mais M. Février était un de ces bipèdes à sang
froid qui réfléchissent prudemment avant
d'agir. Après avoir longuement médité devant
ses tisons, sur les effets et les causes, il jugea
que le plus sûr moyen de prévenir l'effet était
de supprimer la cause ; il empoigna ses pin-
cettes, déposa silencieusement la lettre de
Santenoge au milieu du brasier, la regarda
flamber, noircir et s'envoler avec la fumée,
puis il retourna tranquillement à ses registres.

Un mois après, une seconde lettre datée de
Sidi-Oued eut le même sort, et il en fut ainsi
de toutes les épîtres expédiées d'Algérie à l'a-
dresse de Marianne.

Le docteur Brocard ne comprenait plus
rien au silence singulier de son protégé. Il
commençait à craindre que, là-bas, le don
Juan de Santenoge ne fût retombé dans son
vieux péché d'habitude. Lorsqu'il voyait sa
petite nièce, à la dérobée, il lui jetait de longs
regards compatissants, mais il n'osait pas
trop l'encourager dans cette attente qui commençait à lui paraître chimérique. Le docteur
courait alors sur ses soixante-treize ans, et, à
la suite de ses dernières querelles avec M. Février, sa santé semblait être devenue moins so-

29

lide, ses jambes lui refusaient le service; par
deux fois déjà, il avait eu de ces brusques
congestions que les médecins, dans leur langue familière, désignent sous le nom singulièrement expressif d'*avertissements*. Denis
Brocard ne s'abusait pas sur sa situation ;
mais par un reste de coquetterie, il ne voulait
pas qu'on eût l'air de la connaître, et il avait
défendu à Angélique de parler à qui que ce
fût de ces menaçantes syncopes.

Les choses en étaient là ; huit mois s'étaient
déjà passés depuis le départ de Santenoge, et
le printemps avait recommencé à fleurir les
cerisiers de l'Abbatiale, quand, un soir de
mai, tandis qu'Angélique préparait le souper,
le facteur apporta à M. Brocard, une lettre
qui le fit tressaillir sur son fauteuil. Après
l'avoir lue et relue, il se mit à chantonner le
plus guilleret de ses refrains, et déposa précieusement la réjouissante épître dans l'un
des tiroirs de son secrétaire. Puis, le souper
étant servi, il commanda à sa gouvernante
d'aller chercher dans la cave une bouteille de
vieux bourgogne. Il soupa gaiement et copieusement, plaisanta de nouveau Angélique au
sujet de ses amoureux imaginaires ; même,
en dépit des remontrances de sa servante, il

but coup sur coup deux verres de Corton, en
portant toutes sortes de santés mystérieuses ;
et vers neuf heures, comme de coutume, il
procéda lentement à son petit coucher.

Il pouvait être quatre heures du matin
quand Angélique fut brusquement réveillée
par un coup de sonnette, parti de la chambre
du docteur ; elle accourut et trouva son maître à demi paralysé déjà, et se débattant contre les atteintes d'une nouvelle congestion.

— Seigneur Jésus ! s'écria la gouvernante
en se penchant au chevet du lit, qu'avez-vous,
monsieur Brocard ?

— J'ai, bégaya le docteur, j'ai une mauvaise pierre dans mon sac..... Et cette fois,
c'est bien fini.

— Non, monsieur, reprit la vieille fille, les
larmes aux yeux ; non, je vais quérir le jeune
médecin du Chânois, il vous saignera et vous
vous trouverez mieux.

— Inutile, Angélique !..... je vais mourir,
je le sens bien !... Tu diras à Marianne
que.....

Les paroles ne venaient plus, et les yeux
injectés du docteur se tournaient vers le secrétaire, dont le cylindre rebondi sortait de
l'ombre du mur aux premières lueurs de

l'aube..... Puis sa tête retomba lourdement sur l'oreiller.

Angélique était restée agenouillée près du lit, essayant de réchauffer les mains glacées de son maître dans les sieunes. Au bout de quelques minutes, le docteur revint à lui et soupira douloureusement :

— C'est la fin..... Je vais faire le grand voyage !.....

— Monsieur Brocard? murmura doucement la gouvernante.

— Ma fille ?

— Ne voulez-vous pas essayer de dire une petite prière, avant que.....?

Les sanglots coupèrent la parole à la triste Angélique.

Un sourire courut faiblement sur les grosses lèvres du docteur ; il regarda avec un nouveau soupir le buste de son maître Diderot, dont les blanches lignes se découpaient sur la boiserie plus sombre.

— Rien que deux ou trois grains de chapelet, continua la servante en tirant de la poche de sa jupe un long rosaire ; cela vous fera grand bien, monsieur, et à moi aussi.

— Vrai? balbutia Denis Brocard, cela te

ferait plaisir ?..... C'est que je ne sais pas de
prières.

— Je dirai le *Notre Père*, monsieur Brocard, et vous le répéterez après moi, en pensée.....

— Allons, dit ton *oremus*..... Je peux bien
faire cela pour toi, tu n'as déjà pas eu tant de
plaisir au monde, ma pauvre fille !

Elle lui passa le chapelet aux doigts et ré-
cita tout haut le *Notre Père*, en s'interrompant
de temps en temps pour laisser passer un sanglot. Quand ce fut fini :

— *Amen !* soupira Denis Brocard. Maintenant va vite chercher Marianne... Je puis me
passer de toi pour un quart d'heure.

Angélique courut de toute la vitesse de ses
jambes chez M. Février, où elle réveilla
Marianne, puis au presbytère, car la dévote
fille voulait que le curé fît une dernière ten-
tative près de M. Brocard.

Quand elle revint avec le prêtre, Marianne
était déjà dans la cour de l'Abbatiale, et ils
pénétrèrent ensemble dans la chambre à
coucher, où le docteur, le chapelet entor-
tillé dans ses doigts rigides, gisait immobile,
le nez pincé et les yeux fixes.

Le curé s'approcha du lit, examina M. Brocard, et se retournant vers les deux femmes :

— On m'a appelé trop tard, murmura-t-il,
il est mort.

Un double sanglot retentit dans la chambre, et Angélique se prosterna au chevet de
son maître, sa grosse figure bouleversée tou-
chant presque la tête pâle et froide du docteur :

— O mon bon Dieu ! s'écria la pauvre fille
en joignant les mains, ô ma bonne Vierge !
vous savez que le cher homme n'avait pas
plus de méchanceté qu'un enfant... Et vous
savez comme je vous ai offert mes peines à
son intention, comme je vous ai priés pour
lui depuis vingt ans !... O mon bon Dieu et
ma bonne Vierge ! vous pouvez ce que vous
voulez, et ce n'est pas une grosse affaire que
de sauver une âme... Faites cela pour votre
servante, pardonnez-lui et emmenez-le dans
votre saint paradis !...

VII

Le lendemain, le village entier assista à l'enterrement de Denis Brocard. Après la cérémonie, le notaire d'Auberive alla trouver M. Février et lui donna lecture d'un testament par lequel le docteur léguait toute sa fortune à sa petite-nièce, à charge par elle de servir une rente convenable à Angélique et de continuer à la loger dans la maison de l'Abbatiale. Marianne étant encore mineure, ce fut M. Février qui prit possession, au nom de sa fille, de l'héritage du vieux docteur, et qui inventoria le mobilier de l'Abbatiale. Il s'en acquitta en conscience, ouvrant tous les meubles, fouillant les moindres recoins, soupesant l'argenterie et comptant minutieusement les bouteilles de la cave. Naturellement, il trouva, dans l'un des tiroirs du secrétaire, la mystérieuse épître, arrivée la veille du décès, et qui avait donné à Denis Brocard

sa dernière joie. C'était une lettre de Jean
de Santenoge. Le pauvre garçon ne comprenant rien au mutisme prolongé de Marianne,
avais pris le parti de s'adresser au docteur ;
il le suppliait de lui donner des nouvelles de
sa petite-nièce et de ne lui rien déguiser,
dans le cas où la jeune fille aurait changé de
sentiments. Quant à lui, il protestait de la
persistance de son amour, dans lequel il puisait chaque jour, disait-il, de nouvelles
forces. M. Février haussa les épaules, alluma
une bougie et brûla impitoyablement la sup-
plique du don Juan de Vireloup. — Maintenant, murmura-t-il en écrasant sous son
doigt les pincées de cendres de la lettre, j'espère que ce garnement nous laissera tran-
quilles. — Et en effet, à partir de ce jour, un
complet silence se fit entre la forge perdue
dans les défilés de Constantine et le village
champenois, endormi au milieu de ses forêts
profondes.

Et ainsi les années se passèrent. Dans cette
coupe de Maigrefontaine où, près de la hutte
des sabotiers, Santenoge avait rencontré Marianne, les jeunes cépées grandissantes avaient
commencé à reformer un taillis ; autour de
Vireloup les branches avaient poussé et s'é-

taient si bien enchevêtrées qu'elles avaient
obstrué tous les sentiers ; le Châtelot, plus
que jamais semblable au château de la Belle
au bois dormant, sommeillait maintenant,
isolé du reste du monde par la plantureuse
épaisseur d'une muraille de verdure. A Auberive, les *gachettes*, qu'à son retour du couvent
Marianne voyait passer en sabots et le panier
au bras sur le chemin de l'école, étaient devenues de grandes filles et se mariaient les
unes après les autres.

Marianne seule restait immuable et immobile dans son logis solitaire, tandis que le village, imitant la forêt, se métamorphosait, faisait l'amour, poussait de nouvelles tiges et de
nouveaux bourgeons. Bien que mademoiselle
Février, à vingt-trois ans, fût encore plus charmante qu'à dix-huit, on la considérait déjà
comme une vieille fille, et les gens d'Auberive, ne comprenant rien à son obstiné célibat, répandaient le bruit qu'elle voulait entrer en religion. Quant au receveur, il regardait sa fille aller et venir, grave et mélancolique, et lorsqu'il lui voyait les yeux un peu
plus cernés que d'habitude :

— Bon, murmurait-il, elle se lassera, elle
se lasse déjà...

Mais Marianne ne se lassait pas. Avec l'opiniâtreté du caractère langrois, elle s'entêtait dans ses résolutions et dans son espérance.

Quand parfois, à la tombée de la nuit, inquiète du silence de son fiancé, elle sentait le doute envahir son âme avec les ombres du crépuscule, elle fermait les yeux et revoyait Santenoge tel qu'il lui était apparu dans leurs trois uniques entretiens : — joyeux, indépendant, fier et loyal ; — elle entendait sa voix chaude et sonore, son clair rire d'enfant ; elle songeait à ces beaux yeux couleur café, au regard franc et droit, qui avaient fait une si vive impression sur son cœur, — et ses doutes s'évanouissaient tandis que les étoiles commençaient à poindre et à se mirer dans les eaux de la petite rivière.

— Il tiendra sa parole, pensait-elle ; et d'ailleurs, quoi qu'il arrive, je serai fidèle à la mienne ; je ne l'oublierai jamais.

L'amour de Santenoge reposait dans son cœur comme une relique au fond d'un reliquaire ; elle l'y avait enfermé pour toujours, et sur sa poitrine elle avait apposé comme un sceau le petit bouquet de fleurs séchées, cueillies dans le bois de Vireloup.

Depuis la mort du docteur, M. Février et sa

fille s'étaient installés dans la maison de l'Abbatiale. Marianne y passait la plupart de ses journees, seule ou en compagnie de la vieille Angélique. Elle habitait de préférence la chambre où son grand-oncle avait rendu le dernier soupir. Elle y avait réuni pieusement tous les meubles que Denis Brocard avait aimés. Les gravures, le buste de Diderot, la bergère en velours d'Utrecht conservaient à cette pièce la physionomie d'autrefois ; parfois même, lorsqu'un dernier rayon de soleil couchant les colorait obliquement, les vieux meubles semblaient s'animer et s'entretenir encore l'un l'autre de l'ami disparu.

Un soir d'août, Marianne s'était accoudée à la fenêtre qui donnait sur la terrasse. M. Février était retourné à son bureau, Angélique, chaussée de ses pantoufles à semelles de feutre, allait et venait par la maison, sans faire plus de bruit qu'une ombre. La jeune fille, mélancolique et découragée, songeait avec tristesse à la solitude dont elle se sentait plus que jamais enveloppée.

Denis Brocard avait été son seul ami ; maintenant elle était réduite à un long tête-à-tête avec M. Février, qui ne comprenait rien à son cœur et qui lui gardait rancune de son obsti-

nation. L'unique consolation de la jeune fille
était le souvenir de Jean de Santenoge, et encore, à mesure que ce souvenir s'enfonçait
dans le passé, y trouvait-elle un refuge moins
sûr et une consolation moins énergique.

L'espoir qu'elle avait fondé sur l'amour de
Santenoge n'était-il donc qu'un leurre ? Celui qu'elle aimait si profondément l'avait-il
oubliée ? Cinq ans s'étaient passés depuis le
matin où elle avait reçu sa lettre d'adieu, et
qui pouvait dire ce qui était advenu pendant
ces cinq années ? Peut-être son humeur vagabonde ayant repris le dessus, le don Juan
de Vireloup était-il retombé dans son vieux
péché ; peut-être aussi, dans quelque pays
lointain, vivait-il pauvre, découragé ou dan-
gereusement malade ?

Elle fut prise d'un frisson à la pensée de
Santenoge mourant loin de tout ce qu'il avait
aimé. Le crépuscule était venu, et les ombres
des toits s'allongeaient sur les tilleuls de la
promenade. Le murmure de la rivière monta
clair, cristallin et caressant parmi les arbres ;
au-dessus des bois de Montavoir, le croissant
de la lune nouvelle dessina son mince demi-
cercle.

Marianne se souvint que, cinq ans aupara-

vant, presque jour pour jour, à la même
heure, Jean s'était accoudé près d'elle à cette
croisée. Le vent jouait de la même façon dans
les clématites, la mélodie de la rivière était
pareille, et, comme ce soir, la lune élevait au-
dessus des bois son mince anneau d'argent.
Il semblait à Marianne que c'était hier et que
le temps n'avait pas marché. Elle croyait encore entendre la voix joyeuse de Santenoge
s'écriant : — « Maintenant je me sens capa-
« ble de soulever des montagnes !... »

Un pas léger fit crier le sable du jardin.
Marianne pensa que la gouvernante traversait la terrasse :

— Angélique ! cria-t-elle.

Mais personne ne répondit. La jeune fille,
surprise, pencha sa tête hors de la fenêtre et
se rejeta tout à coup en arrière, le cœur bon-
dissant et les yeux grands ouverts.

A l'extrémité de la terrasse, elle avait vu se
découper, sur l'horizon clair, une forme bien
connue, haute, svelte, robuste et fièrement
campée, toute semblable à Jean de Santenoge.
Au même instant, cette apparition coupa en
biais la terrasse ; une tête coiffée d'un feutre
à larges bords s'encadra dans la baie de la fenêtre, et une voix sonore dit joyeusement :

— Bonsoir, mademoiselle Marianne !

Bon Dieu, c'était lui !... C'était le maître de Vireloup en chair et en os, — un peu maigri, fortement hâlé, autant qu'on en pouvait juger à la clarté de la lune, mais toujours avec la même mine ouverte et loyale, toujours avec ce même bon regard, tombant droit et franc de deux clairs yeux bruns.

— Ah ! fit Marianne en s'appuyant contre l'embrasure.

Et ce fut tout ; la joie lui coupait la parole ; mais ses deux mains allèrent au-devant de celles de Santenoge, et une longue étreinte se chargea de lui dire le reste.

Les explications vinrent ensuite.

— Je n'osais plus espérer, commença la jeune fille. Songez, voilà cinq ans que nous n'entendions plus parler de vous !

— Eh quoi ! mes lettres ne vous ont donc pas été remises ?

— Je n'ai jamais rien reçu.

— Ce doit être encore un tour de M. Février... Il aura confisqué ma correspondance comme il voulait jadis confisquer ma liberté. Mais j'ai écrit à M. Brocard ; pourquoi ne vous a-t-il pas montré mon billet ?

— Hélas ! mon oncle est mort.

Ce fut au tour de Santenoge de s'étonner et de s'affliger.

— Pauvre docteur, soupira-t-il en se découvrant, je me réjouissais tant de le surprendre et de l'embrasser !... Et voilà que j'arrive trop tard !... Je n'ai pourtant pas flâné en route, je vous en réponds ; je suis venu ici tout droit, sans même aller saluer mon vieux Châtelot.

— Merci ! dit la jeune fille en lui tendant de nouveau la main.

Il la garda dans la sienne, puis après un moment de silence :

— Mademoiselle Marianne, reprit-il, j'ai tenu parole et j'ai dépouillé le vieil homme. Le Santenoge d'aujourd'hui ne ressemble plus au Santenoge de Vireloup qu'en un seul point, c'est qu'il vous aime toujours aussi fort. Seulement, si je suis devenu moins paresseux, je ne suis guère devenu plus riche, et vous êtes toujours libre de me renvoyer à ma forge...

Il fit glisser la bague le long de son petit doigt, et la montrant à Marianne :

— Elle ne m'a pas quitté, ajouta-t-il d'une voix très-émue, dois-je vous la rendre ?

Elle détourna la tête à demi. Ses yeux souriaient à travers des larmes, et tandis que ses

doigts brisaient nerveusement les tiges des
clématites :

— Non, murmura-t-elle, gardez-la...

Le lendemain, au moment où M. Février
était en tête-à-tête avec le notaire d'Auberive,
Jean de Santenoge, correctement vêtu de noir,
se présenta au bureau et demanda bravement
la main de mademoiselle Marianne.

L'irascible receveur commença par s'emporter, et jura ses grands dieux qu'il se laisserait
faire les sommations légales plutôt que de
consentir à une pareille alliance ; mais quand
Mᵉ Petitot, le notaire, lui eut rappelé que Marianne était l'unique héritière de M. Brocard,
et qu'ayant vingt-trois ans sonnés, elle pouvait librement disposer de sa personne et de
sa fortune, M. Février se radoucit peu à peu,
et finit par donner son consentement.

Marianne et Santenoge se marièrent un mois
après. Aujourd'hui le jeune ménage habite le
Châtelot, rechampi et meublé à neuf. L'usine
de Vireloup a rallumé ses fourneaux et les
échos de Maigrefontaine retentissent de nouveau du bruit des gros marteaux de la vieille
forge.

FIN.

1
10

BIBLIOTHÈQUE
NATIONALE

CHÂTEAU
de
SABLÉ
1984

* 9 7 8 2 0 1 9 5 7 5 1 2 0 *